Australien? Australien!

vorlesewettbewerb

Herzlichen Glückwunsch
und vielen Dank für
deine Teilnahme am
Vorlesewettbewerb!

Sonderausgabe
für den Börsenverein des Deutschen Buchhandels

Originalausgabe © Ueberreuter Verlag GmbH, Berlin 2014,
ist unter der ISBN 978-3-7641-7016-5 erschienen.

Umschlagillustration: Ulf K.
Druck und Bindung: Brüder Glöckler, Wöllersdorf
Gedruckt auf Papier aus geprüfter nachhaltiger Forstwirtschaft.

www.ueberreuter.de

Tino Schrödl

Australien? Australien!

ueberreuter

1. Ein paar Dinge über mich

Mein Name ist Meo – nicht Mio, sondern Meo, um das gleich mal klarzustellen. Es gibt Lehrer an meiner Schule, die mich seit Jahren kennen und das immer noch nicht wissen. Mein Leben verlief bisher relativ ereignislos, um nicht zu sagen unspektakulär. Manche würden es vielleicht als langweilig empfinden. Für mich jedoch ist es genau das Richtige. Ich liebe Struktur und Ordnung, und alles, was meinen gewohnten Tagesablauf durcheinanderbringt, ist für mich der reine Horror.

Ich bin 15 Jahre alt, gehe in die neunte Klasse. Meine Heimatstadt ist relativ klein, fast schon ein Dorf, obwohl die Einwohner das nicht gern hören. Es klingt ihnen zu provinziell. Sie möchten gerne Weltbürger, zumindest Großstädter oder wenigstens Städter sein. Dabei kennt hier jeder jeden. Was unter anderem dazu führt, dass ich kaum Freunde habe. Denn so wie sich die coolen Kids alle untereinander kennen, wissen sie auch, wer nicht »dazugehört«, beziehungsweise, wer ihrer nicht würdig ist. Und ich falle genau in diese Kategorie. Inzwischen habe ich mich daran gewöhnt. Vielleicht bin ich zum Teil auch selber schuld daran. Ich interessiere mich nun mal nicht für die meisten Dinge, die sie interessieren. Oder umgekehrt: Ich mag Dinge, die sie hassen. Schule zum Beispiel. Welcher Schüler mag schon Schule, wurde ich mal gefragt. Ich mag sie. Tut mir leid, aber so ist es nun mal. Ich lese gern Bücher, gehöre zu den wenigen Schülern, die nie ihre Hausaufgaben vergessen, bereite mich auf Klassenarbeiten vor und habe die meisten Dinge auch noch im Kopf, wenn ich danach gefragt werde. Dabei bin ich nicht besonders wählerisch. Ich mag alles: Mathe, Deutsch, Englisch, Chemie, Biologie. Nur Zeichnen kann ich nicht und ich weiß auch nicht, wie ich mir das beibringen soll. Als ich neulich versuchte, ein Pferd zu malen, dachten alle, es wäre eine Bohrinsel.

Streber nennen sie mich, Langweiler, Spießer.

Um dieses Bild zu vervollständigen, bin ich auch im Sport eine absolute Niete. Das kommt wohl daher, weil ich eher klein geraten bin. Und besonders stark bin ich ebenfalls nicht, was mir meist egal ist, weil ich sonst nicht darauf angewiesen bin. Nur in Sport fällt es eben auf, wenn wir irgendwelche blöden Wettkämpfe machen müssen. Ich hasse dieses Fach. Allein dieses ständige Umziehen vor und nach der Stunde ist mir zuwider. Und dann dieser Gestank. Alle riechen nach Schweiß, und die meisten scheinen es nicht einmal zu merken. Die gesamte Umkleide riecht nach dem Unterricht wie ein Affenkäfig. Aus diesem Grund versuche ich, mich immer so wenig wie möglich zu bewegen. Die anderen meinen, ich würde den Schlagball werfen wie ein Mädchen. Dabei versuche ich nur, mit so wenig Kraftaufwand wie möglich über die Runden zu kommen. Rennen kann ich nur, wenn ich verfolgt werde. Da bin ich dann schnell wie der Blitz. Wenn mich wieder einer verkloppen will. Ansonsten absolute Fehlanzeige.

Neulich musste ich zum ersten Mal in meinem Leben in einem Fußballtor stehen. Ich hatte keine Ahnung, wie groß so ein Tor ist, wenn man einmal drinsteht. Unser Vertretungssportlehrer dachte, uns eine Freude machen zu können, indem er uns die ganze Stunde Fußball spielen ließ. Dabei hasse ich Fußball! Mit Herrn Ritter, unserem offiziellen Sportlehrer, gibt es eine stille Übereinkunft, dass ich mich bei Spielen an den Spielfeldrand setzen kann. Dieser Vertretungstyp kannte diese Übereinkunft aber nicht und ließ auch nicht mit sich diskutieren. Er bestand darauf, dass ich mitspielte, was nicht nur für mich, sondern auch für die anderen Jungs eine total peinliche Situation war. Niemand wollte mich in seinem Team haben und sie mussten schließlich um mich losen. Als ich dann im Tor stand, ließ ich den Ball tatsächlich nur einmal rein, den anderen hielt ich. Mit dem Kopf. Genauer gesagt mit dem Gesicht und das auch nur versehentlich. Einen Augenblick sah ich nur Sterne und hatte das Gefühl, dass meine Ohren hinten am Kopf zusammengeklatscht sein mussten, so sehr hatte es gezwiebelt. Aber zumindest sicherte ich meiner Mannschaft damit ein Unentschieden, was dann wiederum okay war. Zu Hause recherchierte ich erst mal im Internet, ob die Gehirnzellen bei einem starken Aufprall durcheinandergewirbelt werden können oder es andere Schäden nach sich zieht. Die ermutigendste Erkenntnis war, dass dabei gar nichts passieren kann. Die schlimmste hingegen, dass man von nun an blöde werden und das ein Leben lang bleiben könnte.

Vielleicht noch ein paar Einzelheiten zu meiner häuslichen, beziehungsweise familiären Situation. Ich lebe natürlich immer noch bei meinen Eltern und die sind auch tatsächlich verheiratet, was bei mindestens der Hälfte meiner Klassenkameraden nicht der Fall ist. Entweder sind deren Eltern nie verheiratet gewesen oder sie sind es inzwischen nicht mehr. Meine Erzeuger bilden eine mehr oder weniger rühmliche Ausnahme. Wenn sie überhaupt meine Erzeuger sind. Von Zeit zu Zeit hege ich da ernste Zweifel.

Zu sagen, ich würde bei meinen Eltern leben, trifft es daher auch nur zu Hälfte. Im wörtlichen Sinn. Eigentlich leben nämlich nur meine Mutter und ich zusammen. Mein Vater befindet sich die meiste Zeit auf Reisen. Er ist Vertreter für Staubsauger. Allerdings nicht so einer, der von Tür zu Tür rennt und einsamen Hausfrauen so ein Teil andreht. Nein, er reist in der ganzen Welt umher, ist mal in Amerika, mal in Japan und mal in Afrika unterwegs, um Staubsauger zu verkaufen. Ich glaube, in der Staubsaugerbranche ist er ein großes Tier.

Deshalb lebe ich hauptsächlich mit meiner Mutter zusammen. Die meiste Zeit hocken wir auf dem Sofa vor dem Fernseher. Ich bin ein leidenschaftlicher Sofasitzer und könnte das den ganzen Tag lang machen, genau wie meine Mutter. Dabei ist es mir egal, ob es vor der Tür stürmt, schneit oder dreißig Grad sind. Schon als Kind war ich nur ungern draußen. Bewegung an der frischen Luft interessiert mich nun mal nicht. Wahrscheinlich, weil ich mich nicht gern schmutzig mache. Ich kann es nicht ausstehen, wenn ich dreckige Hände, schwarze Fingernägel oder Flecken auf den Sachen habe. Damit bin ich wohl der Traum jeder Mutter, zumindest meiner Mutter. Und sie dankt es mir, indem sie mir vor dem Fernseher Gesellschaft leistet und mich in regelmäßigen Abständen mit Kalorien und Kohlenhydraten in Form von Kakao, Würstchen oder Schokolade versorgt. Ein super Leben! Ich glaube sogar, dass wir das eigentliche Ehepaar sind. Sollte ich eines Tages mal heiraten, sollte meine Frau genau wie meine Mutter sein.

2. Mein Tag

Mein Tag verläuft in ziemlich geregelten Bahnen. Anders würde ich es auch nicht aushalten. Und ich kann fuchsteufelswild werden, wenn mir etwas Unvorhergesehenes in die Quere kommt. Gott sei Dank wissen das die meisten Menschen in meiner Umgebung und lassen mich mein Ding machen.

Mein Wecker klingelt wochentags jeden Morgen um halb sieben. Es ist ein Radiowecker, und wenn er losplärrt, beginnen gerade die Nachrichten. Danach höre ich genau ein Lied, springe dann aus dem Bett, direkt unter die Dusche. Zähneputzen und waschen, anziehen, Bett machen. Für alles brauche ich jeweils fünf Minuten, sodass ich fünf vor sieben beim Frühstück sitze. Um zehn nach sieben klingelt Odette, dann sind wir spätestens um sieben Uhr fünfundzwanzig in der Schule. Ich hasse es, wenn sie zu spät kommt, was Gott sei Dank bisher nur zwei Mal in zwei Jahren vorgekommen ist. Viel schlimmer war es, als sie eine Zeit lang ein Mädchen mitschleppte, das neu am Gymnasium war und in unserer Straße wohnte. Ich bin fast ausgeflippt und wollte dieses Mädchen auf keinen Fall jeden Morgen vor meiner Tür sehen. Aber Odette hat sich daran überhaupt nicht gestört. Und wäre dieses Mädchen nicht zu doof fürs Gymnasium gewesen und von allein wieder verschwunden, wer weiß, ob Odette und ich jetzt noch miteinander reden würden.

So aber ist Odette bis heute meine beste und einzige

Freundin – abgesehen von Qualle, meinem Kaninchen. Da Qualle allerdings schon sechs Jahre alt ist und Zwergkaninchen nur etwa acht Jahre alt werden, wird Odette in absehbarer Zeit wirklich meine einzige Freundin sein. Ich glaube, ich bin auch ihr einziger Freund. Mit Odette will sonst keiner was zu tun haben, weil sie fett ist. Außer Odette kenne ich kein anderes Mädchen, das Odette heißt. Ich habe sie mal gefragt, woher ihre Eltern diesen Namen haben. Sie wusste es auch nicht so genau, meinte sich aber zu erinnern, dass ihre Mutter mal was von einem Buch erzählt hat, in dem eine Prinzessin Odette hieß. Vielleicht hatten ihre Eltern das im Sinn, als sie ihre Tochter so nannten. Dummerweise ist an Odette nichts hübsch und schon gar nicht prinzessinnenhaft. Ich denke, sie will es auch gar nicht sein. Rein äußerlich gleicht sie eher einem Orca als einer Odette. Ich bin mir sogar sicher, dass sie nicht *ein Mal* in ihrem Leben mit Puppen gespielt hat. Sie trägt immer den gleichen Schlabberpulli und spielt am liebsten Videospiele am PC, World of Warcraft und solches Zeug. Sie ist also ein harter Hund. Und weil sie so eine imposante Erscheinung ist, habe ich in ihrer Gegenwart niemals Angst und fühle mich immer sicher. Dafür helfe ich ihr dann auch bei den Hausaufgaben. Es ist also ein Geben und Nehmen, eine perfekte Symbiose.

Aber ich schweife ab. Ich hatte von meinem Tagesablauf erzählt. Also Schule. Meistens bin ich gegen zwei Uhr nachmittags zurück. In der Regel komme ich direkt nach Hause, lese die Zeitung, zumindest den Lokalteil, und mache danach Hausaufgaben. Am Dienstag gehe ich dann immer in die Bibliothek und höre mir jedes Mal an, wie die alte Bibliothekarin jammert, dass immer weniger Schüler bei ihr vorbeischauen würden und die Tage einer Bücherei wohl gezählt seien. Niemand würde mehr lesen. Womit sie zweifellos recht hat. Aber ich bin gern dort. Manchmal sitze ich nur da und starre aus dem Fenster in den Park, in dem die anderen Jungs Fußball spielen oder Tischtennis. Wenn ich keine Lust zum Lesen habe, blättere ich wahllos in alten Bildbänden, am liebsten in denen über das Mittelalter. Ich mag Ritter und alles, was damit zu tun hat. Ich habe sogar noch eine alte Ritterburg von Playmobil zu Hause, die ich schon ein paar Mal wegwerfen wollte. Dann habe ich es aber doch nie fertiggebracht. Wenn ich mir eine Zeit aussuchen dürfte, in der ich leben wollte, wäre das die Zeit der Ritter. Warum das so ist, fragt ihr? Darum.

Jeden Donnerstag fahre ich mit meiner Mutter zum Einkaufen, am Freitag räume ich mein Zimmer auf. Eigentlich räume ich jeden Tag mein Zimmer auf, aber am Freitag schrubbe ich es richtig durch und mache den Käfig von Qualle sauber. Sagte ich schon, dass ich Angst vor Krankheiten habe? Bisher musste ich erst einmal in meinem Leben in einem Krankenhaus liegen. Es war ein Albtraum. Damals war ich fünf und im Winter mit meinem Schlitten gegen einen Laternenpfahl geknallt. Das Ergebnis war eine Gehirnerschütterung, die mich für zwei Wochen ins Krankenhaus zwang. Es hat dort gestunken wie die Pest, zum einen wegen der ganzen Medikamente und dem Bohnerwachs, mit dem sie den Boden wischten. Zum anderen wegen dem Kind, das mit in meinem Zimmer lag und sich ständig einpinkelte. Ich habe diesen Jungen gehasst und ihn zur Strafe nachts mit Popeln beworfen. Gegen den Geruch geholfen hat das natürlich nicht.

Ich habe mir geschworen, so was nie wieder durchmachen zu müssen. Bis heute achte ich sehr genau darauf, mir keine Krankheiten einzufangen. Ich ziehe mich immer warm genug an, wasche mir regelmäßig die Hände und vermeide es, ungewaschenes Obst zu essen. Ich möchte sagen, ich habe mein Leben im Griff.

Das heißt, ich hatte es im Griff. Bis jetzt. Und ich wette, wenn ihr an meiner Stelle gewesen wärt, hätte es euch genauso aus der Kurve geschossen.

3. Peng!

Kennt ihr das, wenn jemand sagt, kleine Dinge könnten große Veränderungen bewirken? Oder dass sich große Ereignisse durch kleine Taten ankündigen?

Bei uns kündigt sich diese große Veränderung durch einen harmlosen Satz an, den mein Vater, der gerade mal wieder zu Hause ist, vor dem Abendessen fallen lässt.

»Demnächst gehe ich nach Australien.«

Weder meine Mutter noch ich hatten sonderlich zugehört, als er das sagte. *»Ich gehe nach Japan, ich gehe nach Finnland, hierhin, dorthin …«* hatten wir alles schon gehört, kannten wir zur Genüge. Kein Grund zur Panik. Noch nicht.

»Ach, wie schön«, meint meine Mutter und fährt fort, den Tisch zu decken. »Wie lange diesmal?«

»Drei Jahre«, erklärt mein Vater und räuspert sich.

»Dann bist du ja ganz schön lange weg.«

»Genau.« Mein Vater nickt und sieht uns nacheinander an, bevor er unsicher zu grinsen anfängt. »Und deshalb möchte ich, dass ihr diesmal mitkommt.«

Peng!

Habt ihr das schon mal erlebt, wenn vor euren Augen alles explodiert und die Welt in tausend Teile zerspringt? Wenn alles zerbricht und ihr das Gefühl habt, dass die Welt um euch herum schwarz wird?

Genau so ein Moment ist das jetzt. Viel hätte nicht gefehlt, und meine Mutter hätte die Gläser vom Tisch geworfen.

»Australien?«

Sonst eine eher laute, aufbrausende und nicht so leicht einzuschüchternde Person, lässt sie sich auf einen Stuhl fallen und schnappt nach Luft. Dabei sieht sie mich Hilfe suchend an, als könnte *ich* an der Situation etwas ändern. »Essen sie da nicht Hunde?«

Wie gesagt, meine Mutter bezieht den Großteil ihres Wissens aus der Glotze.

»Das ist in China«, berichtigt mein Vater. »In Australien essen sie höchstens Kängurus.«

»Diese süßen, kleinen Tiere?« Meine Mutter ist entsetzt, tut zumindest so.

»So klein sind die nicht«, murmelt mein Vater. Das Grinsen ist aus seinem Gesicht verschwunden. »Die können fast zwei Meter groß werden.«

»Ich esse bestimmt kein Känguru.« Meine Mutter kann sich sehr schnell für etwas entscheiden. »Ich esse ja auch kein Wildschwein.«

»Was hat denn Känguru mit Wildschwein zu tun?«

»Na, dass ich beides nicht esse.« Die Logik meiner Mutter. Vielleicht ist sie auch nur verwirrt. Ein weiterer Hilfe suchender Blick in meine Richtung. Ich verstehe und springe ihr zur Seite.

»Ich auch nicht.«

Ich will auf keinen Fall nach Australien. Nicht dass mein Leben hier besonders aufregend wäre. Aber wie bereits gesagt, brauche ich so was auch gar nicht. Jemand hat mal gesagt: *Fürchte dich nicht vor der Veränderung, fürchte dich vor dem Stillstand.* Alle Welt hat das als klug und weise empfunden, was ich überhaupt nicht verstehen kann. Dann müsste ja die Hälfte der Menschen in ständiger Furcht leben. *Genieße den Stillstand, dann kann dir nichts passieren.* So, finde ich, wird ein Schuh draus.

»Wir kennen uns dort doch überhaupt nicht aus«, überlegt meine Mutter jetzt. »Und Freunde haben wir dort ebenfalls keine. Wir kennen gar niemanden.«

Nicht, dass wir hier viele Leute kennen würden.

»Wir können endlich wieder als Familie leben«, gibt mein Vater nun zu bedenken. Es klingt ein bisschen wie eine Drohung.

»Da gibt es Schlangen«, erinnert sich meine Mutter. »Und Krokodile. Erst neulich haben sie im Fernsehen gesagt, dass ein Krokodil versucht hat, einen Mann ins Wasser zu ziehen. Und am Strand hat ein Hai einen Surfer angegriffen. Was, wenn uns das auch passiert?«

»Ich halte es für ausgeschlossen, dass ein Hai dich auf einem Surfbrett angreift«, brummt mein Vater hilflos.

»Und woher willst du das wissen?«

Meine Mutter schüttelt den Kopf und starrt stumm ins Leere. Ich glaube, sie versucht sich gerade vorzustellen, wie sie auf einem Surfbrett von einem Hai angegriffen wird. Nur um meinem Vater zu beweisen, dass er unrecht hat.

Als ich abends schlafen gehen will, kommt mein Vater hinter mir her. Er setzt sich zu mir aufs Bett und ich weiß genau, worum es geht.

»Ich will auch nicht nach Australien«, komme ich ihm zuvor.

Er atmet einmal tief durch, als ob er mir etwas ganz Wichtiges zu sagen hätte. »Du warst doch noch nie dort.«

»Ich war auch noch nie am Nordpol und weiß, dass ich da nicht hinwill.«

Keiner weiß, was er sagen soll.

»Du hast Angst, weil du auf eine andere Schule gehen müsstest, oder?«, rät mein Vater. »Und dir andere Freunde suchen müsstest.«

Ich schweige.

»Weißt du«, spricht er weiter, »es gibt im Leben immer wieder Momente, in denen man Entscheidungen treffen muss. Ob sie richtig oder falsch sind, weiß man meist erst hinterher. Wenn man aber nie was wagt, wird man nie irgendwas wissen.«

Darüber muss ich nachdenken.

»Es gefällt mir bestimmt nicht«, bekräftige ich schließlich hilflos.

Mein Vater überlegt. »Ich mache dir einen Vorschlag: Warum fliegen wir in den Ferien nicht hin und schauen uns alles an? Wir machen dort Urlaub. Dann kannst du sehen, ob es dir gefällt. Und Mama auch. Danach entscheiden wir, ob wir hinziehen wollen. Meine Stelle fängt sowieso erst im Herbst an.«

Das klingt leider fair.

»Und wenn nicht?«

»Dann überlegen wir weiter.«

Damit steht er auf und verlässt das Zimmer.

Und jetzt liege ich hier und grüble, wie ich aus der Nummer wieder rauskomme. In Gedanken versuche ich, mir die

Weltkarte vorzustellen. Deutschland – Australien. Das liegt genau auf der anderen Seite der Erde. So weit weg.

In der Nacht träume ich von Australien, zumindest wie ich es mir vorstelle, viel weiß ich ja nicht davon. Im Traum sehe ich Kängurus und Schlangen, Krokodile und Haie. Und zwischendurch immer wieder meine Mutter, die auf einem Surfbrett vorbeipaddelt. Ich glaube, der Hai hat Angst vor ihr.

4. Und tschüss!

Keine Ahnung, wie mein Vater meine Mutter umgestimmt hat, aber am Ende haben sie sich tatsächlich darauf geeinigt, einen Familienurlaub in Australien zu machen, um danach gemeinsam zu entscheiden, ob wir hinziehen oder nicht. Wahrscheinlich wird diese Entscheidung dann genauso einstimmig gefällt, wie die zu diesem Urlaub. Zu dem ich nie wirklich mein Einverständnis gegeben habe. Ich habe ein ganz schlechtes Gefühl dabei. Bis zuletzt habe ich versucht, meiner Mutter das Land madigzumachen. Im wahrsten Sinne des Wortes.

»Da essen sie Würmer. Und Maden. Und Schnecken.«

Meine Mutter zog die Nase kraus. »Wie im Dschungelcamp?«

»Genau wie im Dschungelcamp. Das gibt es dort jeden Morgen zum Frühstück.«

»Das glaube ich nicht. In Australien leben doch nicht nur Wilde.«

»Aber die giftigsten Schlangen der Welt.«

Meine Mutter hob kurz die Augenbrauen, sagte aber nichts dazu. Wahrscheinlich hatte sie mit meinem Vater irgendein Abkommen getroffen, von dem ich nichts wusste. Ich spielte meinen letzten Trumpf aus.

»Mama, ich will da nicht hin. Bitte zwing mich nicht dazu.«

Ein Appell an ihr Mutterherz. Etwas weinerlich vorgetragen, klappte das meist auch, zumindest, wenn ich im Fernsehen etwas anderes sehen wollte als sie oder etwas haben wollte, was wir uns nicht leisten konnten. Auch diesmal knackte ich zwar die Schale, brachte den Panzer aber nicht zum Einstürzen. Sie seufzte.

»Ich habe es deinem Vater versprochen.«

Na, schönen Dank auch. Den nächsten Muttertag kann sie knicken.

Odette ist ebenfalls wenig begeistert von den Plänen meiner Eltern. Ihre erste Sorge gilt dabei ihren Hausaufgaben, ihre zweite mir. Glaube ich jedenfalls.

»Ich schwöre dir, wenn ihr einmal da seid, kommst du nicht mehr zurück. Das ist kein Urlaub, das ist eine Entführung. Darüber habe ich mal einen Film gesehen. Der Vater hat seine Tochter mit in den Urlaub genommen und sie dann nicht mehr rausgerückt. Das war in der Türkei oder so. Und die Mutter hat zu Hause gesessen und gewartet und ihre Tochter nicht mehr zurückbekommen.«

»Aber meine Mutter kommt doch auch mit«, wende ich ein. »Und zusammen können sie mit mir hingehen und mich entführen, wohin sie wollen. Und wenn es auf den Mond ist.«

Nicht, dass ich darüber nicht auch schon nachgedacht hätte. Ich habe sogar recherchiert, ob ich mich mit fünfzehn für Erwachsen erklären lassen und so selber entscheiden kann, wo ich leben will. Aber das geht nur in Amerika.

Odette denkt krampfhaft nach. Das erkennt man immer daran, dass sie sich auf die Unterlippe beißt, bis diese ganz weiß wird. Manchmal fängt sie auch an zu bluten, was Odette nie zu merken scheint. Offensichtlich hat sie kein sonderlich ausgeprägtes Schmerzempfinden. »Und wenn du einfach von zu Hause abhaust?«

»Wo soll ich denn hin?«

»Du könntest bei mir übernachten.«

»Die nächsten drei Jahre, oder was?«

Sie nickt. »Auch wieder richtig. Meine Mutter hätte bestimmt was dagegen.«

Um ehrlich zu sein, will ich noch nicht einmal einen Tag bei Odette übernachten. Schon bei dem Gedanken daran will ich mir die Hände waschen. Nicht, dass es bei ihr so richtig dreckig wäre. Aber weil ihre Mutter eine leicht verkrüppelte Hand hat, wird hier nie richtig sauber gemacht. Das Gefühl habe ich zumindest. Inzwischen fällt mir das mit der Hand gar nicht mehr auf. Aber am Anfang habe ich schon nicht schlecht geguckt. Ich hatte so was ja noch nie gesehen. Ihre Mutter hat sich die Hand an einer Maschine in der Firma verletzt, in der sie damals gearbeitet hat. Noch vor Odettes Geburt. Danach konnte sie dort nicht mehr arbeiten und musste die Stelle als Pförtnerin im Krankenhaus annehmen, die sie bis heute hat. Ich glaube, das ist auch einer der Gründe, warum Odette manchmal so mürrisch ist. Eine behinderte Mutter mit einem uncoolen Job, ein Vater, der nie den Mund aufmacht, und selber so dick, dass man schon nach ein paar Metern Dauerlauf aus der Puste kommt, das ist kein Zuckerschlecken. Gott sei Dank lässt man sie in der Schule inzwischen in Ruhe. Das letzte Mal, dass einer sich über sie lustig gemacht hat, war, als sie ihr Pausenbrot ausgepackt und gesagt hat: »Was wäre ich nur ohne mein Nutella-Brötchen?«

»Auf jeden Fall nicht so fett«, hat ein Typ geantwortet und das wahnsinnig witzig gefunden.

Ihr wollt nicht wissen, was danach passiert ist. Odette hat das Brötchen beiseitegelegt, ist zu dem Typen gegangen und hat gesagt: »Könntest du das bitte noch mal wiederholen?«

Auf jeden Fall war dies das letzte Mal, dass sie dumm angemacht worden ist. Als dickes Mädchen hat man in unserer Schule genau zwei Möglichkeiten: Entweder man sorgt dafür, dass alle Angst vor einem haben, oder man wird bis ans Ende seiner Tage gemobbt. Odette hat sich für den ersten Weg entschieden. Das imponierte mir damals sehr, weil ich ja selber zu einer Randgruppe gehöre.

Damals fing unsere Freundschaft an. Jetzt steht sie vor dem Aus. Wir können es drehen und wenden, wie wir wollen, am Ende müssen wir doch den Tatsachen ins Gesicht sehen. Zumindest um den Urlaub werde ich nicht herumkommen.

»Bleibt dir nur, dich dort so richtig danebenzubenehmen«, rät Odette. »Du musst dich total asozial aufführen, pöbeln und spucken und deinen Eltern richtig auf den Sack gehen. So, dass sie am Ende gar keinen Bock mehr auf dich haben, geschweige denn mit dir unter einem Dach leben wollen, und dich von allein nach Hause schicken.«

»Großartige Idee. Vielleicht setzen sie mich auch unter einem Busch aus.«

Ich lehne mich zurück und denke nach. »Hoffentlich gibt es in Australien etwas Vernünftiges zu essen. Was, wenn es dort nur komisches Zeug gibt, wovon einem schlecht wird?«

»Dann hast du eine anstrengende Zeit vor dir.«

Plötzlich hat Odette eine Idee: »Ich könnte natürlich auch mitkommen.«

»Ja, klar«, nicke ich, und wir müssen beide lachen. Ich etwas länger als Odette. Sie beginnt nachzudenken.

»Warum eigentlich nicht. Wäre doch möglich, oder? Ich habe ja auch Ferien.«

Ich höre mit dem Lachen auf. »Ich weiß nicht.« Ich versuche, mir die Sache vorzustellen. »Was willst du denn in Australien machen?«

»Na, auf dich aufpassen. So wie hier.«

»Dafür habe ich ja meine Eltern. Außerdem will mich ja dort keiner verkloppen? Mich kennt ja niemand.«

»Du könntest trotzdem angegriffen werden. Von einem Krokodil. Oder einem Ureinwohner.«

»So ein Quatsch, die sind doch längst ausgestorben.«

»Das stimmt nicht. Im Fernsehen haben sie mal einen Film über Krokodile gezeigt. Und das war in Australien. Hundertpro!«

»Ich meine ja auch die Ureinwohner.«

»Ach so. Das kann natürlich sein.«

Ich hätte nie gedacht, dass es mal so weit kommen würde. Aber ich beginne wirklich darüber nachzudenken, wie es wäre, wenn Odette mitkommen würde. Könnten wir wenigstens zusammen leiden.

5. Abflug

Einen Monat später sitzen wir alle im Flieger, meine Eltern, Odette und ich. Ich kann nicht behaupten, dass meine Eltern begeistert waren von der Idee, Odette mitzunehmen. Niemand wäre davon begeistert gewesen. Als ich sie aber vor die Wahl stellte, dass wir entweder beide mitkommen würden oder keiner von uns, stimmten sie zähneknirschend zu. Mein Vater hat ihr sogar das Ticket gezahlt, weil Odettes Eltern sich das nie hätten leisten können.

Qualle habe ich in die Obhut meiner Oma gegeben. Nicht freiwillig, das könnt ihr mir glauben. Meine Oma lebt auf einem Bauernhof und hat ein sonderbares Verhältnis zu Tieren.

Als ich Qualle abgab, meinte sie, dass das Vieh ja ziemlich fett sei und einen guten Braten abgeben würde.

Keine Ahnung, ob sie das lustig fand. Ich tat das jedenfalls nicht und habe Oma gewarnt, dass, falls Qualle im Kochtopf landen sollte, sie vergessen könne, dass ich später mal zu ihrer Beerdigung käme. Ich glaube, darüber hat sie sich etwas erschrocken. Ich hoffe es zumindest.

»Vier Wochen«, habe ich Qualle versprochen. »Vier Wochen, dann sind wir wieder zurück. So lange musst du durchhalten.«

Odette hat ihr versprochen auf mich aufzupassen, was ich etwas übertrieben finde. Trotzdem bin ich dankbar, dass sie mitkommt. Zum einen, weil ich wirklich denke, dass sie ein Krokodil in die Flucht schlagen könnte. Zum anderen, weil ich hoffe, dass ein hungriges Krokodil sich eher auf Odette als auf mich stürzen würde.

Unser Reiseziel liegt ganz unten im Süden Australiens, in der Stadt Melbourne, von der die Hälfte meiner Klassenkameraden wahrscheinlich noch nie was gehört hat. Dort wohnt bereits ein Kollege meines Vaters. Bei ihm können wir schlafen, solange wir da sind.

Sollten wir im Herbst hinziehen, wäre Melbourne auch unser neues Zuhause. Ich kann mir das immer noch nicht vorstellen. Ich will es auch gar nicht. Ich kann mir ja nicht mal vorstellen, in Deutschland umzuziehen. Oder auf eine andere Schule zu gehen. Was soll ich da in Australien? Eltern können wirklich grausam sein.

Nein, ich werde Australien auf keinen Fall mögen. Das kann ich jetzt schon sagen.

Allein der Flug dahin dauert fast dreißig Stunden, das muss man sich mal vorstellen. Das ist länger als ein Tag! Da kann man genauso gut auf den Mond fliegen.

Beim Einsteigen habe ich darauf bestanden, am Fenster zu sitzen. Wenn ich schon fliege, will ich wenigstens nach draußen schauen können. Doch schon jetzt, bevor der Flug losgeht, bemerke ich das erste Problem: Meine Rückenlehne klemmt und lässt sich nicht zurückklappen.

Odette sitzt neben mir auf dem Mittelplatz und hat bereits die Augen geschlossen.

»Willst du mit mir den Platz tauschen?«

»Nein.«

»Mama, können wir die Plätze tauschen?«

Meine Mutter hat sich gerade hingesetzt, nachdem sie sich eine gefühlte halbe Stunde aus ihrer Jacke geschält hat.

»Warum das denn?« Sie klingt gestresst. »Ich denke, du willst aus dem Fenster schauen.«

»Ich habe es mir anders überlegt.«

»Wie? Auf einmal?«

»Okay, meine Rückenlehne klemmt.« Manchmal ist Ehrlichkeit doch der beste Weg.

»Aha, und du denkst, ich will auf so einem Stuhl sitzen?«

Auf diese Antwort bin ich nicht vorbereitet.

»Ich kann aber so nicht sitzen.«

»Und was soll ich da jetzt machen?«

Woher soll ich das denn wissen? Immerhin ist *sie* die Mutter. Gott sei Dank scheint sie sich in dem Moment ebenfalls daran zu erinnern und tut das, was Mütter in einer solchen Situation am besten können. Sie stößt meinen Vater an.

»Der Sitz von deinem Sohn klemmt.«

Mein Vater versucht das Problem natürlich selbst zu lösen, indem er, halb über meiner Mutter und Odette liegend, an meiner Lehne rüttelt, bis mir schlecht wird, und meine Mutter ihn festhält und sagt: »Willst du, dass er ein Schleudertrauma bekommt?«

Odette hat die Augen inzwischen wieder aufgeschlagen.

Ist euch schon mal aufgefallen, dass Väter zwar auf alles eine Antwort haben – auch wenn es die falsche ist, – sie aber niemals selber Fragen stellen? Keine Ahnung, warum das so ist, aber auch jetzt ist meine Mutter diejenige, die eine Stewardess holt und ihr das Problem schildert. Die Dame ist jedoch mindestens genauso genervt wie meine Mutter, weil immer noch Leute einsteigen und versuchen, ihr Gepäck in die bereits überfüllten Gepäckfächer zu quetschen.

Ein Duell »überforderte Stewardess« gegen »gestresste Mutter« kennt aber nur eine Siegerin.

»Sie erwarten doch nicht ernsthaft, dass mein Sohn hier die nächsten zwölf Stunden kerzengerade sitzt? Sollte dies der Fall sein, verlassen wir jetzt, noch vor Abflug, die Maschine und ich werde mich über die Fluggesellschaft im Allgemeinen und über Sie im Besonderen beschweren! Wie heißen Sie eigentlich, meine Liebe?«

Kurzzeitig hege ich die Hoffnung, dass wir nach dieser Ansage aus der Maschine fliegen. Doch stattdessen probiert Melanie, so heißt die Dame, nun ihrerseits quer über uns liegend, die Lehne durch Rütteln zu lösen, also genau das zu machen, was mein Vater zuvor versucht hat. Natürlich genauso erfolglos und mit dem einzigen Ergebnis, dass anschließend mein Kopf schwirrt und ich ernsthaft befürchte, wieder ein paar Gehirnzellen eingebüßt zu haben.

Dann lässt sie uns allein, um kurz darauf mit der Erfolgsmeldung zurückzukehren, dass der Flug nicht ausgebucht sei, im hinteren Flieger also noch Plätze frei seien und wir nach dem Start gern umziehen könnten.

So verharre ich also auf meinem Platz und starre regungslos aus dem Fenster, während das Flugzeug abhebt und in einen grauen und verregneten Himmel schwebt, bevor es durch die Wolkendecke stößt und man die letzten Strahlen einer roten Sonne verschwinden sehen kann. Neben mir beginnt Odette leise zu schnarchen.

Eine Stunde später sitze ich dann allein in meiner Reihe im hinteren Flugzeug und leide still vor mich hin. Ich stelle mir vor, ich wäre ganz allein auf der Welt. Meine Eltern und Odette sind vorn geblieben. Nun kann ich zwar die Lehne zurückklappen, glücklich bin ich mit der Situation aber trotzdem nicht. Wir haben gerade mal einen Bruchteil unserer Strecke zurückgelegt und ich langweile mich schon zu Tode.

Draußen ist es inzwischen dunkel und im Bordprogramm läuft nur Schrott. Ich habe mein Buch vor mir aufgeschlagen liegen, aber auch das interessiert mich gerade nicht.

Gern würde ich etwas schlafen, habe jedoch Angst, dass mir dabei die Beine einschlafen. Das passiert schneller, als man denkt, habe ich gelesen. Wenn man Pech hat, müssen sie einem danach abgenommen werden, weil sie abgestorben sind. Das nennt man dann Thrombose. Wisst ihr, wie schlecht es sich ohne Beine lebt? Man kann keine Treppen mehr steigen und kein Fahrrad mehr fahren. Das Leben würde beträchtlich an Qualität verlieren.

Dann beginnt das Balg hinter mir auch noch gegen meine Rückenlehne zu treten. Ich leide weiter vor mich hin.

Im Flieger stinkt es so entsetzlich, dass ich kaum zu atmen wage. Wer weiß schon, was für Bazillen hier durch die Luft schwirren. Schräg hinter mir sitzt ein dicker Mann, der mit offenem Mund schläft, während ihm ein dünner Speichelfaden aus dem Mundwinkel läuft. Allein schon seinetwegen will ich diese verpestete Luft nicht atmen. Er ist bestimmt Australier.

Um mich abzulenken, stehe ich auf und laufe durch die

Reihen, um die Leute, die schlafen, zu betrachten. Ich vermute, dass die besonders Hässlichen aus Australien kommen. Sagt man nicht, dass die hässlichsten Menschen auf Inseln wohnen? Weil sie nur einander zum Heiraten haben. Und Australien ist ja schließlich eine Insel. Zwar eine sehr große, aber wenn man lange genug läuft, steht man in jeder Richtung irgendwann am Wasser.

Dann versuche ich, ein paar Übungen zu machen, von denen ich gelesen habe, dass sie Thrombosen vorbeugen. Beine hochziehen, Ausfallschritte und so ein Zeug. Als jedoch Melanie, die Stewardess, vorbeikommt und mich spöttisch anlächelt, lasse ich es sein und laufe zu meinem Platz zurück.

Als wir in Singapur umsteigen, will mein Vater die Gelegenheit nutzen, um uns Australien noch einmal schmackhaft zu machen.

»Dort gibt es Tiere, die sonst nirgendwo vorkommen. Kakadus, Koalas, riesige bunte Schmetterlinge …«

»Schlangen, Spinnen und Skorpione.« Meine Mutter hat ebenfalls ihre Hausaufgaben gemacht. »Sieben der zehn giftigsten Schlangen leben in Australien.«

»Ja, schon. Aber nicht nur. Es gibt Leute, die wohnen ihr ganzes Leben lang dort und haben noch nie eine Schlange gesehen.«

»Kennst du einen?«

Natürlich kennt mein Vater keinen.

Als wir von Singapur nach Australien weiterfliegen, gerät das Flugzeug in Turbulenzen. Es beginnt dermaßen zu schütteln und zu wackeln, dass irgendwann die Flugbegleiter zu ihren Sitzen eilen und sich anschnallen müssen. Von dort versuchen sie dann, tapfer in Richtung der Passagiere zu lächeln, als ob das alles gar nicht schlimm, sondern ein Riesenspaß wäre. So wie eine Fahrt in der Achterbahn. In meinem Fall reine Zeitverschwendung, denn ich mag keine Achterbahnen. Ebenso wenig wie jedes andere Karussell. Da wird man nur sinnlos durchgeschüttelt und muss sich an Griffen festhalten, die vorher von tausend anderen Leuten angefasst wurden, von denen sich wahrscheinlich die Hälfte seit Ewigkeiten nicht mehr die Hände gewaschen hat. Da ist das jetzt geradezu harmlos.

Meine Mutter sieht das anders.

»Wir stürzen ab«, stellt sie mit der Schicksalsergebenheit einer Ziege fest, die zur Schlachtbank geführt wird.

Der Mann neben uns bekreuzigt sich, und Odette neben mir kotzt in eine Tüte, wobei sie so würgende Geräusche von sich gibt, dass sich zwei andere Leute bemüßigt fühlen, es ihr gleichzutun. Als das Flugzeug kurz hüpft und sich ein Gepäckfach öffnet, aus dem eine Plastiktüte zu Boden rauscht, schreien einige Passagiere auf, als ob damit unser Schicksal besiegelt wäre.

Bald danach wird es aber schon wieder ruhiger. Ein gemeinschaftliches Aufatmen geht durch das Flugzeug, bei dem man förmlich spürt, wie eine Welle neuer Bazillen durch die Kabine gespült wird.

»Na, siehst du«, murmelt mein Vater aufmunternd zu meiner Mutter. »War doch alles halb so wild.«

Er, der große Weltreisende. Zu Hause funktioniert das meistens. Jetzt zieht meine Mutter ihre Hand aus seiner und sagt, ohne ihn anzusehen: »Kannst du mir dann erklären, warum deine Finger so feucht sind?«

Für den Rest des Fluges schweigen wir. Odette fragt erst mich, dann meine Mutter, ob sie unser Essen haben kann.

6. Ankunft in Melbourne

»Seid ihr schon aufgeregt?«, fragt mein Vater, als wir nach der Landung auf unser Gepäck warten. Meine Mutter stellt fest, dass ihr Schlüpfer an ihrem Hintern festklebt.

»Ich kann es kaum erwarten«, sage ich.

»Leute, wir sind in Australien!«, erinnert er uns. »Wir haben es geschafft.«

Wir *sind* geschafft, trifft es eher.

Als wir mit dem Taxi durch die Straßen fahren, will er wissen: »Na, wie findet ihr es?« Er scheint aufgeregter zu sein als wir.

»Ich sehe keine Kakadus«, stellt meine Mutter fest.

Ich entdecke auch keine. Überhaupt sehe ich nichts, was hier anders aussehen würde als zu Hause. Abgesehen davon, dass die Autos auf der anderen Straßenseite fahren und hier und da ein Känguru auf Wände oder Schilder gemalt ist. Die Häuser sehen aus wie in Deutschland, die Menschen auch, es gibt sogar McDonalds und Pizza Hut, was Odette trotz ihres Zustandes mit einer gewissen Erleichterung quittiert. »Wir werden also zumindest nicht verhungern.«

Ihr ist immer noch schlecht vom Flug. Sie ist weiß wie eine Wand und hundemüde.

Ich weiß nicht, ob ich enttäuscht oder erleichtert sein soll.

Meine Mutter rümpft die Nase. »Außerdem ist es kalt.«

»Weil es Winter ist«, erklärt mein Vater.

»Wir haben Anfang Juli.«

»Wir sind hier auf der Südhalbkugel, da ist alles umgekehrt.«

Meine Mutter ist unzufrieden. »In Deutschland sind es fünfundzwanzig Grad. Wir fliegen nach Süden in den Urlaub und landen in der Kälte.«

»Hier ist alles anders. Die wärmsten Monate sind der Dezember und der Januar.«

»Wie wollen wir denn da Weihnachten feiern, wenn wir hier wohnen? In der Badehose?«

»Warum nicht? Wäre doch mal was anderes.« Mein Vater wendet sich an mich: »Das liegt an den Polen. Du lernst doch gern dazu. Wenn du nachher den Wasserhahn über dem Waschbecken aufdrehst, kannst du beobachten, wie sich der Strudel beim Abfluss andersrum dreht.«

»Ach, gib nicht so an«, fährt meine Mutter ihm über den Mund. »Er hat sich auch den Strudel in Deutschland nicht angeschaut. Warum also sollte er das hier tun?«

Ich sage nichts dazu, frage mich jedoch, woher meine Mutter weiß, dass ich mir den Strudel zu Hause nicht angeschaut habe.

Nachdem wir unsere Koffer im Hotel abgegeben haben und Odette sich ebenfalls entschlossen hat dazubleiben, weil sie schlafen will, machen wir Übrigen uns auf den Weg zum Arbeitskollegen meines Vaters. Der wohnt in einem Appartementkomplex mit einem Mann am Eingang, der darauf achtet, dass kein Gesindel im Hausflur herumlungert. Als wir aus dem Taxi steigen, hält er uns sowohl Auto- als auch Haustür auf.

»Der will bestimmt jeden Tag ein Trinkgeld haben, oder?«, zischt meine Mutter, kaum dass sich die Fahrstuhltüren geschlossen haben.

Mein Vater beruhigt sie. »Nein, das ist der Concierge. Wenn wir hier wohnen, ist er in der Miete drin.« Plötzlich wieder ganz der Weltbürger. Meine Mutter schüttelt missmutig den Kopf. »Du sprichst, als ob wir uns schon entschieden hätten.« Ich glaube, der Flug steckt ihr immer noch in den Knochen.

Der Kollege meines Vaters heißt Herr Winter. Eigentlich heißt er Thomas, aber er meint, ich solle ihn Tom nennen. Das würden alle hier tun. Ich will ihn aber nicht Tom nennen. Er ist um einiges älter als mein Vater und hat einen kräftigen, bereits angegrauten Vollbart. Zwei seiner Kinder sind schon aus dem Haus und haben damit mehr Glück als ich. Nur eine Tochter ist noch da und die sei gerade mit seiner Frau einkaufen.

»Sie kann dir ja nachher mal erklären, was hier so abgeht.« Dabei zwinkert er mir verschwörerisch zu, als wüsste er jetzt schon, dass seine Tochter ein paar echte Knaller parat hat.

»Bestimmt werdet ihr euch hier wohlfühlen«, entscheidet Tom, eigentlich Thomas, für mich aber immer noch Herr Winter, und klingt dabei, als wären wir nicht normal, wenn wir es hier nicht toll finden würden.

»Die Australier sind ein liebenswertes Volk. Sie sind entspannt und gastfreundlich. Und sie können über sich selber lachen.« Das findet er anscheinend so komisch, dass er dabei ebenfalls lachen muss.

»Haben Sie hier schon mal eine Schlange gesehen?«, frage ich.

»Natürlich«, meint er und nickt bestätigend. Offensichtlich hat er den Hintergrund der Frage nicht verstanden. »Massenhaft. Sie sind hier überall. Kleine Schlangen, große Schlangen, ein ganzer Haufen.« Dann muss ihm mein Vater ein Zeichen gegeben haben, denn kurz darauf fügt er hinzu: »Allerdings nur im Zoo.«

Später kommt dann tatsächlich seine Frau mit der fünfzehnjährigen Tochter vom Einkaufen zurück. Die ist blond, heißt Anna und sieht bereits auf den ersten Blick nach Zicke aus. Eine halbe Stunde nach ihrer Ankunft hat sie mich schon in ein Zicken-Gespräch verwickelt.

»Wie heißt du denn?«

»Meo.«

»Neo?«

»Nein, Meo. Mit einem M.«

»Was ist das denn für ein komischer Name? Den habe ich ja noch nie gehört.«

Schönen Dank an meine Eltern.

»Kann ja nicht jeder so einen Allerweltsnamen haben wie du.« Allein an meiner Schule heißen vier Mädchen Anna. Auch alles Ziegen, übrigens.

»Entschuldigung, wenn ich dir zu nahe getreten bin«, sagt Anna. »Ich wusste nicht, dass du so empfindlich bist.«

Ich denke nicht, dass ich sonderlich empfindlich bin. Höchstens sensibel. Anna sieht das anders:

»Du bist bestimmt ein Nerd, der keine Freunde hat.«

»Wie kommst du denn darauf?«

»Na, ist doch so, oder? Hast du denn Freunde?«

»Jede Menge«, lüge ich. »Warum glaubst du, dass ich keine Freunde habe?«

»Weiß nicht.« Sie überlegt einen Moment. »Siehst irgendwie nach Loser aus. Hast wohl auch schon eine Freundin, was?«

»Klar.«

»Aha.« Sie sieht mich spöttisch an. »Und wie heißt die, wenn ich fragen darf?«

»Natürlich darfst du fragen.« Ich schaue genauso spöttisch zurück. »Odette. Sie heißt Odette.«

Darauf ist sie irgendwie nicht vorbereitet. Ruckartig dreht sie sich weg und starrt geradeaus. »Das glaube ich dir nicht.«

»Und wieso nicht?«

Sie zuckt mit den Schultern. »Du siehst eben nicht aus wie jemand, der eine Freundin hat.«

»Und wie sehe ich dann aus?«

Erneutes Schulterzucken. »Weiß nicht. Wie jemand, der nichts auf die Reihe bekommt.«

Was für eine Frechheit. Ich stehe auf.

»Du hast da übrigens einen Pickel auf der Stirn. Ich glaube, da ist Eiter drin.«

Damit lasse ich sie stehen. Im Badezimmer betrachte ich mich eine Weile im Spiegel. Ich finde nicht, dass ich wie ein Nerd aussehe. Warum sehen das die anderen nur immer so? Vielleicht sollte ich den Seitenscheitel mal überdenken.

7. Jetlag

In den nächsten Tagen versucht mein Vater, mit uns einen auf Familie zu machen und die Stadt zu erkunden. Das bedeutet, dass wir jeden Tag zusammen auf Achse sind, von früh bis spät, was einigermaßen anstrengend ist. Zumindest für meine Mutter und mich. Schließlich haben wir das zum letzten Mal …

Genau genommen haben wir das noch nie gemacht.

Hinzu kommt, dass wir alle noch immer vom Jetlag durch den Wind sind, dass also unsere inneren Uhren nach wie vor auf deutsche Zeit eingestellt sind. Obwohl es hier ja schon zehn Stunden früher hell wird. In den ersten drei Tagen sind wir tagsüber fast im Stehen eingeschlafen und haben dafür nachts wach gelegen. Es gibt echt nichts Langweiligeres als nachts herumzuliegen und die dunklen Wände anzustarren. Früher ging mir das nie so. Zu Hause habe ich immer geschlafen wie ein Stein. Um mich aufzubauen, sage ich mir immer wieder, dass es ja nur vier Wochen sind und ich die Zeit schon überstehen werde. Die Einzige, die keine Probleme mit dem Schlafen hat, ist Odette. Zu meinem Leidwesen. Nicht, dass ich ihr das nicht gönnen würde. Aber leider schnarcht sie. Deshalb darf ich mir auch mit ihr ein Zimmer teilen. Meine Eltern waren nach der ersten Nacht ins Nachbarzimmer geflüchtet. Ich hatte bis zu dieser Reise nicht gewusst, dass Odette schnarcht. Da kennt man jemanden schon so lange und entdeckt immer noch neue Seiten an ihm.

Nach ein paar Tagen bietet Herr Winter uns seine Tochter als Fremdenführerin an, was meine Mutter toll findet. Vielleicht bildet sie sich ein, dass zwischen Anna und mir was laufen könnte, weil wir ja im selben Alter sind. Nur so kann ich mir ihre hysterische Art erklären, mit der sie diesen Vorschlag begrüßt.

Mein größtes Problem ist, dass Anna nun Odette kennenlernen wird, was ja doof ist, nachdem ich ihr erklärt habe, dass Odette meine Freundin ist. Ich weiß, dass es mir egal sein sollte, aber aus irgendeinem Grund ist es das nicht, und ich will nicht, dass Anna denkt, ich würde an Geschmacksverirrung leiden. Kurzzeitig denke ich sogar darüber nach, Odette etwas ins Essen zu mischen, damit sie wieder im Hotelzimmer bleibt. Abführpillen oder so was.

Dann aber kommt sie natürlich doch mit.

»Hallo, ich bin Anna.« So freundlich ihre Stimme ist, so ratlos ist ihr Blick, als sie Odette die Hand schüttelt. Sie starrt sie an, als hätte sie so was noch nie in ihrem Leben gesehen.

»Ich bin Odette.« Autsch!

Jetzt cool bleiben und Annas fragendem Blick in meine Richtung standhalten. »Eine andere Odette«, nuschele ich so beiläufig wie möglich.

Anna zieht fragend die Augenbrauen hoch.

»Was denn für eine andere Odette?«, fragt Odette.

»Na, du weißt doch … die andere!«

»Häh?«

Blöde Situation. Warum kann Odette nicht auch Anna heißen? Oder Julia oder Laura?

»Na, du weißt schon … ich habe übrigens gehört, dass es hier bei McDonalds einen speziellen Aussie-Burger geben soll. Was ist denn da drin?«

Zumindest bei Odette zieht das Ablenkungsmanöver. »Echt? Klingt interessant.«

Anna indes scheint den Braten zu riechen. »Schön, dich kennenzulernen, Odette«, sagt sie mit spöttischer Miene. »Ich glaube, Meo hat schon mal von dir erzählt.«

»Ich hoffe, nur Gutes.«

Man muss Anna zugutehalten, dass auch sie nur mäßig begeistert davon gewesen ist, uns die Stadt zu zeigen. Da sie die Aufgabe jedoch übernommen hat, geht sie darin nun vollkommen auf und benimmt sich, als wäre sie selbst Australierin und alle Vorteile und Errungenschaften des Landes wären nur ihr allein zu verdanken.

Irgendwann schleppt sie uns auf das höchste Gebäude der Stadt, einen Wolkenkratzer, mit dem Namen *Eureka Skydeck*, der fast 300 Meter hoch ist.

»Das ist nicht nur das höchste Gebäude von Melbourne, sondern von ganz Australien«, erklärt Anna. »Ich war hier schon öfters. Es ist sogar das höchste Gebäude der südlichen Hemiphäre.«

»Beeindruckend«, murmelt meine Mutter und drückt ihre Stirn gegen die Scheibe, um nach unten starren zu können. Die Aussicht ist in der Tat eindrucksvoll.

»Hemisphäre«, korrigiere ich.

Anna sieht mich irritiert an. »Was?«

»Hemisphäre«, wiederhole ich. »Es heißt Hemisphäre. Mit einem S. Nicht Hemiphäre.«

Sie kneift die Augen zusammen und sieht mich für einen Moment mit einem undefinierbaren Blick an, bevor sie sich abwendet. »Da hinten kann man auch nach draußen gehen und sich den Wind um die Nase wehen lassen.«

Wir laufen zu einer Tür, hinter der eine Art Aussichtsplattform zu sehen ist, deren Boden aus Glas besteht. Drinnen stehen ein paar Leute und als sich die Tür hinter ihnen geschlossen hat, fährt der Kasten ein Stück nach draußen und die Leute hängen sozusagen in der Luft.

»Kann ziemlich kalt sein«, erklärt Anna neunmalklug. »Ich habe das schon ein paar Mal gemacht. Ist nicht ohne, wenn man nur Glas unter sich hat.«

»Oh, das müssen wir unbedingt machen«, meint mein Vater. »Ist bestimmt ein tolles Gefühl.«

Meine Mutter winkt ab. »Ich verzichte.«

Ich schließe mich ihr an. Odette ebenso, was ich in ihrem Fall vernünftig finde. Der Käfig hat schließlich ein Höchstgewicht.

»Verstehe.« Jetzt spricht Annas Blick Bände. »Ist halt nur was für Mutige.«

Dann läuft sie mit meinem Vater nach draußen und steigt in den Käfig. Beide lachen und kichern und legen sich der Länge nach auf den Boden, um sich gegenseitig zu beweisen, wie mutig sie sind.

Wir anderen warten derweil drinnen und sehen durch die verglasten Fronten ihrem Theater zu. Mein Vater scheint sich mit Anna prächtig zu amüsieren.

Meine Mutter schüttelt missbilligend den Kopf. »Er macht sich total zum Affen.«

Beim Abendessen sitzt mir Anna gegenüber und bemüht sich, mich zu ignorieren. Zuvor ist sie schon mit Odette aneinandergerasselt, weil sie diese vorwurfsvoll musterte, als sie sich zum dritten Mal Vorsuppe holte.

»Was gibt es denn da zu glotzen?«, hat Odette sie angefahren. Anna ist davon so irritiert gewesen, dass sie gleich wieder auf ihren Teller geschaut hat.

»Was wollt ihr denn in den nächsten Tagen machen?«, fragt Herr Winter meinen Vater. »Wohin soll die Reise gehen?«

Bisher wissen meine Mutter, Odette und ich nur, dass mein Vater mit uns eine Rundreise quer über den Kontinent geplant hat. Ich habe keine Ahnung, was das bedeutet, kann es aber kaum erwarten, von hier wegzukommen. Ich finde Anna und ihr Gehabe dermaßen zum Kotzen, dass ich schon jetzt weiß, dass ich nie und nimmer mit ihr zusammenleben will.

Mein Vater zählt ein paar Sachen auf, die mir nichts sagen, und zu denen Herr Winter und seine Frau abwechselnd nicken, »Ah!« und »Oh!« machen oder zu kichern beginnen.

»Wollt ihr gar nicht hoch in den Kakadu-Nationalpark?«, fragen sie, als mein Vater geendet hat.

»Doch schon, irgendwann mal«, meint mein Vater. »Aber vielleicht noch nicht jetzt. Das kann man später ja immer noch machen.«

»Ja, das müsst ihr unbedingt machen.« Herr Winter sieht ganz verliebt zu seiner Frau rüber. »Wir waren damals zu unserer Hochzeitsreise dort, es ist wunderschön. Man kann mit so kleinen Boards durch die Canyons schwimmen, total einsam, und dann kommt man an einem Wasserfall raus, den man nur über das Wasser erreichen kann.«

Frau Winter lacht und hüstelt dabei ein wenig. »Ja, stimmt. Das ist total romantisch. Man muss sich nur vor den Krokodilen in Acht nehmen.«

»Krokodile?« Meine Mutter blickt beunruhigt zu meinem Vater, Odette rüber zu mir.

»Ja, aber das ist nicht schlimm«, beschwichtigt Herr Winter sofort. »Da sind überall Krokodilfallen, und die gefährlichen Flusspassagen sind ohnehin gesperrt. Außerdem gibt es Rancher, die auf einen aufpassen.«

»Ich weiß nicht«, meint meine Mutter etwas unsicher.

»Ich war noch nie da«, mault Anna auf ihrem Platz. »Immer erzählt ihr nur, wie toll es dort ist.«

Ich weiß nicht warum, aber in dem Moment durchzuckt es mich. »Dann lasst uns da hinfahren.«

Anna blickt jetzt endlich zu mir, eigentlich schießt sie Giftpfeile mit den Augen, was mir ein gutes Gefühl verschafft.

»Bitte lasst uns da hinfahren«, wiederhole ich, diesmal vehementer.

Mein Vater knickt ein. »Na schön, machen wir also einen Abstecher zum Kakadu-Nationalpark.«

»Ich hoffe, du wirst dort von einem Krokodil gefressen«, zischt Anna zu mir rüber.

Und ich kann mir ein Grinsen nicht verkneifen.

8. Durch Australien

Am nächsten Tag geht es dann also los. Wir, oder besser gesagt mein Vater, planen, uns von Melbourne aus schrittweise in Richtung Norden zu bewegen. Zuerst geht es aber nach Westen. Mit dem Leihwagen fahren wir endlose Stunden an der Küste entlang bis nach Adelaide.

Die Reise wäre wahrscheinlich total öde geworden, hätte Odette unterwegs nicht ihre Gesprächigkeit wiedergefunden. Die Schweigsamkeit der letzten Tage scheint sie in Melbourne gelassen zu haben, bei Anna. Apropos:

»Fandst du Anna eigentlich hübsch?«

Ich höre auf, aus dem Fenster zu schauen. »Nein. Wieso?«

»Ich auch nicht.«

»Ich habe doch nie behauptet, dass ich sie hübsch finde.«

»Habe ich ja auch nicht gesagt.«

»Und warum fragst du dann?«

»Nur so. Ich wollte es nur wissen. Ich dachte, Jungs stehen auf so was.«

»Wie, auf so was? Was meinst du denn?«

»Na, so was eben.«

Darüber muss ich einen Augenblick nachdenken. Am Autofenster beginnen Regentropfen, ein Gitternetz quer über die Scheibe zu ziehen. »Sie ist eine blöde Ziege.«

»Finde ich auch.« Aus irgendeinem Grund scheint Odette erleichtert zu sein. »Ich finde, sie hat einen komischen Mund.«

Ich habe nie auf Annas Mund geachtet und versuche mich nun an ihn zu erinnern.

»Wie sah ihr Mund denn aus?«

»Weiß nicht, irgendwie zu groß für ihr Gesicht.«

Kann ein Mund zu groß für ein Gesicht sein? Odettes Mund ist eher klein. Ich will etwas erwidern, aber jetzt dreht sie sich weg und schaut ihrerseits aus dem Fenster. Das Thema scheint für sie erledigt zu sein.

Irgendwann halten wir an ein paar großen Felsen, die draußen im Meer stehen. Mein Vater bezeichnet sie als »zwölf Apostel«, obwohl es gar nicht zwölf sondern nur neun oder so sind. Odette will wissen, warum sie dann zwölf Apostel heißen, worauf mein Vater keine Antwort hat. Das scheint ihm etwas peinlich zu sein.

Weil es regnet, können wir nicht aussteigen und sitzen deshalb eine Weile im Auto und starren aus dem nassen Fenster. Irgendwann lässt meine Mutter die Seitenscheibe runter, knipst ein Foto und meint dann: »Können wir jetzt weiterfahren?«

Auf der restlichen Fahrt schweigen wir. Mein Vater versucht uns immer wieder in ein Gespräch zu verwickeln, aber richtig gelingen will es ihm nicht. Am Ende spielt er mit Odette »Ich sehe was, was du nicht siehst«, was in Anbetracht des eingeengten Sichtfeldes etwas schwierig ist.

In Adelaide regnet es weiter, weshalb wir schon am nächsten Tag in ein Flugzeug steigen und nach Alice Springs in die Mitte des Kontinents fliegen.

Auf dem Weg nach Alice Springs wird das Flugzeug dermaßen durchgeschüttelt, dass einige Passagiere zu stöhnen beginnen und sich mit den Händen in die Armlehnen krallen. Mein Vater versucht, über die Turbulenzen hinweg tapfer zu lächeln.

»Das liegt an der Wüstenluft«, erklärt er mit einer Stimme, die ein paar Nummern zu hoch ist und so zeigt, dass ihm ebenfalls nicht ganz wohl bei der Sache ist. »Ist aber völlig normal.«

Meine Mutter sagt gar nichts und kotzt erst mal in die Tüte, die vorsichtshalber auf jedem Sitz bereitliegt. Ich selber halte mich vergleichsweise gut, und wenn man Odette neben mir sieht, könnte man denken, sie würde die Sache diesmal ebenfalls locker wegstecken. Allerdings nur, wenn man die blauen Flecke auf meinem Unterarm nicht sieht, die sie mir gerade verpasst.

Nach der Landung ist meine Mutter immer noch grün und döst den restlichen Tag im Hotelzimmer vor sich hin. Odette verkrümelt sich ebenfalls in ihr Zimmer.

Mein Vater will die Gelegenheit nutzen und mit mir die Gegend erkunden, aber es ist so heiß, dass man keinen Schritt machen kann. Es ist wie in einem Backofen, selbst das Atmen fällt schwer. Schon nach wenigen Metern kehren wir deshalb wieder um. Ich kann es kaum erwarten, unter die Dusche zu kommen, um mir den Schweiß und Dreck vom Körper zu waschen. Warum tue ich mir das überhaupt an?

Am nächsten Morgen stehen wir noch vor Sonnenaufgang auf. Mein Vater hat einen Ausflug zu *dem* Nationalsymbol Australiens geplant, einem Berg namens *Ululu* oder so ähnlich, den man wohl unbedingt gesehen haben muss, wenn man schon mal hier ist.

Als wir nach mehreren Stunden in einem unbequemen Minibus mit anderen ebenso verschlafenen Touristen endlich ankommen, dämmert es bereits. Um uns herum wimmelt es plötzlich von Menschen. Wo die alle mitten in der Pampa auf einmal herkommen, ist mir ein Rätsel und beeindruckt mich viel mehr als dieser blöde Berg, der nicht anders aussieht als jeder andere.

Von einem Führer hören wir einen Vortrag darüber, dass dieses Monster ein Heiligtum der Ureinwohner und unter der Erde noch mindestens zehnmal so groß wie drüber sei. Ich habe mir ein kleines Notizbuch gekauft, in dem ich mitschreiben will, was mir wichtig erscheint. Wer weiß, wozu man es noch mal gebrauchen kann.

Uluru. Größe über der Erde: etwa 860 Meter

Länge: drei Kilometer

Breite: zwei Kilometer

Man kann draufsteigen, aber das macht man nicht, wenn man die Kultur der Ureinwohner respektiert. (Frage: Warum bieten sie es dann an?) *Bisher Verunglückte: 35*

»Das kannst du doch alles im Reiseführer nachlesen«, meint Odette, als sie sieht, was ich tue. Ich ignoriere sie.

Danach werden wir aufgefordert, um den Berg herumzulaufen. Das ist hier anscheinend ein Muss, denn überall sieht man Truppen von Besuchern, die sich klaglos in Bewegung setzen. Und das obwohl allein die kleine Runde zweieinhalb Stunden dauert. Für die große Runde braucht man vier Stunden. Odette weigert sich mitzulaufen.

»Geht ihr mal schön. Ich warte hier. Kann ich wenigstens noch etwas Nachtschlaf nachholen.« Sie lässt sich auf eine Bank fallen und fächelt sich mit einem Faltblatt Luft zu. »Diese Hitze hält ja kein Mensch aus.«

Recht hat sie. Wenn es während dieser Reise einen Moment gegeben hat, in dem ich meinen Vater hasse, dann ist es dieser. Dafür bin ich nun in aller Herrgottsfrühe aus dem Bett geklettert? Dafür bin ich nach Australien gekommen? Um bei Backofentemperaturen um einen Berg zu wandern? Es ist wirklich unfassbar. Es ist der Iron-Man-Contest, den wir hier machen.

Er selbst scheint nicht im Geringsten überrascht – im Gegenteil: Fröhlich knipst er von meiner Mutter und mir Fotos, während wir übellaunig unseren Rundgang antreten. Bis jetzt muss er von uns mehr Bilder gemacht haben als in meinem gesamten bisherigen Leben zuvor. Meine Mutter hat sich natürlich nicht, wie von meinem Vater empfohlen, ihre bequemen Turnschuhe angezogen. Sie zieht generell nur ungern Turnschuhe an. Solange ich denken kann, läuft meine Mutter auf hochhackigen Schuhen durchs Leben. Sie meint, mit flachen Sohlen habe sie einen Watschelgang. Ich glaube, sie will nur einfach nicht so klein sein. Barfuß ist meine Mutter nur wenig größer als ich.

Wenigstens sehen wir ein Känguru, was sie für einen Moment aus ihrer Murmelphase herausholt. Wenn meine Mutter schlecht gelaunt ist, murmelt sie leise vor sich hin. Deshalb nenne ich das immer ihre Murmelphase. Meine Eltern gehen mir auf die Nerven und ich versuche, mich mehr und mehr zurückfallen zu lassen.

Irgendwann setze ich mich auf einen Stein und beobachte eine Gruppe Zebrafinken, die in einem Busch herumhüpfen. Keine Ahnung, wie das auf andere Leute wirkt, aber ich muss einen recht verlorenen Eindruck gemacht haben. Prompt kommt nämlich ein älteres Paar auf mich zugestapft, und ehe ich mich's versehe, legt die Frau ihre Hand auf meine Schulter und meint:

»Hast du dich verlaufen, Kleiner? Hast du deine Eltern verloren?«

Sie meint es wohl gut. Aber ich bin erstens viel zu überrascht und zweitens empört darüber, wie ich es immer bin, wenn jemand meine Körpergröße ins Spiel bringt, sodass ich einfach aufstehe und sage: »Ich bin einen Meter fünfundsechzig groß!«

Dann lasse ich sie stehen.

Vielleicht ein Wort zu meinem Englisch, um eventuellen Missverständnissen vorzubeugen: Ich spreche es recht gut und kann mich damit ganz passabel ausdrücken. Aber ehe ich jetzt alle Gespräche in Englisch wiedergebe und euch zwinge, mit dem Wörterbuch herumzuhantieren, übersetze ich sie gleich mal für euch. Ihr könnt mir später dafür danken.

Jedenfalls trotte ich weiter zu meinen Eltern, die sich wieder unserer Gruppe angeschlossen haben, und höre gerade, wie unser Führer Horrorgeschichten von Leuten erzählt, die sich hier draußen im Outback verlaufen haben und beinahe ums Leben gekommen wären.

»Bleiben Sie immer bei der Gruppe«, warnt der Mann. »Hier draußen kann man schnell verloren gehen.«

Ich frage mich, wie man hier draußen verloren gehen soll?

Es gibt doch nur plattes Land und kaum Bäume.

»Zur Mittagszeit können die Temperaturen schnell auf über fünfzig Grad steigen. Man kann innerhalb kürzester Zeit verdursten.«

Jemand hebt die Hand. Es sieht aus wie in der Schule.

»Wie haben die Leute überlebt, von denen Sie erzählt haben?«

Der Führer schaut mit großen Augen in die Runde.

»Mit Kontaktlinsenflüssigkeit – und Urin.«

Igitt! Ich wende mich ab. Wie sagen die Australier so schön: Too much information! Was wörtlich etwa so viel heißt wie: Zu viele Informationen! Übertragen bedeutet es: Lass mich in Ruhe mit deinem Mist. Gern geschehen.

Als wir am späten Nachmittag zurück in unser Hotel kommen, ist mein Vater deprimiert. »Ich habe das Gefühl, ihr findet hier gar nichts schön.«

»Doch, wir finden es schön«, beeilt sich meine Mutter zu versichern. »Es ist nur so heiß.« Ich weiß, dass sie lügt. Zu meinem Erstaunen sehe ich, wie sie ihm den Arm unterhakt, als wolle sie ihn trösten. Gott sei Dank dauert dieser Zustand nur kurz an, denn schon im nächsten Moment reißt sie sich los und macht einen Satz nach hinten, wie ich ihn noch nie bei ihr gesehen habe. Wie ich ihn überhaupt noch bei keinem Menschen gesehen habe. Dabei stößt sie einen Schrei aus, der mir ebenfalls neu ist, jedenfalls in dieser Lautstärke. Der Grund ist eine zugegebenermaßen ziemlich große Spinne, die an der Wand neben der Zimmertür meiner Eltern hockt.

Meine Mutter steht schlotternd an der anderen Seite des Flurs und kreischt irgendwelches zusammenhangloses Zeug, während sie mit dem Finger immer wieder in die Luft hackt und auf die Spinne zeigt. Ich weiß, dass diese Sätze bedeuten sollen: »Hilfe, da ist eine Spinne. Oh mein Gott, mach sie weg. Mach sie um Gottes willen weg. Töte sie. Hilfe!« Für die anderen Leute, die inzwischen die Köpfe aus ihren Türen stecken, und meinen Vater und Odette ist es jedoch nur wirres Gestammel.

Ein Mann, der nur Boxershorts und ein Unterhemd trägt, kommt schließlich mit einem Glas an und lässt die Spinne dort hineinfallen. Dann präsentiert er meiner Mutter das Glas von Weitem. »Ist nicht gefährlich«, grinst er. »Vor den Großen muss man keine Angst haben. Die Kleinen sind viel gefährlicher.«

Die Spinne hockt teilnahmslos in dem Glas, als ginge sie das Ganze nichts an.

Meine Mutter hat sich mit dem Rücken gegen die Wand gedrückt und presst die Hände vor die Brust. Als mein Vater zu ihr tritt, klammert sie sich an ihn, als würde er sie vor dem Ertrinken retten. Mit dem Kreischen hat sie aufgehört, dafür japst sie jetzt ununterbrochen, als wäre sie nicht die Treppen hochgelaufen, sondern an der Außenwand des Gebäudes nach oben geklettert. So wie Spiderman. Ich ringe mit mir, ob ich diesen Witz laut aussprechen soll, aber meine Mutter ist wirklich sehr blass, daher lasse ich es lieber. Als sich die anderen Türen geschlossen haben, nimmt mein Vater meine Mutter in die Arme und führt sie wie eine Blinde in ihr gemeinsames Zimmer.

»Ich kann deine Mutter verstehen«, meint Odette neben mir. »Ich habe auch Angst vor Spinnen.«

»Die Spinnen sollten eher Angst vor dir haben«, antworte ich und schließe unser Zimmer auf.

Als ich später in meinem Bett liege, denke ich über den heutigen Tag nach. Es gab bisher nichts auf dieser Reise, das mich dazu bewogen hätte, hierher ziehen zu wollen. Wenn ich Glück habe, hat der Vorfall mit der Spinne dazu geführt, dass meine Mutter ebenfalls davon absieht. Sie hat echt eine Riesenpanik vor Spinnen, und auch wenn man sonst immer denkt, sie würde nur so tun, sieht man an Tagen wie heute, dass ihr Horror echt ist. Ich habe vor ein paar Jahren mal erlebt, wie eine kleine Spinne unter einem Gartenschwamm hervorgekrochen kam, den meine Mutter in der Hand hielt. Sie hat sich dabei so geekelt, dass sie drei Blasen an der Lippe bekam und zwei Wochen mit Creme im Gesicht herumlaufen musste. Die ganze Zeit über sah sie dabei aus, als ob sie beim Essen gesabbert hätte, und es war mir echt peinlich, so mit ihr einkaufen zu gehen.

Heute Abend war sie dann auch zu nichts mehr zu gebrauchen, und wir übrigen drei mussten allein im Hotelrestaurant essen. Das war vielleicht anstrengend! Mein Vater hat die Chance gewittert, endlich mal einen Vater-Sohn-mit-Freundin-Abend abhalten zu können. Mit allen Peinlichkeiten, die dazugehören. Es fing harmlos an. Mit Fragen zu unseren Lieblingsfächern in der Schule, darüber, was wir mal werden wollen, über unsere Freunde, bis dahin, ob wir eigentlich nur Freunde seien oder ob da »mehr« sei. An diesem

Punkt eierte er etwas rum und sprach in einem Tonfall, als könnte er das selbst kaum glauben. Als wir ihm dann bestätigten, dass da nicht »mehr« sei, sprang er vor Erleichterung beinahe von seinem Stuhl auf.

Der Abend war ein Albtraum. So wie die gesamte Reise ein Albtraum ist. Noch knapp drei Wochen, so lange muss ich durchhalten. Dann geht es wieder zurück nach Deutschland. Vielleicht schon eher, wenn meine Mutter sich durchsetzt.

Ich schiele rüber zu Odette, die drüben auf ihrem Bett liegt und ebenfalls über etwas nachzudenken scheint. Ich würde gern wissen, wie sie die Sache sieht. Als sie merkt, dass ich zu ihr rüberschaue, sagt sie: »Glaubst du, dass deine Eltern glücklich miteinander sind?«

9. Im Kakadu-Nationalpark

Zu meinem Erstaunen hat der Vorfall mit der Spinne meine Mutter nicht etwa dazu bewegt, unsere Abreise aus diesem Land zu beschleunigen. Im Gegenteil: Keine Ahnung, was in dieser Nacht noch drüben im Hotelzimmer passiert ist, aber meine Eltern scheinen ab diesem Zeitpunkt einander wieder nähergekommen zu sein. Was in doppelter Hinsicht schlecht für mich ist. Zum einen verliere ich mit meiner Mutter meine wichtigste Verbündete im Kampf gegen den drohenden Umzug. Zum anderen scheint sie meinen Vater gerade wieder neu zu entdecken, was für mich ebenfalls nicht gut sein dürfte. Sämtliche Bequemlichkeiten, an die sich sowohl meine Mutter als auch ich mich in den letzten Jahren gewöhnt haben, also zum Beispiel, dass ich entscheide, was es am Sonntag zum Mittag gibt, dass ich entscheide, welche DVD wir am Samstagabend ausleihen, dass ich entscheide, wie viel Taschengeld ich benötige, um über die Runden zu kommen, stehen plötzlich auf der Kippe. Man kann sagen, die Situation wird gefährlich.

»Was soll ich machen?«, jammere ich vor Odette, nachdem ich ihr meinen Eindruck geschildert habe.

Sie überlegt kurz. »Du musst radikaler werden. Zeig ihnen, wie du dich fühlst. Lass endlich mal den Kotzbrocken raushängen.«

»Aber so kennen sie mich doch. Wahrscheinlich merken sie es nicht mal.«

Odette nickt. »Stimmt auch wieder. Musst du halt noch eine Schippe drauflegen.«

Das ist leichter gesagt als getan. Meinen ersten Versuch starte ich in Darwin im Taxi vom Flughafen zum Hotel. »Ist ja echt voll langweilig hier.«

Meine Eltern starren mich entgeistert an.

»Wir sind doch gerade erst angekommen«, sagt mein Vater.

Damit hat er leider recht.

»Ja, ist trotzdem langweilig. Ich meine, es sieht langweilig aus.«

Draußen scheint die Sonne und wir fahren eine Straße entlang, die von Palmen und Büschen gesäumt ist, an denen große weiße Blüten wachsen. Eigentlich ist es recht hübsch. Ich wünschte, ich könnte Odette fragen, wie ich weitermachen soll. So sitzt sie nur schweigend neben mir. Ich habe anscheinend weniger Erfahrung im Stunk machen als gedacht.

»Warte ab, bis wir im Hotel sind«, beruhigt mich meine Mutter. Nach einer Dusche wird es besser.«

In den nächsten Tagen feile ich weiter an meiner Strategie, die ich jeden Abend mit Odette im Hotelzimmer übe. Ich bemühe mich nach Kräften, alles doof und langweilig zu finden. Was nicht immer einfach ist.

»Wollen wir an den Strand?«

»Nein.«

»Willst du in den botanischen Garten?«

»Nein.«

»Hast du Lust auf die Krokodilfarm?«

»Nein.«

»Kommst du mit zum Mitternachtskonzert in den Park?«

»Nein.«

»Willst du was essen?«

»Nein.«

»Morgen geht's in den Kakadu-Nationalpark. Freust du dich?«

»Nein.«

Mein Vater sieht mich fragend an. »Aber du wolltest doch unbedingt da hin? Nur deswegen sind wir hergekommen.«

Das war wohl ein Eigentor.

»Es geht mir nicht besonders gut.«

»Du wirst doch nicht etwa krank?« Meine Mutter ist sofort alarmiert und betastet meine Stirn. »Ganz heiß!«

Kurzzeitig bin ich selber besorgt. Mein Vater wendet sich genervt ab. »Ach, Quatsch, der ist nicht krank. Der will sich nur drücken.«

»Wie kannst du so was sagen?«, ruft meine Mutter empört und drückt mich fester an sich. Für einen kurzen Moment sind wir wieder ein Team.

»Na, ist doch so«, sagt mein Vater. »Seit Tagen jammert er nur rum. Er meckert über alles, ist mit nichts zufrieden.« Dann wendet er sich mir direkt zu. »Weißt du, Meo, für das, was wir dir hier bieten, würden sich andere Kinder ein Bein ausreißen. Du bist undankbar. Ist es nicht so?«

Dabei fährt er zu Odette herum, die davon so überrascht ist, dass sie vor Schreck ihren Kaugummi verschluckt.

»Denke schon«, murmelt sie und nickt ratlos.

»Siehst du!« Jetzt bin ich wieder dran.

»Na, dann frage doch die anderen Kinder«, rufe ich und

stürme aus dem Zimmer. Dabei vergesse ich zu sagen, dass ich kein Kind mehr bin.

Ich habe die Arme hinter dem Kopf verschränkt und starre an die Decke. Ich erinnere mich, wie in einer Fernsehshow mal eine Reise nach Australien verlost wurde und der Gewinner fast einen Ohnmachtsanfall bekommen hat, als er davon erfuhr. Ich dagegen habe die Reise geschenkt bekommen. Doch wie gerne wäre ich jetzt daheim in meinen Zimmer.

Warum gehen Leute überhaupt irgendwohin? Warum bleibt man nicht einfach dort, wo man geboren ist? Man kennt die Gegend, die Nachbarn, einfach alles. Es ist so bequem. Alle Touristen, die hier rumlaufen, tun so, als ob es sonst wie toll wäre, hier sein zu dürfen. Dabei hätte ich gut weiterleben können, ohne Australien gesehen zu haben. Die Einzigen, die nicht so tun, sind die Einheimischen, die Ureinwohner. Die schauen meist so böse, dass man Angst haben muss, sie würden einem einen Stein an den Kopf werfen, sobald man ihnen den Rücken zudreht.

Odette kommt ins Zimmer geschlurft und wirft sich auf ihr Bett. »Starker Auftritt war das eben. Deine Eltern wollten von mir wissen, was dein Problem ist.«

»Und was hast du gesagt?«

»Dass du Liebeskummer hast.«

»Bist du bescheuert?« Ich richte mich auf.

»Schon gut«, beschwichtigt sie. »Ich habe gesagt, ich weiß es nicht. Dass ich mir aber vorstellen kann, dass es hart ist, wenn man plötzlich nicht nur in eine andere Stadt, sondern gleich in ein anderes Land ziehen soll.«

Durch die dünne Wand hören wir, wie sich meine Eltern streiten.

»Der Junge interessiert sich für nichts«, ruft mein Vater. »Er ist ein Mensch ohne Eigenschaften. Ich weiß nichts von ihm.«

Meine Mutter sagt daraufhin irgendwas, was ich nicht verstehe. Ich drehe mich um und mache die Augen zu. Hoffentlich ist dieser Albtraum bald vorbei.

Als wir am nächsten Tag im Nationalpark ankommen, ist es dort überhaupt nicht so, wie ich es mir vorgestellt habe. Keine Ahnung, was ich erwartet habe. Nichts Konkretes, nur dass es eben etwas Tolles sein musste.

Stattdessen: »Es ist ein Wald.«

Ich freue mich, dass meine Mutter meinen Eindruck teilt. Und auch die Enttäuschung. Mein Vater wirft unsere Taschen auf die Betten in unserem Bungalow. Wir haben nicht viel mitgenommen, da wir insgesamt nur zwei Nächte bleiben und übermorgen schon wieder zurück in Darwin sein wollen.

»Noch haben wir ja gar nichts gesehen«, sagt er und trifft damit den Nagel auf den Kopf. »Wir sind ja eben erst angekommen.«

Eine Stunde später treffen wir uns mit anderen Besuchern, die sich ebenfalls den Park anschauen wollen. Wir sind insgesamt acht Leute, mit uns noch vier Franzosen, die sich aufgeregt miteinander unterhalten, ohne dass man viel davon versteht.

Unser Führer erklärt, dass wir uns heute einige Höhlen in

der Umgebung anschauen wollen, während wir morgen zu einer etwas größeren Tour aufbrechen werden.

»Hoffentlich meint er damit nicht laufen«, flüstert Odette besorgt in meine Richtung.

Mein Vater fragt, ob wir dann auch auf dem Fluss schwimmen könnten, mit diesen »Buggyboards«, wie er die Worte von seinem Arbeitskollegen zu wiederholen versucht. Vom Parkmitarbeiter erntet er dafür jedoch nur ratloses Kopfschütteln.

»Sie meinen Bodyboards?«

Mein Vater nickt eifrig. »Richtig.«

Der Parkmitarbeiter schüttelt noch einmal den Kopf.

»Es ist Trockenzeit.«

Damit hat sich die Sache mit dem Schwimmen wohl erledigt, was weder Odette noch ich besonders schlimm finden. Wir sind beide keine leidenschaftlichen Schwimmer. Meist ist mir das Wasser viel zu kalt. Außerdem habe ich gehört, dass zu langes Baden oder Schwimmen die Haut austrocknet. Und das muss ja echt nicht sein.

Nachdem wir eine halbe Stunde mit einem Geländewagen einen Waldweg entlanggefahren sind, über dem sich die Blätter der Bäume wie zu einem natürlichen Dach vereinen, halten wir auf einem Parkplatz, wo nur noch zwei andere Autos, ebenfalls Geländewagen, stehen.

»Viel los scheint hier ja nicht zu sein«, murmele ich und setze mir den Hut auf, den mir meine Eltern im Souvenirshop der Lodge gekauft hatten. Er hat breite Krempen wie ein Cowboyhut, die mich davor schützen sollen, einen Sonnenstich zu bekommen. Odette hat sich ebenfalls einen Hut gekauft, mit kleinen Bommeln drum herum, die aussehen wie von einer Gardine abgeschnitten.

Als ob der Führer meine Worte gehört hätte, fängt er an zu erklären: »Der Kakadu-Nationalpark ist fast zwanzigtausend Quadratkilometer groß und damit einer der größten Nationalparks der Welt. Sein Artenreichtum ist einzigartig, allein ein Drittel aller in Australien vorkommenden Vogelarten gibt es hier.«

Ich zücke mein Notizbuch und schreibe mit.

Meine Mutter sieht sich um und streckt die Hand aus, um auf ein paar Schatten in den Baumwipfeln zu zeigen: »Was für Vögel sind das da?«

Der Mann folgt ihrem Finger. »Das sind Flughunde. Schwarze Flughunde, um genau zu sein.«

Meine Mutter zieht ihre Hand wieder ein.

An diesem Nachmittag sehen wir uns mehrere Felszeichnungen an, steigen auf ein Hochplateau, von dem aus wir einen Blick über ein Tal werfen können, und rasten an einem kleinen schattigen See, in dem große Fische schwimmen. Die ganze Zeit über ist es brüllend heiß, wir schwitzen wie die Paviane und riechen bald auch ähnlich. Nur so kann ich mir zumindest die vielen Fliegen erklären, die uns ständig umschwirren. Inzwischen beneide ich Odette um ihren Hut. Mit den Teppichfransen sieht er zwar echt beknackt aus, aber dafür braucht Odette nur mit dem Kopf zu wackeln, um die Fliegen zu verscheuchen.

Besonders meiner Mutter machen sie zu schaffen, und obwohl jeder gewettet hätte, dass Odette die Letzte in unserem Zug sein würde, ist es nun meine Mutter, die Mühe hat,

Schritt zu halten, weil sie ständig anhalten und sich irgendwo kratzen muss. Erst als ich ihr ein abgefressenes Palmblatt reiche, mit dem sie die Viecher wegwedeln kann, wird es besser. Unserem Anführer missfällt mein Verhalten.

»Bitte nichts abrechen oder abreißen«, mahnt er. »Und unbedingt auf den Wegen bleiben. Man kann sich hier schnell verlaufen.«

Ich glaube ihm aufs Wort.

»Was macht man denn, wenn man sich verläuft?«, fragt meine Mutter.

»Das Beste ist, dort zu bleiben, wo man gerade ist. Wenn jemand vermisst wird, werden Suchtrupps losgeschickt, die einen in der Regel auch finden. Günstig ist es, wenn man zum Beispiel einen kleinen Spiegel dabeihat. Dann kann man dem Hubschrauber ein Signal geben.«

»Und wenn niemand kommt?«

»Dann bleibt einem nur viel Glück zu wünschen.«

Der Mann hält an und denkt einen Moment über seine Worte nach. Offensichtlich hat er gemerkt, dass diese Aussage nicht sehr vertrauenerweckend für seine Gäste ist.

»Wenn Sie sich wirklich einmal verlaufen sollten – was aber nicht vorkommen wird, denn Sie halten sich ja alle an die Parkregeln – wäre eine Möglichkeit, den Wasserläufen zu folgen. Jetzt im Juli könnte das aber schwierig sein, denn die meisten Läufe sind ausgetrocknet. Dann sollten Sie dem Flussbett folgen. Der Vorteil ist, dass sie bei Niedrigwasser zumindest sehen, ob sich ein Krokodil in der Nähe befindet. Bei Tieren sollten Sie stets die Ruhe bewahren, die meisten verschwinden von allein wieder.«

»Sie meinen Schlangen und so«, hilft mein Vater.

»Bei Schlangen sollten Sie zusehen, dass Sie sie einfach in Ruhe lassen. Ich meine in erster Linie große Tiere, wie Schweine oder Wasserbüffel.«

Ich schaue mich um und finde es komisch, dass es hier neben Schlangen und Krokodilen so gewöhnliche Viecher wie Schweine geben soll. Der Führer scheint zu überlegen, ob er etwas vergessen hat. Er wirkt ein bisschen wie in der Schule, wenn die Lehrerin einen unvorbereitet zur mündlichen Prüfung an die Tafel ruft. Dann spricht er weiter: »Sie könnten sich auch an den Bergkämmen orientieren. Dort oben hat man meist einen guten Ausblick, wie Sie heute ja gesehen haben. Das Gras steht dort meist auch etwas niedriger.«

Pflichtbewusst schauen wir einmal nach oben, als ob wir uns ab morgen hier allein durchschlagen müssten.

»Hat hier nicht auch *Crocodile Dundee* gelebt?«, will mein Vater wissen. *Crocodile Dundee* ist ein alter Film aus den Achtzigern, den mein Vater noch auf DVD hat und sich immer mal wieder anschaut. Es geht da um einen Typen, der im australischen Busch lebt und die Leute mit seinem Riesenmesser beeindruckt. Ziemlich albern, aber mein Vater liebt diesen Film.

Der Führer nickt. »Sie meinen Rodney Ansell?«

Mein Vater nickt eifrig, obwohl er mit dem Namen wahrscheinlich nicht viel anzufangen weiß.

»Ja, genau der. Der war doch Vorbild für den Film. Lebt er noch hier oben?«

Unser Führer schüttelt den Kopf. »Nein. Er wurde vor ein paar Jahren von der Polizei erschossen.«

Mein Vater bleibt kurz stehen. Diese Information muss er erst verarbeiten. Es scheint kein guter Ort für Typen aus dem Busch zu sein. Oder keine guten Zeiten.

Ich weiß nicht, warum, aber es erscheint mir wichtig, den Namen in meinem Buch zu vermerken: *Rodney Ansell.*

10. Allein im Park!

Als wir uns am nächsten Morgen für einen weiteren Ausflug in den Park vorbereiten, erwartet uns eine Überraschung in Gestalt von Odette in einem neuen Outfit. Statt Shirt und Shorts trägt sie nun ein weites langärmeliges Gewand, das fast bis zum Boden reicht. Mit ihrem Bommelhut auf dem Kopf sieht sie wie eine Fantasy-Figur aus.

»Warum trägt deine Freundin dieses Walla-Walla-Gewand?«, will meine Mutter wissen, als wir vom Frühstück kommen. Das interessiert mich auch.

»Hast du dir gestern einen Sonnenstich geholt?«, frage ich.

Odette dreht sich einmal um die eigene Achse. »Schick, oder?«

Meine Mutter beäugt sie skeptisch. »Wo hast du das her?«

»Im Hotelshop gekauft.«

»Willst du damit etwa nach draußen? Ist es dafür nicht ein wenig zu warm?«

»Im Gegenteil! Gestern Abend habe ich im Hotel-Fernsehen einen Film über Beduinen in der Wüste gesehen. Die hatten alle so lange Sachen an. Weil das die Hitze abhält.«

Ich erinnere mich, dass Odette weiter ferngeschaut hat, als ich schon schlief. Wahrscheinlich war sie danach übergeschnappt.

»Du bist aber kein Beduine«, erkläre ich geduldig. »Und das hier ist nicht die Wüste. Wenn du damit rausgehst, werden sie dich wegfangen und einsperren.«

Odette zupft an ihrem Kleid. »Wir werden ja sehen«, entgegnet sie und stapft selbstbewusst davon. Sie sieht aus wie eine Fee in Übergröße. Fehlt nur noch der Zauberstab.

Meine Mutter blickt der wehenden Gestalt ratlos nach. »Vielleicht sollte ich auch was Langärmeliges anziehen.«

Wieder Höhlen, Felsen, hohes Gras und jede Menge Fliegen. Auch heute sehen wir eine Menge Malereien mit Fabelwesen der Ureinwohner. Unser Führer meint, dass es insgesamt fast dreitausendfünfhundert Felszeichnungen im Park gibt. Ich hoffe, dass wir sie nicht alle anschauen müssen. Als wir vor einer dieser Zeichnungen stehen und ich sie mit Odette vergleiche, denke ich, dass man beim flüchtigen Hinschauen denken könnte, sie wäre ebenfalls ein Fabelwesen.

Eine andere Zeichnung ist ziemlich groß und zeigt einen aufrecht stehenden Mann mit einem viel zu kleinen Kopf ohne Gesicht, dafür aber mit riesigen von sich gestreckten Armen und Beinen. Er sieht aus, als ob er tanzt. Oder platt gefahren auf der Straße liegt.

»Dies ist ein gefährlicher Geist«, erzählt unser Führer. »Sein Name ist *Nabulwinjbulwinj*. Er war ein mächtiger Zauberer, der Frauen aufgelauert, sie entführt und dann gegessen hat.«

Meine Mutter zieht die Nase kraus, sagt aber nichts.

»Zuvor hat er sie mit Wurzeln betäubt.«

Jetzt waren auch die Franzosen, die die ganze Zeit gequatscht hatten, wieder bei der Sache.

»Gibt es hier viele giftige Pflanzen?«, will einer von ihnen wissen.

Der Führer verneint. »Ihr solltet euch mehr vor Insekten

wie den Moskitos in Acht nehmen, die gefährliche Krankheiten übertragen. Oder Schlangen, wie der Todesotter oder dem Taipan. Sein Gift ist so stark, dass er damit hundert Menschen töten kann. Das sagt man zumindest. Allerdings sind die Tiere scheu, sodass man schon ziemliches Glück haben muss, um einen zu treffen.«

»Auf dieses Glück kann ich verzichten«, raunt meine Mutter.

»Mir selber sind bis heute keine Fälle ernster Verletzungen oder Todesfälle durch Schlangen im Park bekannt«, beruhigt unser Führer, nachdem er unsere Gesichter bemerkt hat. »Allerdings könnte es gut sein, dass im Busch bis heute der eine oder andere Geist der Ureinwohner überlebt hat.«

Am späten Nachmittag picknicken wir an einem Wasserfall, der jedoch kaum Wasser führt. Lediglich ein dünnes Rinnsal plätschert gemütlich die Felsen hinunter, bevor es in einem halbvollen Auffangbecken landet, von dem zumindest etwas Kühle ausgeht. Wir sitzen im Schatten der Steine, essen die von unserem Führer mitgebrachten Sandwiches und beobachten ein paar Enten, die in der Mitte des Bassins plantschen. Meine Mutter mault etwas herum, dass der Führer uns hätte sagen können, dass für Essen gesorgt ist. Dann hätten wir nichts Eigenes mitschleppen müssen. Ich weiß gar nicht, was sie mitgenommen hat, denn es ist alles im Rucksack meines Vaters verstaut.

»Ich finde, Meo sollte die Sachen für den Rest des Tages tragen«, sagt dieser dann auch prompt, während er sich mit einer Serviette die Krümel vom Mund wischt.

»Das schwere Ding?«, rutscht es mir raus.

»Schaffst du wohl nicht, was?« Mein Vater lächelt mich bösartig an. »Habe ich mir schon gedacht.«

Ich merke, wie ich rot werde. Er ist schon den ganzen Tag so anstrengend, versucht mich dauernd mit allem Möglichen aufzuziehen und will wissen, was ich in mein Buch schreibe. Schon aus Prinzip habe ich es ihm nicht gesagt. »*Was* hast du dir gedacht?«

»Hört auf zu streiten.« Meine Mutter klingt eher gelangweilt als genervt.

»Sport ist nicht dein Ding, oder?«, stichelt mein Vater weiter.

»Und wenn es so wäre? Was wäre schlimm daran?«

»Nichts wäre schlimm daran. Musst dich nicht schämen.«

Wer sagt, dass ich mich schäme? Ich bin nur genervt.

»Meo hat's eher mit dem Kopf als mit Sport«, versucht Odette mir beizuspringen, was jedoch nach hinten losgeht.

»Schon klar«, nickt mein Vater.

»Was ist dein Problem?«, frage ich.

Er zuckt mit den Schultern. »Ich habe kein Problem. Darf man nicht mal laut denken?«

Mir reicht es. Soll er doch meine Mutter weiter vollnölen. Ich stopfe mir den letzten Bissen Brot in den Mund, greife nach dem Rucksack und wuchte ihn mir über die Schultern. Und kippe fast nach hinten um. Das Ding ist wirklich ganz schön schwer.

»Wo willst du hin?«, fragt Odette, als ich loslaufe.

»Ich warte am Bus«, rufe ich. Der steht hundert Meter weiter unten auf einem Parkplatz.

»Richtig so«, ruft mir mein Vater hinterher. »Doch eher Mann als Maus, oder?«

Ich höre, wie meine Mutter ihn zurechtweist: »Musste das jetzt sein?«

»Was denn?«, zischt mein Vater. »Ich wollte ihn doch nur mal aus der Reserve locken. Der Junge lebt so was von in einem Schneckenhaus. Kein Wunder, dass er keine Freunde hat. Er ist eine Pfeife. So wird er es im Leben nie zu etwas bringen.«

Ich bin so wütend, dass mir fast die Tränen kommen, und lege einen Zahn zu, um runter zum Bus zu gelangen. Wir werden ja sehen, wozu ich es bringe. Kurz darauf höre ich Odette hinter mir herschnaufen.

Zehn Minuten später sitzen wir mit dem Rücken gegen unseren Bus gelehnt im Sand und warten. Am liebsten würde ich weglaufen. Wenn ich nur wüsste, wohin. Ratlos scharre ich mit dem Schuh im Dreck und denke darüber nach, wie ich mich verhalten soll, wenn meine Eltern runterkommen. Dauernd gehen mir die Worte von meinem Vater durch den Kopf, und ich merke, dass er mir gerade sehr gestohlen bleiben kann. Vielleicht für den Rest meines Lebens.

»Ganz schön langweilig hier«, bemerkt Odette.

»Hättest ja nicht mitkommen müssen.«

Ich setze den Hut auf und ab, wische mir den Schweiß von der Stirn und spiele an dem Band herum, mit dem man den Hut unter dem Kinn zusammenbinden kann. Irgendwas muss ich machen, sonst drehe ich durch. Schließlich raffe ich mich auf und krame in meinen Taschen nach einem Stift und Papier. Ich finde einen alten Einkaufszettel, auf den ich schreibe: »Wir treffen uns im Hotel.«

Damit schlage ich zwei Fliegen mit einer Klappe, eigentlich drei: Ich habe etwas zu tun, kann meinem Vater zeigen, wer hier die Pfeife ist, und meiner Mutter nebenbei noch ein wenig Angst einjagen. Soll sie doch sehen, was sie davon hat, wenn sie mich nicht mehr unterstützt.

»Willst du wirklich bis ins Hotel laufen?« Odette klingt nicht erfreut.

»Nein, nur bis runter zur Hauptstraße. Dort halte ich das nächste Auto an. Kannst ja hierbleiben und warten, wenn du willst.«

Ich klemme entschlossen den Zettel unter den Scheibenwischer des Busses und hoffe, dass sie ihn später bemerken werden. Dann werfe ich mir den Rucksack über die Schultern und laufe los. Es kann ja nicht so schwer sein, der Straße zurück zum Hotel zu folgen. Wir würden ja sehen, wer hier aus der Reserve gelockt werden muss. Odette setzt sich hinter mir in Bewegung.

»Das könnte dir so passen.«

Eine Viertelstunde später beginnt der Rucksack zu drücken, und ich weiß nicht mehr, auf welche Schulter ich ihn verlagern soll. Vielleicht war die Idee doch nicht so genial.

»Wann kommt denn endlich ein Auto?«, mault Odette und richtet zum fünften Mal die Haare unter ihrem Hut neu.

Ich antworte nicht. Woher soll ich das auch wissen?

Ob meine Eltern und die anderen schon am Bus sind? Ob sie den Zettel bemerkt haben?

Wir trotten eine asphaltierte Straße entlang, an deren Seiten das Baum- und Buschwerk so dicht wuchert, dass wir vereinzelt über Äste und Zweige hinwegsteigen müssen. Irgendwann überholt uns ein Auto mit Leuten drin, wahrscheinlich auch eine Touri-Gruppe, die auf dem Weg zurück ins Hotel ist. Sie denken gar nicht daran, auf unsere ausgestreckten Daumen zu reagieren und hupen stattdessen fröhlich, während sie an uns vorbeirauschen.

»Na, schönen Dank auch«, flucht Odette und hält ihnen einen ausgestreckten Mittelfinger hinterher.

»Wahrscheinlich waren sie voll.«

Als wir an einem großen Baum vorbeikommen, dessen mächtige Krone bis auf die Straße reicht, entschließen wir uns zu einer Rast. Halb stehend, halb taumelnd wanke ich unter das Blätterdach und lasse den Rucksack gegen den Stamm fallen. Ich bin völlig groggy. Mein Rücken ist durchgeschwitzt, und als ich die Arme hebe, merke ich, dass mein Shirt auch unter den Achselhöhlen feucht ist. Hoffentlich sind wir bald im Hotel mit der Dusche. Odette zupft an den Ärmeln ihres Gewands und schlägt sie zweimal übereinander.

»Doch ganz schön warm, oder?«

Sie hört auf zu zupfen. »Es geht mir gut.«

So sitzen wir eine Weile und lauschen abwechselnd dem pumpenden Schlag unserer Herzen und der Natur um uns herum. Deren Geräusche bestehen hauptsächlich aus dem Summen zweier Fliegen, die mich fast wahnsinnig machen. Sooft ich auch nach ihnen schlage, es scheint unmöglich, sie zu erwischen. Wenn man bedenkt, was es hier draußen noch so für Viehzeug gibt, ist das aber auch kein Wunder. Wahrscheinlich wären alle Fliegen längst ausgestorben, wenn sie nicht so schnell wären.

Ich schaue in mein Notizbuch: *280 Vogelarten.*

Scheint viel zu sein.

Wie zur Bestätigung hüpft über uns etwas in den Ästen herum, und als ich hochblicke, sehe ich dort einen dicken Vogel, der uns neugierig beobachtet. Er sieht aus wie eine Taube, nur ein bisschen hübscher mit einem blauen Kopf und einer blauen Brust. Vielleicht hat er es ja auf die Fliegen abgesehen, die um mich herumschwirren. Er kann sie gern haben.

»Dieses Gelaufe hat mich ganz hungrig gemacht«, erklärt Odette, die die Taube ebenfalls bemerkt hat.

»Ich glaube nicht, dass an der viel dran ist«, antworte ich.

»Muss ja nicht viel sein. So ein Snack tut's auch.«

Die Taube ist ungefähr so groß wie ein kleines Huhn. Und seitdem ich auf dem Hof meiner Oma mal helfen musste, eines zu fangen, weiß ich, dass es ganz schön wehtun kann, Bekanntschaft mit einem Schnabel zu machen.

Odette rafft sich auf.

»Wo willst du hin?«

»Ich muss mal.«

»Pass auf, dass du auf keine Schlange trittst.«

Odette verschwindet im Busch. Ich schließe die Augen und stelle mir vor, ich wäre zu Hause im Garten. Es ist ein toller Sommertag und um mich herum zirpen Grillen und Zikaden. Neben mir steht eine Flasche mit kalter Cola und meine Mutter steht in der Küche und brät Bouletten, die wir nachher auf unsere Hamburger legen, bevor wir uns vor den Fernseher setzen und unsere Lieblingsserien schauen.

»Meo, kommst du mal?«

Mein Traum zerplatzt wie eine Seifenblase. Odette klingt, als ob sie eine wichtige Entdeckung gemacht hätte. Oder sie hat sich verletzt. Wenn sie nicht mehr laufen könnte, würde ich sie im Leben nicht von der Stelle bewegen können. Notgedrungen arbeite ich mich durchs Unterholz.

»Wo bist du denn?«

»Hier drüben.« Wie ein Geist hockt sie unter einem Busch und lauscht.

»Was ist?«, keuche ich, als ich neben ihr stehe.

»Pst!« Erst jetzt sehe ich, dass sie einen Finger erhoben hat.

»Was?«, frage ich noch einmal.

»Hier im Busch hockt ein Spanner!«

»Ein was?«

»Ein Spanner. Er hat mich beobachtet.«

»Das halte ich für ausgeschlossen.«

»Nein, wirklich. Ich habe ihn lachen hören.«

»Du hast ihn lachen hören? Was hast du denn gemacht?« Vielleicht will ich das gar nicht wissen. So halte ich inne und lausche ebenfalls. »Ich höre nichts.«

Odette richtet sich auf. »Und ich sage dir, da war jemand, der gelacht hat. Ob du es glaubst oder nicht.«

Ich kann mir nicht vorstellen, dass hier jemand mitten in der Wildnis sitzt und wartet, bis jemand vorbeikommt, über den er lachen kann.

»Ich werde es dir beweisen und mir den Typen kaufen.«

Entschlossen stapft sie los. Für einen Moment kommt mir der Gedanke, dass dieses Dickicht die Heimat eines Monsters oder eines unbekannten Wesens sein könnte, das hier seit

Jahren unbemerkt sein Dasein fristet. So wie dieser Crocodile-Dundee-Typ. Wie hieß er doch gleich? Ich sehe in meinem Notizbuch nach: *Rodney Ansell.* Oder irgendein anderer Spinner. Ist es denn in den Comics und Fantasyromanen nicht häufig so, dass die Freaks und Superhelden ein Dasein im Verborgenen führen, bis sie durch Zufall von jemandem entdeckt werden?

Sicherheitshalber greife ich nach einem dicken Ast. Odette kämpft sich ein paar Meter vor mir durchs Gestrüpp. Ihr langärmeliges Kleid scheint sie immun gegen Dornen und Äste zu machen. So wie eine Rüstung. Oder sie ist wirklich wütend. Ich habe sie bisher nur selten erlebt, wenn sie wütend war. Das war dann aber jedes Mal ein sehr imposanter Anblick. Wie jetzt.

Behutsam schiebe ich mit meinem Ast Zweige und Blätter weg und versuche gleichzeitig, den Boden und die Äste über mir im Auge zu behalten. Ich will weder auf was Ekliges treten, noch in ein Spinnennetz laufen. Nach zehn Metern bleibe ich stehen und sehe mich um. Nichts. Nur Blätterrascheln, das Zirpen von Insekten und Vogelgeräusche in den Bäumen. Und Fliegen, natürlich.

Ich beschließe umzukehren. Soll Odette doch allein auf die Jagd gehen, wenn sie möchte. Nicht mit mir!

Als ich mich jedoch umdrehe und zurückgehen will, weiß ich nicht, in welche Richtung es zurück geht. Irgendwie sieht plötzlich alles gleich aus. Ratlos lege ich den Kopf in den Nacken und warte. Jetzt bloß nicht die Nerven verlieren.

»Odette?«

Über mir rascheln und säuseln die Blätter der Bäume. Sie

sind so dicht, dass die Sonnenstrahlen nur vereinzelt hindurchdringen. Ich sehe einen kleinen Vogel umherhüpfen und spiele mit dem Gedanken, auf den Baum zu klettern, um von dort oben zu schauen. Allerdings fangen die Äste, auf die man steigen müsste, relativ weit oben an, sodass es nach Arbeit aussieht, hochzukommen. Ich verwerfe den Gedanken wieder. Außerdem wüsste ich auch gar nicht, wo ich dann mit dem Rucksack hinsollte. Diesem schweren Ding. Warum habe ich ihn überhaupt mitgeschleppt?

»Odette?«

Keine Spur von ihr. Ich schultere den Rucksack neu und überlege, was ich tun soll. Ich habe keine Angst. Ich weiß, dass ich keine Angst habe. Denn damit ändere ich nicht die Situation. Diese Einstellung gewöhnt man sich an, wenn man bis zur fünften Klasse regelmäßig von seinen Mitschülern verkloppt wird. Irgendwann wird es langweilig, ständig Angst haben zu müssen. Wo ist Odette?

Mit dem rechten Arm mein Gesicht schützend, mit dem anderen den Ast wie ein Schwert schwingend, arbeite ich mich voran, schlage Äste, Zweige und Blätter beiseite, dass es nur so knackt und ächzt. Ich will gar nicht leise sein, im Gegenteil, jeder soll hören, dass ich hier bin. Auch diesen Rat kann ich nur aus der Schule weitergeben: Als ich mal einen älteren Mitschüler, der mir meine Milchschnitte wegnehmen wollte, aus vollem Hals angeschrien habe, war dieser so geplättet, dass er glatt vergaß, mir eine reinzuhauen, und ich hatte die Gelegenheit zur Flucht. Während ich laufe, beschließe ich vorsichtshalber, jedes große Tier, das mir begegnet, erst mal anzuschreien. Vielleicht bekommt es ja dann Schiss.

Stattdessen trete ich jedoch auf einen Stein, rutsche weg und stürze einen kleinen Abhang hinunter, den ich vorher nicht gesehen habe. Wie sagt meine Mutter immer – ein Unglück kommt selten allein. Mama, du hattest wieder mal recht. Zufrieden?

Ich kullere ein wenig, rutsche noch ein bisschen – wobei der Rucksack wahrscheinlich das meiste abbremst –, bis ich irgendwann liegen bleibe.

Als ich mich endlich aufrichten kann, ist mir etwas schwindlig. Erleichtert stelle ich aber fest, dass ich mir nichts getan habe. Selbst die Klamotten sind noch halbwegs heil, lediglich etwas dreckig. Etwa zehn Meter weiter steht Odette. Sie dreht sich langsam zu mir um und zuckt ratlos mit den Schultern.

»Scheint wirklich niemand hier zu sein.Vielleicht habe ich mich ja doch geirrt.«

Der kleine Trampelpfad entlang des Hangs führt nicht, wie von mir gehofft, über einen kleinen Umweg zurück zur Straße, sondern noch weiter ins Gelände hinein. Aber zumindest scheinen hier Menschen entlanggekommen zu sein, es sei denn, Kängurus oder andere Tiere machen ebenfalls Trampelpfade, was ich nicht glaube. Meinen Ast habe ich zum Wanderstock umfunktioniert, und je länger der Weg wird, desto mehr stütze ich mich auf ihn. Zum Schluss habe ich ihn mit beiden Händen wie eine Krücke umklammert und laufe wie ein alter Mann.

Odette trottet stumm neben mir her. Wenigstens hat sie mir den Rucksack abgenommen. Sie weiß, dass sie schuld an unserer Lage ist. Weil sie auch weiß, dass ich ihr das bei der nächsten Gelegenheit vorwerfen werde, hält sie lieber die Klappe.

Irgendwann führt der Weg raus aus dem Wald und endet an einem kleinen See, eine Art Tümpel, der trotz der Trockenzeit noch erstaunlich gut gefüllt ist. Rechts und links schauen Steine aus dem Wasser, über denen sich Libellen und kleine Wolken von Fliegen tummeln.

Erschöpft lasse ich mich am Ufer fallen und atme durch. Ich bin fix und fertig. So viel wie heute bin ich wahrscheinlich noch nie gelaufen. Odette plumpst neben mir ins Gras und wedelt sich mit ihrem Hut frische Luft zu.

»Wo sind wir denn hier gelandet?«

Schnaufend schaue ich mich um. Es sieht ganz nett aus. Warum sind wir hier nicht mit der Gruppe hergekommen? An den Felsen an der anderen Uferseite stehen ein paar Pelikane und beobachten uns skeptisch.

»Ich habe immer noch Hunger«, bemerkt Odette und holt zwei Müsliriegel aus ihrer Tasche. Einen reicht sie mir. »Bis wir was Ordentliches bekommen.«

»Warum schleppst du dauernd Müsliriegel mit dir rum?«, frage ich, als wir essen.

»Falls ich Hunger bekomme?«

»Ja, aber warum gerade Müsliriegel? Die schmecken doch nach nichts.«

»Reine Gewohnheitssache. Außerdem muss ich auf meine Figur achten.« Sie knüllt das Papier in die Tasche und lehnt sich zurück. »Was machen wir jetzt?«

Schön, dass sie mich das fragt. »Weiß nicht.«

»Hast du ein Handy dabei?«

»Nein. Du?«

»Nein.« Sie legt die Hände in den Nacken und starrt in den Himmel. »Na ja, wenn deine Eltern merken, dass du nicht im Hotel bist, werden sie uns schon suchen kommen.«

Toll, dass sie so entspannt ist. Andererseits hat der Parkranger ja gesagt, dass man sich nicht von der Stelle bewegen soll, wenn man sich verlaufen hat. Und es gibt sicher schlimmere Orte, um auf Hilfe zu warten.

Ich lege den Kopf auf den Rucksack und schaue in den sonnenblauen Himmel. Das leise Plätschern des Wassers hat etwas Einschläferndes. Irgendwo zirpt ein Käfer, der sofort verstummt, sobald etwas Wind aufkommt. Mit geschlossenen Augen fällt es leicht, sich vorzustellen, ich wäre wieder zu Hause. Immer noch im Garten hinter dem Haus. Irgendwann in den nächsten Minuten wird meine Mutter nach mir rufen, weil die Hamburger fertig sind.

11. Nachts im Park

Ich wache auf, als etwas an meinem Ohr entlangkrabbelt und dabei ein sonderbar kratzendes Geräusch von sich gibt. Wie ein Blitz fahre ich hoch. Zum einen, weil ich auf keinen Fall will, dass mir irgendwas ins Ohr kriecht. Zum anderen, weil ich mich daran erinnere, wo ich bin. Mist!

Ich bin so fest eingeschlafen, dass es nun schon fast dunkel ist. Panisch schaue ich mich um. Nein, das Ganze ist kein Traum. Neben mir liegt immer noch Odette, und dem rasselnden Geräusch, das ihrer Nase mit jedem Atemzug entweicht, entnehme ich, dass sie ebenfalls eingeschlafen ist. Wir sind immer noch an diesem Tümpel. Am anderen Ufer stehen weiterhin die Pelikane, die ich inzwischen eher als weiße Flecken erahne. Die Sonne ist längst hinter den Felsen verschwunden, am rosavioletten Himmel sind sogar schon die ersten Sterne zu sehen. Meine Mutter wird im Hotel wahrscheinlich gerade Amok laufen – was ihr, nebenbei gesagt, ganz recht geschieht. Von meinem Vater ganz zu schweigen.

Als ich Odette anstoße, regt diese sich erst gar nicht und fährt dann so schnell nach oben, dass wir fast zusammenstoßen.

»Sind wir schon da?«

»Wo da?«

Schwerfällig richtet sie sich auf. »Ich meine, hat uns schon jemand gefunden?« Ich warte, bis sie sich umgeschaut und gemerkt hat, dass sich nichts geändert hat.

»Du bist eingeschlafen.«

»Du doch auch.«

Eine Zeit lang sitzen wir nur da und denken nach. Doch eigentlich ist mein Kopf völlig leer, und ich habe keine Ahnung, was wir machen sollen.

»Sie suchen sicher schon nach uns.« Odette reibt sich verschlafen die Augen. »Bestimmt sind sie jeden Moment hier.«

Und wenn nicht? Der Himmel geht zunehmend ins Dunkelblaue über, und ich kann mir nicht vorstellen, dass hier heute noch was passiert. Kurz fühle ich Panik aufkommen, zwinge mich aber, sie runterzuschlucken.

»Alles wird gut«, murmele ich, mehr zu mir als zu Odette. Sie fühlt sich trotzdem verpflichtet zu antworten: »Klar wird es das.«

»Wir müssen nur die Ruhe bewahren.«

»Genau.«

»Keine Panik.«

»Niemals.«

Wir schweigen für einen Moment.

»Was essen wir zum Abendbrot?«, fragt Odette schließlich.

»Musst du denn immer ans Essen denken?«

»Ich habe schließlich den ganzen Tag nicht viel gegessen.« Sie kramt in ihrer Tasche und holt zwei weitere Müsliriegel hervor. »Hier, einer ist für dich.«

Während wir essen, lauschen wir den Geräuschen der anbrechenden Nacht.

»Ob es hier draußen gefährliche Tiere gibt?«, überlegt Odette.

»Logo gibt es hier gefährliche Tiere. Hast du doch von

dem Guide gehört. Aber er hat ja auch gesagt, dass einem nichts passiert, wenn man die Viecher in Ruhe lässt.«

»Na, *genau so* hat er es nicht gesagt. Dafür hat er gesagt, dass man sich bloß nicht verlaufen soll, weil einem dann etwas ganz Schreckliches passiert. Wir werden bestimmt sterben.«

»Hör auf, so einen Quatsch zu reden! Da wird einem ja schlecht.« Genau genommen hat Odette nämlich das ausgesprochen, worüber ich auch schon nachgedacht habe. Aber das brauche ich ihr ja nicht auf die Nase zu binden. Wir müssen uns ja nicht noch gegenseitig hochschaukeln. Ich stehe auf.

»Wo willst du hin?«

»Mir die Zähne putzen.«

Ich will mir zumindest die Müslikrümel aus dem Mund spülen.

»Jetzt?«

»Warum nicht?«

»Du hast doch gar keine Zahnbürste.«

»Schon mal was vom Finger gehört?«

»Und wenn uns jemand suchen kommt?«

»Dann wird er uns auch unten am Wasser finden.«

»Und wenn es da Krokodile gibt?«

»Deshalb musst du ja mitkommen.«

Sie wirkt verunsichert. »Was genau soll ich denn da machen?« Bevor sie es ausspricht, kann ich sehen, was sie denkt: Dass ich übergeschnappt bin.

»Ich kämpfe auf keinen Fall mit einem Krokodil.«

»Wer sagt denn, dass du kämpfen sollst. Nimm gefälligst ein paar Steine mit und folge mir.«

Erleichtert rappelt sie sich auf. Unterwegs sammelt sie mehrere faustgroße Steine ein.

Unten am Wasser erkläre ich ihr meinen Plan: »Sobald du auch nur eine verdächtige Bewegung im Wasser bemerkst, feuerst du genau da einen Stein hin, und zwar mit voller Wucht. Wenn es ein Krokodil ist, wird es sich nach der Kopfnuss genau überlegen, ob es uns weiter angreift.« So was habe ich mal in einer Reportage über Afrika gesehen. Dort warfen die Affen Steine in ein Wasserloch, bevor sie daraus tranken. So waren sie nicht von Krokodilen angegriffen worden.

»Gute Idee«, findet Odette nun auch und macht sich bereit, bei der ersten Bewegung im Wasser ihr Arsenal zu verfeuern. Ich beuge mich derweil nach unten und schöpfe mit der Hand etwas Wasser zum Mund, nur um es gleich danach wieder auszuspucken.

»Bäh, das schmeckt ja …«

Weiter komme ich nicht, denn im nächsten Moment prasselt ein wahrer Steinregen ins Wasser und sorgt mit einer Flutwelle dafür, dass ich von oben bis unten nass werde.

»Ich schwöre, da hat sich was bewegt«, entschuldigt sich Odette kleinlaut.

»Großer Sport!« Ich schüttele mich kurz und reibe mir das Wasser aus dem Haar. »Und wie soll ich jetzt wieder trocknen?«

Der Versuch, ein Feuer zu machen, gestaltet sich schwieriger als gedacht. Tagsüber wäre es wahrscheinlich kein Problem gewesen. Die Sonne war ja so heiß, dass wir das schon irgendwie hinbekommen hätten. Am Abend ist es ungleich komplizierter. Dabei müssen wir dringend eines machen – erstens, weil ich in meinen nassen Klamotten schlottere wie Espenlaub und zweitens, weil uns ein Suchtrupp dann viel schneller bemerken würde.

Odettes Idee ist es, Steine gegeneinanderzuschlagen, bis Funken sprühen. So wie es die Urmenschen gemacht haben. Wir tragen also etwas trockenes Gras und ein paar Zweige zusammen und hauen munter drauflos. Leider stellen wir uns wohl beide zu doof an. Ich knalle mir die Steine bereits beim dritten Mal auf den Finger, was so wehtut, dass ich laut aufschreie und einen kurzen Schmerzenstanz aufführe. Als Antwort rennt irgendwas im Gras davon. Ich lutsche auf dem Finger herum, warte, dass der Schmerz nachlässt, und überlege, dass das wohl mindestens eine Blutblase geben wird. Dann versucht es Odette, die das zwar eine ganze Weile durchhält, aber nicht einen Funken zustande bringt.

»So ein Blödsinn«, hält sie irgendwann inne, »das geht gar nicht.«

»Vielleicht haben wir die falschen Steine genommen«, gebe ich zu bedenken. Oder die Urmenschen waren geschickter als wir.

»Und was für Steine sollten wir stattdessen nehmen?«

»Na, Feuersteine.«

»Wie sehen die denn aus?«

Das weiß ich allerdings auch nicht.

Unsere nächste Idee ist es, einen Stock in einem Loch so lange zu drehen, bis es zu qualmen anfängt. Das habe ich mal in einem Western gesehen. Dort ist allerdings auch sofort das passende Werkzeug griffbereit gewesen. Wir finden eine ganze Weile weder einen passenden Stock, noch einen Stein oder Ast mit einem entsprechenden Loch. Hinzu kommt, dass wir sowieso kaum noch etwas in der Dunkelheit erkennen können und fast blind durch die Nacht stolpern, halb tastend und halb mit der Nase zwischen dem Geröll herumschnüffelnd. Von Weitem müssen wir wie Werwölfe aussehen. Gott sei Dank sieht uns hier keiner!

Endlich finde ich einen abgebrochenen Ast und wenig später auch einen passenden zweiten Stock.

Die Versuche, auf diese Weise Feuer zu machen, verlaufen jedoch ähnlich niederschmetternd wie die Sache mit den Steinen, und enden damit, dass ich mir einen Splitter einziehe und Odette den Stock irgendwann zerbricht.

»Super!«, murmele ich.

»Soll ich einen neuen suchen?«, fragt sie kleinlaut.

Ich winke ab und weiß nicht, auf wen ich wütender sein soll. Auf mich, weil ich mich ganz klar auch hier als zu blöd erweise. Oder auf all die Filme und Bücher, in denen immer so getan wird, als wäre das das Leichteste der Welt.

Zumindest ist mir wieder warm. Aber wir sitzen immer noch im Dunkeln. Und Hunger haben wir auch. Vielleicht werden wir hier wirklich verhungern. Auch das würde meinen Eltern ganz recht geschehen.

Im Licht der Sterne versuchen wir, den Inhalt unserer Taschen zu erkunden. Mit Odettes Beutel sind wir schnell durch: noch sieben Müsliriegel, Bonbons, eine Flasche Wasser, ihr Portemonnaie, eine halb aufgebrauchte Packung Tempos, Lipgloss, eine Nagelfeile, eine Haarbürste, zwei Stifte und drei eingeschweißte Teebeutel, wie es sie beim Frühstück an der Hotelbar gibt.

»Was willst du denn damit?«

»Teebeutel helfen gegen Augenringe.«

»Du hast doch gar keine Augenringe.«

»Und Sonnenbrand.«

Ich versuche es mir vorzustellen: Legt man den Teebeutel auf eine bestimmte Stelle oder muss man sich damit abtupfen? In Odettes Fall könnte das eine Weile dauern.

»Auf der Nase, du Depp«, stellt sie klar.

Danach nehmen wir uns meinen Rucksack vor, genauer gesagt den von meinem Vater: Eine Flasche Wasser, auch noch fast voll. Ein paar Kekse, okay. Odette will gleich ein paar davon haben, aber ich behalte sie sicherheitshalber fürs Frühstück ein. Zwei Bananen, die schon etwas weich sind und süßlich riechen. Normalerweise hasse ich es, wenn Bananen braun sind, und werfe sie weg. Jetzt teile ich sie mir mit Odette. Kaugummis und die Strickjacke meiner Mutter. Das war's. Ich kann es kaum fassen – meine Mutter hat zur Wanderung in dieser Gluthitze tatsächlich ihre Strickjacke mitgeschleppt. Was mich eigentlich nicht wundern dürfte. Meine Mutter friert sogar in der Sauna! Jetzt bin ich ganz glücklich darüber und ziehe mir das Teil über. Gleich spüre ich, wie mir wärmer wird. Die Jacke riecht sogar ein wenig nach meiner Mutter, ihrem Parfüm. Zu Hause ist mir das nie aufgefallen. Dann entdecke ich noch das Portemonnaie meines Vaters, das er aus der Gesäßtasche gezogen hat, als wir gepicknickt haben. Er vermisst es bestimmt schon.

Als Letztes ziehe ich ein in Alufolie gewickeltes Päckchen

heraus, und mir fällt das Lunchpaket ein, von dem meine Mutter am Wasserfall gesprochen hat. Richtig!

»Der Abend ist gerettet«, jubiliert Odette.

Hastig schlingen wir die Brote hinunter. Salami, Pute, Mayonnaise, Salat und Käse. Zu Hause esse ich keinen Käse, wahrscheinlich war es das Brot für meinen Vater. Aber im Moment ist mir das völlig egal. Ich kann mich nicht erinnern, dass mir ein belegtes Brot jemals so gut geschmeckt hat. Danach fühle ich mich wohler. Ich bin satt. Jetzt brauche ich nur noch eine schöne Dusche und ein weiches Bett. Was wohl heute nicht mehr passieren wird.

Ich lehne mich zurück, lege den Kopf auf den Rucksack und warte. Am Himmel blinken Massen von Sternen. Überall funkelt und blinkert es. Eigentlich ist es gar nicht so schlecht hier draußen. Da kann ich wenigstens machen, was ich will, und muss auf niemanden warten. Meinen Eltern wird vielleicht gar nicht auffallen, dass ich weg bin. Vielleicht denken sie, wir schlafen drüben in unserem Zimmer. Ich war ihnen doch sowieso nur im Weg. Jetzt können sie wenigstens ihre zweiten Flitterwochen hier verbringen, so wie der Arbeitskollege von meinem Vater mit seiner Frau. Die Begegnung mit ihm und seiner Familie scheint mir jetzt schon verdammt lange her zu sein. Ich fand Melbourne zwar doof, aber verglichen mit allem, was danach kam, war es geradezu akzeptabel. Das war wenigstens eine Stadt mit Straßen, Einkaufscentern und McDonalds. Es war zumindest ein bisschen wie zu Hause. Ich frage mich, was meine Eltern sagen würden, wenn ich vorschlagen würde, schon mal allein nach Melbourne zurückzufahren. Oder noch besser – wenn ich es einfach machen würde. Da täten sie wahrscheinlich dumm aus der Wäsche gucken. Ich kichere leise vor mich hin, als ich mir das vorstelle. Ich setze mich einfach in den nächsten Bus und fahre zurück nach Melbourne.

»Warum lachst du?«, will Odette wissen.

»Nur so.«

»Erinnerst du dich, wie der Führer heute gesagt hat, dass hier draußen vielleicht noch die Geister der Ureinwohner herumwandern?«

»Das hast du doch nicht etwa geglaubt?«

»Nein, natürlich nicht. Aber wir wissen ja immer noch nicht, wer heute im Busch über mich gelacht hat. Vielleicht war es so ein Geist.«

Na, schönen Dank auch. Da trifft man einmal im Leben einen Geist und schon ist der ganze Tag versaut. Meine gute Laune von eben ist sofort dahin, und ich lausche den Geräuschen um uns herum. Überall knarrt, ächzt oder piept es. Wie soll man bei dem Krach schlafen? Ich will eine Dusche.

12. Wir sehen uns in Melbourne!

Zu sagen, dass ich in dieser Nacht schlecht geschlafen hätte, wäre wohl schöngefärbt. Dass ich überhaupt geschlafen habe, schon eine Übertreibung. Gedöst, trifft es da eher. Nicht nur, dass mir meine Decke gefehlt hatte. Auch das Liegen auf dem harten Boden war nicht gerade bequem, vom Rucksack unter meinem Kopf ganz zu schweigen. Ich hätte mich auch gleich auf einen Stein legen können. Für eine Weile versuchte ich, auf dem flachen Boden zu schlafen, aber das fühlte sich an, als läge ich auf einem Brett. Außerdem hatte ich Angst, dass mir etwas ins Ohr kriechen würde. Ständig hat es irgendwo geraschelt oder geknackt. Mehrmals kamen irgendwelche Gluckergeräusche vom Wasser, und die Insekten haben so einen Rabatz gemacht, dass es fast unmöglich war, einzuschlafen. Jeder, der behauptet, in der Stadt sei es laut, sollte mal eine Nacht in der freien Natur verbringen. Als ich jetzt aufwache oder eher hochschrecke und mich ächzend aufrichte, spüre ich jeden Knochen im Leib. So habe ich mich nicht mehr gefühlt, seit wir im Turnunterricht Fünfkampf geübt haben und ich eine Woche kaum laufen konnte. Damals war ich überzeugt, die Schmerzen in meinem Körper wären die Vorzeichen einer schweren Krankheit, an der ich am Ende wohl sterben müsste. Bis mich der Arzt darauf hinwies, dass es Muskelkater sei und ich daran eher nicht sterben würde.

Es ist bereits hell und unten am Teich randalieren die ersten Vögel im Wasser. Die Pelikane sind auch schon wieder da. Vielleicht haben sie ja auch hier übernachtet.

Odette neben mir schläft noch, und so wie es aussieht, scheint sie keine Probleme gehabt zu haben. Sie liegt auf dem Rücken, den Mund offen, die Arme weit von sich gestreckt. Man könnte meinen, sie wäre tot, würde man nicht ihr lautes Schniefen hören. Sie atmet so laut ein, dass jedes Insekt in einem Umkreis von einem halben Meter wahrscheinlich eingesogen wird.

Ich zücke mein Büchlein und vermerke: *die furchtbarste Nacht meines Lebens! 10 Punkte.*

Damit ist nun die bisher schlimmste Nacht meines Lebens abgelöst, während der ich mir bei einer Hochzeitsfeier das Bett mit meinen beiden Cousinen teilen musste. Dreimal war ich damals rausgefallen. Angeblich versehentlich, aber bis heute glaube ich, dass Camilla mich absichtlich von der Bettkante gestoßen hat. Als ich das Buch zurück in den Rucksack stopfe, entdecke ich etwas, das ich gestern Abend übersehen habe (was kein Wunder ist, wenn man bedenkt, dass man kaum die Hand vor Augen erkennen konnte): das Handy meines Vaters. Fassungslos schalte ich es ein. Zwölf Anrufe in Abwesenheit. Der Klingelton war aus, der Vibrationsalarm dafür eingestellt. Wie es scheint, hätten wir uns diese Nacht sparen können. Ich wähle die Nummer meiner Mutter. Es hat noch nicht mal geklingelt, da ist sie schon dran.

»Meo, wo bist du?«

Sie schreit geradezu.

»Guten Morgen!«

»Wo du bist?« Eindeutig hysterisch.

Ich schaue mich um, blinzele in die hinter den Felsen hochkletternde Sonne. »An so einem Tümpel. Irgendwo entlang der Straße.«

»Was ist passiert? Warum hast du dich nicht gemeldet?«

»Weil ich nicht wusste, dass das Handy im Rucksack ist.«

»Weißt du, welche Sorgen wir uns gemacht haben? Der halbe Park ist auf der Suche nach euch.«

Dann haben sie anscheinend nicht sehr gründlich gesucht, will ich sagen. Aber meine Mutter hat beschlossen, mich nicht zu Wort kommen zu lassen. »Wie geht es dir? Wir waren ganz krank vor Sorge. Wir haben die ganze Nacht nicht geschlafen.«

Und da beklage *ich* mich.

»Es geht mir gut.«

»Gott sei Dank! Wie konnte das passieren? Wer hat dir überhaupt diesen Floh ins Ohr gesetzt. Von wegen, wir treffen uns im Hotel? Etwa deine Freundin?«

»Nein. Es war meine Idee.«

»Wie konntest du so ... so blöd sein? Du bist doch kein Kind mehr.«

Ich bin jetzt schon wieder genervt.

»Ich bin ja wieder da. Keine Panik. Uns geht's gut.«

»Keine Panik? Sag du mir nicht, keine Panik. Dir hätte sonst was passieren können. Eine Schlange hätte dich beißen können. Oder irgendwas anderes. Du hättest in eine Felsspalte stürzen können.« Meine Mutter beginnt sich in Rage zu reden und würde wohl noch ewig so weitermachen, wenn mein Vater ihr nicht irgendwann das Telefon aus der Hand nehmen würde.

»Hör mir zu, Meo: Du beschreibst mir jetzt genau, wo ihr seid. Dann schicken wir jemanden vorbei, der euch abholt.«

Dir auch einen guten Morgen!

Ich beschreibe ihm, wo wir sind, zumindest soweit ich das beurteilen kann. Was er sagt, macht ja Sinn. Aber dennoch bin ich angeödet davon, wie er die Sache handhabt. Von seiner Stimme, die von oben herab zu mir zu sprechen scheint. Im Grunde habe ich gar keine Lust, zu ihnen zurückzukehren.

Als ich aufgelegt habe, blinzelt mich Odette verschlafen an.

»Kommen sie uns endlich abholen?«

Ich packe das Handy wieder ein. »Ich denke schon.«

»Ist doch super. Oder nicht? Freust du dich nicht?«

»Weiß nicht.« Ich freue mich auf eine Dusche. Und auf etwas Ordentliches zu essen. Aber auf meine Eltern?

Als wir uns durch das Dickicht schlagen, ist es, als hätte es die letzte Nacht überhaupt nicht gegeben, und wir würden immer noch den Weg zurück zur Straße suchen, wie wir es gestern Nachmittag getan haben.

»Sollten wir nicht am Teich warten?«, meint Odette. »Ich denke, sie schicken jemanden vorbei, der uns abholt.«

Ich schnaufe verächtlich. »Wir brauchen niemanden, der uns abholt.«

Odette nimmt es hin. »Stimmt auch wieder. Bist du dir denn sicher, dass das der richtige Weg ist?«

Wie kann ich mir da sicher sein? Ich habe versucht, den Stand der Sonne zu deuten und damit zu vergleichen, wo sie gestern Morgen am Hotel gestanden hat. So habe ich zumindest ungefähr eine Richtung vor Augen. Wütend schlage ich mit meinem Knüppel Zweige und Äste beiseite, was Odette irgendwie als Antwort akzeptiert.

Während ich mich durch das Dickicht arbeite, erinnere ich mich daran, wie unser Führer mich angefahren hat, als ich den Palmwedel für meine Mutter abgebrochen habe. Wenn er mich jetzt sehen würde. Mehrfach fliegt etwas vor uns auf und rennt im Unterholz davon. Einmal sehe ich einen grünen Leguan in den Ästen sitzen, ein andermal etwas, was eine Schlange sein könnte. Fast trete ich auf einen großen braunen Frosch, der sich gerade noch in Sicherheit bringt. Unmengen von Insekten verfolgen uns, ebenso Vögel in den Baumkronen, die jeden Schritt zu beobachten scheinen. Kleine bunte Papageien, große weiße Tauben und Vögel, die mit dem Baum, auf dem sie sitzen, zu verschmelzen scheinen. Es gibt bunte Blüten, bei deren Anblick meine Mutter wahrscheinlich in Verzückung geraten würde, und für einen Augenblick ringe ich mit dem Gedanken, ihr einen Ableger abzubrechen, quasi als Friedensangebot. Dann aber denke ich, dass sie eher *mir* ein solches Angebot machen sollte.

Hinter mir schnauft Odette. Sie ist völlig außer Atem, kann aber immer noch reden, wenn auch nur wirres Zeug: »Stell dir mal vor, wir würden nie wieder zurückfinden. Dann wären wir die einzigen Menschen auf der Welt und hätten nur noch uns zwei.«

Ich reagiere nicht, weil ich eine dornige Pflanze zur Seite schieben muss, was Odette nicht daran hindert, weiterzufantasieren. »Nur wir beide, für den Rest unseres Lebens. Wir wären dann eine Familie. Was sagst du dazu?«

Als ich über eine dicke Wurzel steige und stolpere, springt etwas Großes hinter dem Baum auf und galoppiert schweren Schrittes davon. Ich bleibe stehen. Odette rennt gegen mich.

»Na, was sagst du dazu?«

Ich trete beiseite. »Geh du mal lieber vor.«

Gehorsam quetscht sie sich an mir vorbei und kämpft sich weiter durch das Buschwerk. Das hält sie zwar nicht vom Reden ab, aber wenigstens hat sie nun andere Prioritäten.

»Mein Gott, ist das eng hier. Der Dschungel ist definitiv nicht für Leute wie mich gemacht. Wo lang jetzt?«

Ich spähe durch die dichten Blätter über uns nach der Sonne.

»Nach rechts.«

So geht das ein paar Mal. Irgendwann habe ich ein Loch im Shirt und bald darauf einen blutigen Striemen auf der Wange, nachdem Odette mir versehentlich einen Zweig ins Gesicht geschnipst hat. Sie verspricht, beim nächsten Mal vorsichtiger zu sein, was nichts daran ändert, dass ich fast ein Auge verloren hätte. Sicherheitshalber setze ich meine Sonnenbrille auf, wodurch ich noch weniger sehe als vorher. Odette jammert, weil ihr Hut ständig irgendwo hängen bleibt und sie sich deshalb nicht auf den Weg konzentrieren kann. Außerdem verheddert sie sich in irgendwelchen Wurzeln oder zieht Fäden aus ihrem Umhang, sobald sich dort Dornen oder Zweige verfangen. Nach dem fünften oder sechsten »Wo lang?« wird der Wald endlich lichter.

»Gott sei Dank«, keucht Odette und schiebt die letzten Äste vor dem Gesicht weg. »Wurde auch langsam Zeit.«

Wir treten ins Freie. Odette atmet tief ein und scheint sich augenblicklich zu entspannen. »Also, ich muss schon sagen: Hut ab, Meo! Das hast du wirklich toll gemacht. Hätte nicht gedacht, dass wir hier tatsächlich rausfinden. Du bist ein Genie, weißt du das?«

Ich finde mich auch toll und kann mir ein Grinsen nicht verkneifen. Endlich Luft, endlich atmen. Wir haben es geschafft. Odette stutzt.

»Moment mal! Ich kenne die Stelle. Da drüben sind wir reingegangen.«

Sie hat recht. Da hinten ist der Teich. Wie es scheint, sind wir im Kreis gelaufen.

»Wir müssen irgendwo falsch abgebogen sein«, murmele ich fassungslos.

Eine halbe Stunde später, die wir nutzen, um die restlichen Kekse als Frühstück zu vertilgen, sehen wir einen Mann aus dem Wald direkt auf uns zukommen. Er schlendert in aller Seelenruhe heran, als wäre er ganz zufällig in der Nähe. Er trägt die Uniform eines Parkwächters, hat dunkle Haut, schwarze Haare und eine breite Nase. Aus Augen, die von buschigen Brauen fast verdeckt werden, blickt er uns so finster an, dass ich einen Moment unsicher bin, ob er nicht gekommen ist, um uns zu ermorden. Bisher hat er kein Wort gesprochen. Dann geht er ein paar Schritte runter zum Wasser und zeigt auf etwas im Sand. Viel kann ich nicht erkennen, abgesehen von ein paar Schleifspuren.

»Krokodil.«

Aha. Nur kein Wort verschwenden. Ich fühle mich versucht, etwas zu antworten wie *Tischbein* oder *Giraffe*. Aber ich denke, das würde im Moment nicht gut ankommen, und so schweige ich. Der Mann legt das als Begriffsstutzigkeit aus und wird konkreter:

»Großes Krokodil.«

Um zu zeigen, dass ich ihn verstanden habe, nicke ich. Offensichtlich nicht genug, denn der Mann weist mit einer Armbewegung runter zum Wasser und dann wieder auf die Spuren im Sand. »Heute Nacht ist ein Krokodil hier raufgekommen. Ihr hattet großes Glück, dass es euch nicht gefressen hat.«

Wir schweigen beide, obwohl wir wissen, dass das kein Krokodil war, sondern Odette, die gestern Abend bei der Steinsuche gestolpert und hingefallen ist.

»Ist ja nichts passiert«, antworte ich.

Er schüttelt verächtlich den Kopf und signalisiert uns dann mit einer Handbewegung, dass wir ihm folgen sollen.

»Dummer Junge. Dummes Mädchen.«

Mit seinem Pick-up gurken wir zu einer kleinen Blockhütte an der Straße, die so was wie eine Unterkunft der Wildhüter sein muss. Der Fußweg zum Auto hat keine zwanzig Minuten gedauert. Wir hätten also bequem allein zurück zur Straße finden können, wenn wir den Weg gekannt hätten. Jetzt sitzen wir in seinem Büro, während er im Nachbarzimmer telefoniert. Auf der Uhr über dem Schreibtisch ist es acht durch. Die Fenster sind geöffnet und durch die Fliegengitter weht ein laues Lüftchen durch den Raum. Noch ist es nicht so brüllend heiß wie gestern, es ist aber wohl nur eine Frage der Zeit, bis sich das ändert.

»Ich finde es echt blöd, wie der Typ mit uns umgeht«, flüstert Odette angesäuert. »Wir haben ihm doch nichts getan.«

Ich nicke langsam. Recht hat sie. Die ganze Zeit über hat der Mann kaum mit uns geredet und uns hingestellt, als wären wir ein bisschen dämlich. Oder hätten sonst was für ein Verbrechen begangen. Nur weil wir uns verlaufen haben.

»Idiot!«

»Vollidiot«, nickt Odette.

Im Büro hängen überall Karten des Parks an den Wänden, und neben dem Schreibtisch steht ein ausgestopfter Kakadu, der schon Staub angesetzt hat. Über einem Gestell liegt ein Bumerang, so ein Ding, das angeblich wieder zurückkommt, wenn man es wegwirft. Ich würde das gern mal probieren, aber bei meinem Glück würde das Teil wahrscheinlich irgendwo im Wald liegen bleiben. Viel interessanter finde ich das Messer, das daneben liegt. Es ist ziemlich groß und wie der Bumerang scheint es ganz aus Holz zu sein. So was habe ich noch nie gesehen, und ich frage mich, ob die Klinge überhaupt schneidet. Der Typ reißt mir wahrscheinlich den Kopf ab, wenn ich es anfasse. Es ist bestimmt wertvoll. So sieht es zumindest aus, denn an den Seiten des Griffs sind überall Verzierungen eingeritzt.

Jetzt kommt der Mann zurück ins Zimmer und setzt sich mit dem Hintern auf den Rand seines Schreibtischs. Langsam schlägt er die Arme übereinander und sieht uns vorwurfsvoll an.

»Na, was?«, frage ich, als ich es nicht mehr aushalte.

»Deine Eltern haben sich große Sorgen gemacht.«

Was für eine Neuigkeit. »Weiß ich.«

»Kinder wie ihr sollten nachts nicht allein im Park sein.«

Wir haben uns das ja schließlich nicht ausgesucht. Warum kommen außerdem immer alle auf die Idee, dass wir noch Kinder wären. Wir sind fünfzehn! Ich habe schon Haare unter den Achseln. »Okay.«

»Sie sind auf dem Weg, um euch abzuholen.«

»Na, Gott sei Dank …«

Meine Güte, bin ich genervt. Der Parkwächter deutet meine mangelnde Konzentration als Desinteresse an seinen Worten und beendet das Gespräch mit einem vorwurfsvollen Seufzen, dann steht er auf und verlässt den Raum. Vorher greift er sich vom Schreibtisch eine Zeitung. Wenn ich die Zeichen richtig deute, haben wir ab jetzt Ruhe vor ihm, bis meine Eltern auftauchen.

Endlich kann ich ein wenig herumlaufen. Ich schaue durch das Fenster, sehe aber weder auf dem geschotterten Platz vor dem Häuschen noch drüben im Wald jemanden. Gleich werden meine Eltern hier sein und der gewohnte Trott wird weitergehen. Wie seit Wochen schon.

Auf dem Schreibtisch entdecke ich eine Schachtel Streichhölzer. Die hätten wir gestern Abend gut gebrauchen können. Manchmal scheitert man an so kleinen Dingen.

Mir kommt ein Gedanke, und ich ziehe das Portemonnaie meines Vaters hervor. Knapp 200 Australische Dollar und ein paar Cent. Nicht gerade wenig, damit kommt man eine Weile hin. Vielleicht sogar bis Melbourne?

Ich stecke das Portemonnaie weg, greife nach der Packung Streichhölzer und stecke sie ein.

»Was tust du da?«, will Odette wissen.

Soll ich wirklich?

»Kannst du eine schnelle Entscheidung treffen?«

»Kommt drauf an …«, antwortet sie zögerlich.

»Ja oder nein?«

»Worum geht es denn?«

In Windeseile setze ich ihr meinen Plan auseinander und ende mit den Worten: »Kommst du mit oder bleibst du hier?«

»Du lieber Himmel!« Odette lässt sich stöhnend zurück in ihren Korbstuhl fallen und beginnt sich umständlich die Augen zu reiben. »Das kannst du doch nicht ernst meinen. Wir haben uns doch eben im Park schon völlig verfranzt.«

»Da sind wir nur einmal falsch abgebogen.«

»Sagst du.«

»Ja oder nein?«, dränge ich.

Odette lässt die Hand auf den Augen, als könnte sie so einer Antwort entgehen. »Woher soll ich das denn wissen? Ich kann mich nicht so schnell entscheiden.«

Dann gehe ich eben allein. Obwohl ich weiß, dass es falsch ist, laufe ich rüber zum Messer, stecke es ebenfalls ein und wende mich zur Tür.

»Wir sehen uns unten in Melbourne.«

»Warte!« Odette quält sich aus dem Stuhl und greift nach ihrem Beutel. »Ich komme ja mit.« Kurz überlegt sie und nimmt dann das Frühstückspaket des Parkwächters und einen Apfel vom Schreibtisch. Wir verlassen die Hütte und marschieren im Eiltempo davon, immer die Straße runter, bis das Haus hinter unserem Rücken verschwunden ist.

13. Schlechtes Gewissen

Nachdem wir uns ein Busticket nach Darwin gekauft haben, überlege ich, ob ich meine Eltern anrufen und ihnen von meinem Plan erzählen soll. Wahrscheinlich würde es dann Diskussionen geben. Vielleicht ist es besser, wenn ich ihnen bloß eine SMS schicke: *»Haben es uns anders überlegt. Wir sehen uns in Melbourne.«*

Dann schalte ich das Handy schnell aus. Mann, komme ich mir erwachsen vor.

Im Bus haben wir uns auf die hinterste Bank verkrochen, und während Odette schon wieder schläft, beobachte ich die Landschaft, die draußen vorbeirauscht: Bäume und hohes Gras wechseln sich ab und alles sieht durch die getönten Busscheiben viel grüner aus, als es in Wirklichkeit ist. Ebenso der Himmel, der noch nie so blau war wie jetzt, zumindest habe ich es nie bemerkt. Am unteren Teil der Scheibe glitzern von innen kleine Wassertropfen, was wohl daran liegt, dass der Bus klimatisiert ist. Obwohl ich seit Wochen nichts anderes gesehen habe, ist nun alles neu. Keine Ahnung, warum das so ist. Vielleicht, weil ich es mir selbst ausgesucht habe und nicht einfach mitgelaufen bin?

Ich hole das Messer aus dem Rucksack und betrachte es ausgiebig. Echt schön. Vielleicht ein Erbstück. Es ist erstaunlich leicht, wiegt bestimmt nur ein paar Gramm. Ich frage mich, ob man damit überhaupt schneiden kann. Für einen Moment fühle ich so was wie ein schlechtes Gewissen. Ob der Typ es schon vermisst? Ich versuche, nicht daran zu denken. Hätte der Mann uns etwas freundlicher behandelt, wäre das Messer vielleicht noch bei ihm.

Zwei Sitze vor mir hat sich ein kleines Mädchen nach mir umgedreht und sieht mich mit großen Augen an. Ich schneide eine Fratze, damit es wegschaut. Doch es sieht mich nur noch neugieriger an und fragt schließlich: »Wie heißt du?«

Zuerst antworte ich nicht.

»Bist du taub?«

»Ich heiße Otto.«

»Was ist das denn für ein komischer Name?«

»Wie heißt du denn?«, frage ich zurück.

»Kathy. Eigentlich Katherine. Aber alle nennen mich Kathy.«

»Ich würde dich nicht so nennen. Obwohl Katherine auch ein komischer Name ist.«

»Gar nicht. Es gibt sogar einen Ort, der so heißt.«

»Ach, wirklich? Na, ich will nicht wie eine Stadt heißen.«

Sie lässt sich meine Worte durch den Kopf gehen. »Wäre auch komisch, wenn eine Stadt Otto heißen würde.«

»Nicht so komisch wie Katherine.«

»Du bist ganz schön frech.«

»Ich darf das. Ich bin älter als du.«

»Wie alt bist du denn?«

»Fünfzehn.« Ich hoffe, sie dadurch zum Schweigen zu bringen. Klappt aber nicht. »Mein Bruder ist auch fünfzehn.«

»Ist ja toll.«

»Er sieht aber älter aus als du. Du siehst aus wie zehn.

Höchstens elf.«

»Mit zehn hat man sicher noch keine Haare unter den Achseln.« Ich raffe den Ärmel meines Shirts hoch und präsentiere ihr die drei Haare in meiner Achsel. Das Mädchen verzieht angewidert den Mund. »Igitt!« Dann dreht sie sich um. Das Gespräch ist beendet.

In Darwin kaufe ich als Erstes eine Landkarte von Australien. Zum ersten Mal überhaupt beschäftige ich mich mit dem Land, in dem ich bin, und merke bereits, dass ich den ersten Fehler gemacht habe: Wenn wir nach Melbourne wollen, müssen wir nach Süden. Vom Nationalpark nach Darwin ging es aber erst mal nach Norden. Den Weg hätten wir uns also sparen können.

»Na, toll«, murrt Odette. »Großer Sport. So viel rausgeschmissenes Geld.«

Da sie keine Anstalten macht, sich an der Reiseplanung zu beteiligen, überlege ich allein. Der Bus hat uns direkt am Busbahnhof rausgelassen, von daher bietet es sich an, von hier aus gleich weiterzufahren, statt zu versuchen, ein Flugzeug oder den Zug zu bekommen. Außerdem nehme ich stark an, dass man einen Flieger im Voraus buchen muss, während man in den Bus einfach einsteigen und losfahren kann.

Während ich eine Karte mit dem Busnetz studiere, überlege ich, was unser erstes Ziel sein könnte. Gott sei Dank sind die Straßen nach Süden an einer Hand abzuzählen, sodass ich mich schnell zurechtfinde. Als ich sie mit den Fingern verfolge, stoße ich auf einen Ort namens Katherine.

Katherine?

Hatte so nicht die Kleine im Bus geheißen? Irgendwie klingt der Name vertraut, so als ob ich da jemanden kennen würde.

Ich versuche, mit dem Finger die Entfernung abzuschätzen und komme auf etwa 300 Kilometer. Müsste klappen. Und wie es der Zufall will, geht laut Fahrplan in einer knappen halben Stunde der nächste Bus dorthin. Es läuft wie geschmiert. Schon überschlage ich im Kopf, wie viele Tage wir bis Melbourne brauchen, wenn es weiter so glatt läuft, als ich von der Wirklichkeit eingeholt und unsanft auf den Boden der Tatsachen zurückgebracht werde: 94 Dollar! Der Preis für *ein* Ticket.

Für vier Stunden Fahrt. Ich bin so verdattert, dass ich bezahle, obwohl ich mir die Sache besser noch mal hätte überlegen sollen. Doch bevor ich zur Besinnung komme, halte ich unsere Fahrscheine in den Händen und werde von den nachfolgenden Passagieren aus der Reihe geschoben.

Ich starre auf die Tickets und dann in das Portemonnaie meines Vaters. Dreizehn Dollar sind noch übrig und ich komme mit dem nun ausgegebenen Geld noch nicht mal auf ein Zehntel der Strecke. Als ich die Fahrkarten zurückgeben will, tippt die dicke Frau an der Kasse mit einem ihrer rot lackierten Fingernägel auf die Stelle des Fahrscheins, wo man lesen kann, dass gekaufte Karten nicht zurückgenommen werden.

»Wie viel Geld hast du noch?«, will ich von Odette wissen, als ich ihr das Ticket in die Hand drücke.

Sie kramt umständlich in ihrer Geldbörse. »Etwa dreißig Dollar.«

»Mehr nicht?«

»Na, noch ein paar Cent.«

»Ist ja nicht gerade viel.«

»Entschuldigung, dass meine Eltern nicht reich sind.«

Vielleicht sollte ich die Aktion doch noch abblasen. Noch ist es nicht zu spät. Und außer ein wenig Theater, das meine Eltern veranstalten würden, könnte die Sache wohl folgenlos bleiben. Einzig mein Vater würde sich vor Selbstgefälligkeit kaum einkriegen, nach dem Motto: Ich hab's ja gewusst.

Diesen Triumph will ich ihm nicht gönnen. Noch nicht.

In seiner Brieftasche entdecke ich die EC-Karte. Wenn es mir gelingen würde, damit etwas Geld abzuheben, wären wir alle Sorgen los.

In den verbleibenden zwanzig Minuten, bis der Bus abfahren würde, versuche ich, einen Geldautomaten aufzutreiben. Als ich endlich einen finde, ist der von zwei aufgedonnerten Mädels blockiert, die sich nicht einigen können, wie viel Geld sie abheben wollen.

Ich stehe hinter ihnen und trete nervös von einem Bein auf das andere, was sie aber nicht zu stören scheint. Ich schaue auf die Uhr. Noch sieben Minuten. Odette sitzt bereits im Bus und wartet. Vernehmliches Räuspern von mir führt dazu, dass die eine sich umdreht und mich endlich wahrnimmt. Geringschätzig mustert sie mich von oben bis unten.

»Was denn?«

»Ähm, wie lange braucht ihr noch?«

»Das geht dich gar nichts an. Schon mal was von Sicherheitsabstand gehört?«

Gehorsam trete ich einen Schritt zurück. Noch fünf Minuten. Dann wären 94 Dollar futsch, und ich würde Odette wahrscheinlich nie wiedersehen.

»Könnt ihr nicht woanders weiter diskutieren?«

Jetzt dreht sich die andere ebenfalls um. Noch mal dasselbe Prozedere: abschätziger Blick, Mustern von oben bis unten. Sie schafft es sogar, die Oberlippe so hochzuziehen, dass man die Zähne nur auf einer Seite sieht. Das hatte ich schon mal in einem Musikvideo gesehen.

»Hast es wohl eilig, Kleiner?«

»Bist ja so nass. Hast du geschwitzt oder in die Hosen gemacht?«

Frechheit! Noch immer fällt mir keine Antwort ein, stattdessen sehe ich Leute in meinen Bus einsteigen. 94 Dollar!

»Ihr beide solltet mal zu einem Psychiater gehen.«

Damit lasse ich sie stehen und renne rüber zum Bus, dessen Motor bereits läuft.

Aus dem Busfenster beobachte ich die beiden, wie sie endlich vom Geldautomaten weggehen. Zu spät für mich. Mein Bus setzt sich ebenfalls gerade in Bewegung. Ich bin immer noch außer Atem und schließe die Augen, während ich versuche, zur Ruhe zu kommen. Hoffentlich gibt es in Katherine einen Geldautomaten.

Ihr solltet mal zu einem Psychiater gehen.

Keine gute Antwort. Ziemlich uncool. In Momenten wie diesen ärgere ich mich, dass ich nicht schlagfertig bin. Wie Lucas Zatsky in der Schule. Der hat immer eine gute Antwort auf Lager. Ich krame nach meinem schlauen Buch und beginne zu überlegen, was Lucas Zatsky zu den beiden Mädels gesagt hätte:

Man merkt euch echt an, dass ihr am Ende der Welt lebt, so lahm wie ihr seid.

Nein, das hätte er bestimmt nicht gesagt. Vielleicht eher:

So kann das ja nichts werden mit Australien. Oder: *Armes Australien!*

Ihr müsst auf die Tasten drücken, *nicht dran* drehen.

Wenn ihr labern wollt, geht ins Kino.

Das ist schon besser. Am wahrscheinlichsten hätte er aber wohl gesagt: *Darf Papa jetzt auch mal ran?*

Das mit dem Papa sagt er häufig. Und alle Welt findet es lustig. Und cool wirkt es auch noch.

»Hast du denn nun Geld bekommen?«, will Odette wissen.

»Nein, Papa hat sich anders entschieden.«

»Häh?«

Ich lehne mich zurück. Es ist echt schwer, cool zu sein.

Was Lucas Zatsky wohl gerade macht? Ich hätte nie gedacht, dass ich außerhalb der Schule jemals an ihn denken würde. Ob ich ihn je wiedersehen werde?

14. Ein Ort, der so heißt wie ein Mädchen

Als wir in Katherine aus dem Bus steigen, knallt mir die Sonne so erbarmungslos auf den Schädel, dass ich sofort wieder meinen Hut aufsetze. Obwohl ich schon gemerkt habe, dass kaum ein Australier so ein Ding trägt. Es sei denn, er ist Parkaufseher. Ansonsten haben nur Touristen einen Hut auf dem Kopf. Die Australier tragen höchstens Baseballkappen. Was viel cooler aussieht.

Die Sache mit dem Geldautomaten erweist sich als glatter Schuss in den Ofen, nachdem die Maschine die Geheimnummer meines Vaters haben will, die ich aber nicht kenne. Bleiben uns also insgesamt noch etwa 45 Dollar, um nach Melbourne zu kommen.

»Das schaffen wir nie«, flennt Odette, während die Bommeln an ihrem Hut mindestens so aufgeregt umherhüpfen wie sie. »Wir hätten das nie machen sollen. Die ganze Aktion war von Anfang an ein Himmelfahrtskommando, ich hätte mich nie darauf einlassen sollen. Allein runter nach Melbourne, quer über den Kontinent, so ein Quatsch.«

Ihr Gejammer stört mich beim Nachdenken, lenkt mich andererseits aber auch davon ab, zu überlegen, was mit uns passiert, wenn wir von hier nicht mehr wegkommen. Ich habe nämlich keine Lösung für unser Problem.

»Uns wird schon was einfallen«, versuche ich sie zu beruhigen.

»*Mir* fällt garantiert gar nichts ein«, stellt Odette klar.

Ich lasse sie heulen und schlendere ihr ziellos durch die toten Straßen von Katherine hinterher. Es sind kaum Menschen unterwegs.

Während wir laufen, hören wir die ganze Zeit einen unbestimmten Lärm, als ob ein Motor summt.

»Klingt wie ein Fußballspiel«, horcht Odette, als ich zu ihr aufgeschlossen habe. Ich habe meine Zweifel.

»Wo soll denn in dem Kaff ein Stadion sein? Und wo sollen die Menschen herkommen, um es zu füllen?«

»Vielleicht ist es hier nur so tot, weil alle Menschen beim Spiel sind.«

Am Himmel fliegen große schwarze Vögel, und für einen Moment denke ich, dass es Geier sind, wie in den alten Western. Vielleicht sind ja alle Menschen tot?

Da wir nichts anderes zu tun haben, folgen wir dem Lärm bis zu einem kleinen Waldstück, in dessen Bäumen Hunderte, wenn nicht gar Tausende Vögel krakeelen. So was habe ich noch nie gesehen. Es sieht aus, als ob die Bäume leben und ständig ihre Form verändern. Immer wieder landen neue Vögel in den Kronen, während andere lärmend ausschwärmen. Sie sehen zumindest nicht wie Geier aus. Es sei denn, es gibt australische Geier, die so aussehen.

Ich gehe näher ran.

»Pass auf!«, warnt Odette und bleibt sicherheitshalber zurück. »Vielleicht sind sie gefährlich.«

»Hör auf, herumzuschreien!«, weise ich sie zurecht. Als ich fast bei ihnen bin, merke ich, dass es gar keine Vögel sind, sondern …

»Fledermäuse!« Ich winke Odette heran. »Komm mal her, das sind Fledermäuse.«

»Etwa solche, die einem das Blut aussaugen? Nein danke, lass mal.«

»Das sind Flughunde.«

Neben mir steht ein Junge mit einem Mountainbike und schaut mit uns zu den Bäumen hoch. Er trägt einen Helm und Knieschoner. Scheint ein Einheimischer zu sein.

»Du meinst Fledermäuse?«, frage ich.

»Nein, ich meine Flughunde. Hast du schon mal so große Fledermäuse gesehen?«

Das erklärt natürlich einiges. Ich erinnere mich an die Tiere, die wir im Nationalpark gesehen hatten. Das waren aber bei Weitem nicht so viele. Außerdem waren sie kleiner. »Sind die gefährlich?«

»Nein.«

Ich gehe noch näher ran. Der Junge kommt mir hinterhergerollt.

»Wie viele sind das?«, frage ich.

»So zwischen zweihundert- und dreihunderttausend. Weiß keiner so genau.«

»Und die leben hier so einfach? Mitten im Ort.«

Der Junge zuckt mit den Schultern. »Die leben hier schon immer. Seit ich denken kann.«

Ich beäuge ihn unauffällig und frage weiter nach: »Wohnst du auch hier?«

»Ja. Ich heiße Pete.«

»Peter?«

»Nein, Pete. Ohne R.«

»Ich bin Meo.«

»Milo?«

»Nein, Meo.«

»Wo kommst du her?«

»Aus Deutschland.«

»Zusammen mit dem Kerl da?« Er meint offenbar Odette, die noch immer fingernagelkauend am anderen Ende des Platzes wartet.

»Sie heißt Odette.«

»Was macht ihr hier?«

»Weiß ich auch nicht.«

»Wo wollt ihr hin?«

»Nach Melbourne.«

Er pfeift leise durch die Zähne. »Ganz schöne Strecke.«

»Ich weiß.«

»Heute kommt kein Bus mehr. Ihr werdet bis morgen warten müssen.«

Jetzt zucke ich mit den Schultern. »Kann ich auch nicht ändern.«

»Wo übernachtet ihr?«

»Weiß ich nicht.«

»Ihr könnt bei uns schlafen, wenn ihr wollt.«

»Wir haben aber kein Geld.«

»Kein Problem.«

In Deutschland wäre es mir im Traum nicht eingefallen, einfach mit einem wildfremden Jungen mitzugehen. Dort wäre ich aber wohl auch kaum dazu aufgefordert worden. Odette ist weiterhin argwöhnisch. »Und wenn sie uns ausrauben?«

»Was sollen sie uns denn klauen? Deine restlichen Müsliriegel?«

»Ich war noch nie in Melbourne«, sagt Pete, während er sein Rad neben uns herschiebt.

»Ist ganz nett da.«

»Du kommst ziemlich herum, oder?«

»Kann schon sein.«

Warum soll ich lügen?

Petes Familie scheint nicht sonderlich überrascht, als er uns zum Essen mitbringt. Die Mutter will beim Anblick von Odettes Klamotten nur wissen, ob wir zu den Zeugen Jehovas oder einer anderen Sekte gehören, und als wir das verneinen, sind wir herzlich zu dem kleinen Grillfest eingeladen, das gerade im Gange ist. Neben Pete und seinen Eltern sind noch zwei Brüder und eine Schwester da. Die Familie scheint ebenso gastfreundlich wie neugierig zu sein, denn das Verhör, das Pete begonnen hat, geht munter weiter.

»Wo sind eure Eltern?«, will die Mutter wissen, während sie mir Salat auf einen Teller schaufelt.

»Oben in Darwin«, antworte ich wahrheitsgemäß.

»Und ihr wollt allein nach Melbourne? Wie alt bist du eigentlich?«

»Das geht okay«, lüge ich. »Sie wissen Bescheid. Ich bin fünfzehn.«

Die Schwester, Tracey, beäugt mich kritisch. »Du siehst nicht aus wie fünfzehn. Eher wie …«

»Ich bin fünfzehn«, beharre ich und überlege kurz, ob ich

ihr die Haare unter meinen Achseln zeigen soll. »Und meine Eltern wissen Bescheid. Sie finden gut, was ich mache.«

Der Vater, der die ganze Zeit neben dem Grill gestanden und Steaks gewendet hat, mischt sich ein: »Vielleicht ist das in Deutschland ja normal. So eine Art Ritual, wenn man erwachsen wird. Wie bei unseren Ureinwohnern.«

»Wie ist Deutschland so?«, will Pete wissen.

Darüber muss ich erst nachdenken.

»Es ist nett«, sage ich nach einer Weile. »Ein bisschen kleiner als Australien. Und es gibt keine Koalas.«

»Warst du schon mal in Paris?«, will Tracey von Odette wissen.

»Klar, mit dem Finger auf der Landkarte«, witzelt diese, nur um kurz darauf zu gestehen: »Nein.«

»Ist Frankreich weit weg von Deutschland?«

Odette schaut ratlos zu mir rüber, und ich antworte: »Kommt drauf an. Ich finde schon.«

»Schweden liegt in der Nähe, oder?«

»Ja.«

»Liegt Schweden nicht in Finnland?«

Oje, wo sind wir denn hier gelandet?

»Das Fleisch schmeckt super«, sagt Odette.

Erst jetzt merke ich, dass ich wahnsinnigen Kohldampf habe. Seit den Keksen von heute Morgen habe ich nichts mehr gegessen.

»Was ist das?«, will ich wissen. Schmeckt ein bisschen wie Wildschwein.

»Känguru«, antwortet Pete, während er seinerseits ein Stück Fleisch auf seinem Teller bearbeitet.

Der Bissen bleibt mir kurzzeitig im Hals stecken. Also doch Barbaren.

»Habe ich dir doch gesagt«, raunt Odette mir zu und holt sich ein neues Stück Fleisch.

Nach dem Essen sitzt die Familie um den Grill und starrt in die vor sich hin knisternde Glut. Tracey hat sich einen Pullover übergezogen und mit dem Rücken an ihre Mutter gekuschelt. Es ist eine sehr friedliche Stimmung, auch wenn nicht ständig geredet wird. Ich muss immer noch über das Abendessen nachdenken.

»Habt ihr das Känguru selbst geschossen?«

»Nein, das Fleisch gibt es im Supermarkt zu kaufen.«

»Echt?« Das finde ich unglaublich.

Pete nickt. »Na klar, so wie anderes Fleisch auch. Schwein und Huhn. Oder Krokodil.«

»Krokodil kann man essen?« Ich komme aus dem Staunen nicht heraus.

»Wie schmeckt das?«, will Odette wissen, die mir ein bisschen zu dicht auf den Pelz gerückt ist.

»Lecker. Zart. Ein bisschen wie Hühnchen.«

Ich beschließe, das später in meinem Buch zu vermerken.

»Kann man Flughunde auch essen?«, hakt Odette nach.

»Nein, bäh.« Pete verzieht das Gesicht. »Wie bist du denn drauf?«

»Und Koala?«

»Quatsch! Wer würde denn einen Koala essen?«

Die Mutter grinst in sich hinein. »Ich glaube, Odette weiß nicht viel über das Leben hier bei uns.«

»Ich weiß eine ganze Menge«, widerspricht sie. »Oben im Kakadu-Nationalpark habe ich viel gelernt. Und vorher bei diesem großen Berg auch. Ihr wisst schon, der von euern Indianern in der Wüste.«

»Unsere Indianer heißen Aborigines. Und der Berg, den du meinst, heißt Uluru? Früher hieß er Ayer's Rock.«

»Und warum heute nicht mehr? Klingt doch viel schöner.«

Pete sieht fragend zu mir rüber. »Ihr Deutschen wisst wirklich nicht viel über Australien, oder?«

Die Mutter weist ihn zurecht, und dafür bin ich ihr dankbar. Man kann ja schließlich nicht über alles Bescheid wissen. Immerhin weiß ich, dass Schweden nicht in Finnland liegt.

Für die Nacht bekommen wir Petes Zimmer, was ihm seltsamerweise gar nichts auszumachen scheint. Ich schlafe in seinem Bett, Odette auf dem ausklappbaren Sofa. Als er mir den Raum zeigt, scheint es ihm wichtig zu erwähnen, dass er auch fünfzehn ist. An der Wand hängt ein Poster des »South Darwin Rugby League Football Club«, irgendeines Sportvereins, wie ich vermute.

»Unser Rugby-Team«, erklärt Pete, als er mein Interesse an dem schlecht gezeichneten weißen Kaninchen, das einen Ball durch die Gegend schleppt, falsch deutet.

»Eigentlich stehe ich aber auf die Roosters.« Ich nicke, als ob damit alles klar wäre.

»Aus Sydney, du weißt schon. Die Sydney Roosters. Die letzte Saison die Meisterschaft gewonnen haben.«

Ich habe nicht den blassesten Schimmer, nicke aber noch einmal.

»In Deutschland gibt es Bayern München, richtig?«

Ich sehe ihn erstaunt an, was seinen Stolz über seine Kenntnisse noch steigert. »Ja, aber die spielen Fußball«, erkläre ich.

»Magst du Fußball? Was ist dein Lieblingsverein?«, will er wissen.

Da ist er an den Richtigen geraten. Mit meiner Aussage, dass Bayern München eine Fußballmannschaft ist, hat sich mein Wissen über diesen Sport auch schon erschöpft.

»Bayern München«, antworte ich und wende mich von dem Poster ab, um das Thema zu wechseln.

Wenig später verschwindet er aus dem Zimmer, um für diese eine Nacht zu seiner Schwester zu ziehen. Endlich können wir uns hinlegen. Ich bin total knülle.

»Ich glaube, in meinem Bett zu Hause hat noch nie ein Fremder geschlafen«, überlegt Odette beim Einschlafen und wälzt sich auf ihrer Couch herum.

»In meinem Zimmer hat überhaupt noch niemand, vor allem kein Fremder, geschlafen«, antworte ich. Es wäre mir im Traum nicht eingefallen, mein Bett an einen Gast abzutreten. Erst recht nicht, wenn ich diesen Typen erst am selben Tag kennengelernt hätte.

»Wie findest du Pete?«, fragt Odette.

»Er ist nett.«

»Ja. Er hat mir beim Abendessen zugezwinkert.«

»Vielleicht hatte er was im Auge.«

Mir fällt ein, dass ich vergessen habe, mir das Bett anzuschauen, bevor ich das Licht ausgemacht habe. Vielleicht gibt es hier ja Flöhe oder Wanzen. Draußen am Teich sind mir solche Viecher seltsamerweise egal gewesen. Hier, in einem fremden Bett, finde ich sie jedoch wieder wichtig. Genau wie Flecken. Ich ekle mich vor Flecken, die andere Leute gemacht haben, und könnte deshalb nie Arzt oder Krankenpfleger werden. Oder in einem Hotel die Betten abziehen. Allerdings weiß ich auch nicht, was ich stattdessen werden will, nur mal nebenbei gesagt.

Ich stehe auf, knipse das Licht wieder an und überprüfe das Laken. Gott sei Dank sauber.

»Wollen wir tauschen?«, bietet Odette an.

»Nein.« Ich lösche das Licht wieder.

Im Dunkeln starre ich an die Decke und lasse den Tag an mir vorüberziehen. Ich glaube, so einen Tag habe ich noch nie erlebt. Die letzte Nacht an diesem Tümpel im Nationalpark kommt mir vor, als wäre sie in einem früheren Leben passiert. Oder wenigstens schon eine ganze Weile her. Tausend Gedanken schwirren mir durch den Kopf: Was meine Eltern wohl gerade machen? Ob sie noch im Park sind oder schon auf dem Weg zurück nach Darwin? Vielleicht sitzen sie ja schon im Flieger nach Melbourne? Dann wären sie angeschmiert, denn ich würde noch lange nicht da sein. Allerdings weiß ich auch nicht, wie es weitergehen soll. Das mit dem Bus können wir knicken. Bleibt wohl nur das Trampen. Ich denke an die beiden Mädchen von heute Vormittag. Die am Geldautomaten. *Hast es wohl eilig, Kleiner?* Was sie jetzt wohl machen? Dann denke ich an Lucas Zatsky und versuche, ihn schnell aus meinem Kopf zu kriegen. Warum muss ich in letzter Zeit ständig an ihn denken? Ich sollte an was Schönes denken. Nur an was? Plötzlich erscheint Anna aus

Melbourne vor meinem Gesicht. Es ist zum Verrücktwerden. Anscheinend werde ich krank. Das fehlt gerade noch.

»Odette?«

Stille. Kurz darauf höre ich ihre gleichmäßigen Atemzüge. Sie schläft.

Was für ein Schlamassel.

15. Auf der Straße nach Süden

Als wir morgens aufwachen, steht die Sonne bereits hoch am Himmel. Die Familie ist schon auf den Beinen und lärmt im Haus rum. Ich springe in meine Klamotten und merke erst jetzt, wie sehr sie stinken. Keine Ahnung, wie ich es damit in den nächsten Tagen aushalten soll. Irgendwas muss ich mir einfallen lassen. Ich schalte kurz das Handy ein und sehe auf dem Display, dass meine Mutter mich wieder mit Anrufen bombardiert hat.

Also schreibe ich ihr eine kurze Nachricht – »Keine Sorge, uns geht's gut!« – und schalte das Gerät danach aus. Der Akku ist schon fast runter und ich habe kein Ladegerät dabei.

Während ich meinen Kram zusammenpacke, steht Pete neben mir und beobachtet mich.

»Siehst du das Bild da«, fragt er plötzlich, als hätte er die ganze Zeit nach einem Vorwand gesucht, eine Unterhaltung zu beginnen. Er weist auf ein gerahmtes Foto, das über seinem Bett hängt. Es zeigt Pete vor schätzungsweise vier oder fünf Jahren mit seiner Mutter vor irgendeinem Gebäude. Die Mutter trägt eine große Sonnenbrille und einen lila Hut, Pete kaut an einer Brezel. Ich habe das Bild gestern Abend schon gesehen, ihm aber keine besondere Bedeutung geschenkt.

»Das war in Darwin«, erklärt Pete. »Vor sechs Jahren.«

Ich schaue kurz hin und packe dann weiter meine Sachen. »Okay.«

»Meine Mutter sagt, sie erinnert sich nicht mehr an den

Moment, als es aufgenommen wurde. Für mich aber ist es, als wäre es erst gestern gewesen.«

Ich nicke stumm.

»Ich erinnere mich an jede Einzelheit an diesem Tag«, überlegt Pete weiter. »An das Wetter, die Menschen. Die Sonne hat geschienen, und es war Anzac-Day und überall haben die Menschen gefeiert.«

»Beeindruckend, dein Gedächtnis«, murmele ich. Was sonst soll ich sagen?

»Nein, es ist nicht beeindruckend«, findet Pete. »Es ist deprimierend. Weißt du, warum es deprimierend ist? Warum ich mich an jede Einzelheit erinnere?«

»Nein.« Ich schüttele den Kopf.

»Weil seitdem nichts Aufregendes mehr in meinem Leben passiert ist.«

Er sieht mich an, als könnte ich mit einem Fingerschnippen die Lage ändern. Kann ich aber nicht.

»Das ist wirklich schade«, antworte ich vorsichtig.

»Es ist furchtbar«, meint Pete.

»Ja, furchtbar.«

»Schreibst du mir, wenn du wieder in Deutschland bist?«

»Wenn ich Zeit dafür habe.«

»Vielleicht kann ich dich ja auch mal besuchen kommen.«

Ich weiß nicht, ob das eine gute Idee ist.

»Dann können wir gemeinsam zu einem Spiel von Bayern München gehen.«

Nein, das ist definitiv keine gute Idee.

»Okay.«

Als wir uns nach dem Frühstück von der Familie verabschieden, packt uns die Mutter ein paar Äpfel, Kuchen, zwei Wasserflaschen und vier Bananen ein, bevor sie uns eine gute Weiterreise wünscht.

»Und du kannst wirklich nicht länger bleiben?«, fragt Pete. »Ich könnte dir noch so viel zeigen. Wir könnten runter zum Fluss gehen. Oder zu den warmen Quellen. Hast du gewusst, dass wir hier auch einen Nationalpark haben? Da gibt es tolle Schluchten.«

Ich verneine. Bis vor zwei Tagen habe ich ja noch nicht mal gewusst, dass es dieses Kaff gibt.

»Ich muss leider weiter«, sage ich. Schließlich bin ich nicht zum Vergnügen hier.

»Na gut«, seufzt Pete. »Wenn du wieder mal in der Nähe bist, kannst du ja vorbeikommen. Vielleicht, wenn du auf dem Weg nach Darwin bist.«

Das möge Gott verhüten, dennoch nicke ich. »Klar.«

»Und vergiss nicht zu schreiben, okay?«

»Niemals.«

Wir verabschieden uns und gehen unseres Weges.

»Was wollte Pete denn noch von dir?«, will Odette wissen.

»Er hat gesagt, dass ich jederzeit wiederkommen kann. So wie dir doch auch, oder?«

»Ja, klar.« Sie überlegt kurz. »Das hat er auch zu mir gesagt. Gestern Abend schon.«

Es dauert fast eine Stunde, bis endlich ein Auto hält und uns mitnimmt. Das ist lange, wenn man sinnlos an der Straße steht und die ganze Zeit eine Hand hochhalten muss. Selbst wenn man sich abwechselt, ist es anstrengend.

Der Mann, der uns nun mitnimmt, ist nett, wenn auch nicht gerade eine Unterhaltungsgranate. Was mir aber ganz recht ist, denn ich habe nicht wirklich Lust, schon wieder meine ganze Geschichte zu erzählen. Etwa zwei Stunden können wir mit ihm mitfahren, dann müssen wir raus, weil er am Ziel ist.

»Das war ja wirklich aufregend«, findet Odette, als wir wieder an der Straße stehen. »Hätte nicht gedacht, dass es so schnell klappt.«

In Wahrheit hatte ich das Gefühl, dass einige Autos schon vorher angehalten hätten, wenn ich allein am Straßenrand gestanden hätte. Odette muss ihnen in ihrem großen weißen Nachthemd wie eine Fata Morgana vorgekommen sein.

Erst am Nachmittag finden wir eine neue Mitfahrgelegenheit. Bis dahin habe ich auf meiner Reisekarte unsere zu bewältigende Strecke ausgemessen und bin auf etwa dreieinhalbtausend Kilometer gekommen. Minus der dreihundert Kilometer von Darwin nach Katherine und dem Weg, den wir heute zurückgelegt haben. Wenn wir weiter so gut vorankommen, sollten wir in ein oder zwei Wochen am Ziel sein.

Am Abend landen wir in einem Nest namens Tennant Creek, und während wir durch die leeren Straßen streifen, überlegen wir, wo wir diesmal die Nacht verbringen können. Anfangs habe ich noch Hoffnung, dass wir erneut einen Pete treffen, aber davon scheint es hier keine zu geben. Schließlich setzen wir uns auf eine Parkbank und verdrücken die letzten beiden Äpfel, während wir eine Gruppe von Einheimischen beobachten, die auf dem Rasen herumlungern und sich zu langweilen scheinen.

Irgendwann steht eine Frau auf und schlappt teilnahmslos an uns vorbei, den Blick stumpf geradeaus gerichtet. Sie zieht eine leichte Müffelwolke hinter sich her, was wohl daran liegt, dass sie trotz der Hitze eine Wollmütze aufhat und einen Anorak trägt. Unten hat sie nur einen Rock an und keine Socken, dafür Hausschuhe. Eine komische Erscheinung. So wie der ganze Haufen auf dem Rasen merkwürdig aussieht. Sie scheinen auch nicht sehr freundlich zu sein. Jedenfalls schauen sie alle grimmig drein, sodass ich es mir verkneife, sie anzusprechen und zu fragen, wo man hier billig übernachten kann.

Nachdem wir eine weitere Runde durch den Ort gedreht haben, entdecke ich ein Bushäuschen, in dem eine Bank steht, auf der wir letztendlich die Nacht verbringen. Sie ist nicht sehr bequem, aber immer noch besser als gar nichts.

»Ist schon komisch, jetzt so zu reisen«, grübelt Odette. »Findest du nicht?«

»Was genau meinst du?«

»Na, eben so zu reisen – fremde Autos anhalten, in Bushäusern schlafen, sich nicht zu waschen. Ein bisschen leben wir wie diese Penner da draußen.«

Vielleicht riechen wir längst wie diese Müffeloma und merken es nur nicht.

»Aber irgendwie auch aufregend«, überlegt Odette weiter. »Ein bisschen so, als wenn wir auf der Flucht sind, du und ich. Wie Bonny und Clyde. Kennst du Bonny und Clyde?«

Ja, ich kenne sie. »Wurden sie nicht am Ende erschossen?«

Odette seufzt. »Ich habe Hunger.«

Ein kleiner Vogel will in den Süden fliegen, vertrödelt sich dabei und wird vom Winter überrascht. In der Luft wird er vom Frost eingeholt, erfriert und fällt zu Boden. Dabei kullert er in ein Mauseloch, wo es so warm ist, dass der Vogel wieder auftaut. Das findet er so genial, dass er vor Freude wie wild zu singen beginnt. Ein Fuchs hört das, sieht sich das Mauseloch an und entdeckt den Vogel. Er zieht ihn raus und frisst ihn auf.

Was lernen wir aus der Geschichte?

Erstens: Egal, wie schlimm es um einen steht, es kann immer noch schlimmer kommen. Zweitens: Wenn du es warm und gemütlich hast, reiße den Schnabel bloß nicht zu sehr auf … (Wobei ich ja den Schnabel nie aufgerissen habe. Ich war ja froh, wenn mich keiner beachtete.) Lektion Nummer drei, die man aus der Geschichte lernt: Wie man es macht, ist es verkehrt.

Auf unserem weiteren Weg halten wir uns an die Straße. Zum einen, um uns nicht zu verlaufen, zum anderen, um nicht zu verdursten, denn es ist weiter verdammt heiß. Zum Glück gibt es selbst in den kleineren Ortschaften stets eine Möglichkeit an Wasser zu kommen. Entweder über einen Spender oder einen Schlauch, der irgendwo hängt. Einmal schöpfen wir sogar Wasser aus einem Sprinkler, der Blumen bewässern soll. Zu essen kaufen wir meist Äpfel. Die sind am billigsten und machen auch für eine Weile satt, zumindest mich. Bei Odette habe ich da meine Zweifel.

In einem Ort kommt uns ein Hund nachgelaufen, was ich anfangs ganz witzig finde. Ich wollte schon immer einen Hund haben, meine Mutter sagt aber, dass sie stinken, was mich überzeugt hat, dass ein Hund nichts für mich ist. Außerdem habe ich ja schon Qualle.

Den Hund nennen wir Fred Feuerstein und haben sogar den Eindruck, dass er auf den Namen hört. Zur Feier des Tages stürzen wir uns in Unkosten und kaufen in einem Supermarkt eine kleine Fleischpastete, die wir uns mit Fred Feuerstein teilen wollen. Als sie mir jedoch runterfällt und ich sie wieder aufheben will, knurrt er mich an und fletscht die Zähne. Davon bin ich so überrascht, dass ich einen kleinen Stein aufhebe und nach ihm werfe. Er schnappt sich die Pastete und läuft damit davon. Auf so einen Freund kann ich verzichten.

Odette kriegt sich kaum ein vor Kummer.

»Jetzt hat der Hund ein besseres Mittagessen als wir. Ich kann mich überhaupt nicht mehr daran erinnern, wie Fleisch schmeckt.«

»Betrachte es als Diät«, rate ich ihr.

»Ich habe wahrscheinlich jetzt schon zehn Kilo abgenommen. Meine Klamotten schlabbern alle an mir. Wenn wir in Melbourne ankommen, bin ich dünn wie eine Bohnenstange und keiner erkennt mich mehr.«

»So schlimm wird's schon nicht werden.«

»Meine Mutter will immer, dass ich eine Diät mache. Sie sagt, wenn es schmeckt, soll ich es ausspucken. Aber warum soll ich das machen? Was ist so erstrebenswert daran, dünn zu sein? Wenn man unter der Dusche von Strahl zu Strahl springen muss, um nass zu werden.«

Wenig später werden wir von einer Mutter mit kleinem Kind mitgenommen. Im Fahrerhaus des Pick-ups sitzt noch ein Hund, deshalb bleibt für uns nur die Ladefläche, die wir uns mit drei Schafen teilen, von denen eines an den Quasten von Odettes Hut knabbern will. Als sie kurz einnickt, schafft das Schaf es tatsächlich, ihr eine Bommel abzureißen, was sie so fuchsteufelswild macht, dass sie schwört, bei der nächsten Gelegenheit Lammkeule zu essen.

»Und das ist *deine* Schuld«, fährt sie das verständnislos dreinblickende Tier an. »*Du* hast das zu verantworten.« Das Schaf scheint darüber nachzudenken und kaut noch mindestens fünf Minuten auf der Bommel herum.

Dennoch ist es die bisher schönste Fahrt, denn der Fahrtwind ist kühl, und wir sehen ein paar Kängurus an der Straße entlanghüpfen, die den Hund vorn im Auto ganz irrewerden lassen. Jetzt verstehe ich auch, warum er nicht hinten auf der Ladefläche sitzen darf.

Als ich ein Polizeiauto hinter uns bemerke, gebe ich Odette ein Zeichen, dass sie sich ducken soll.

»Warum das denn?«, fragt sie, als der Wagen an uns vorbei ist. »Wir haben doch nichts getan.«

»Das nicht. Aber können wir denn sicher sein, dass meine Eltern sie nicht auf uns angesetzt haben?«

»Nein, können wir nicht.«

Bevor die Frau zu ihrer Farm abbiegen will, fragt sie uns, ob wir mitkommen wollen. Aber es ist noch zu früh, und wir möchten lieber versuchen, vor Einbruch der Nacht in den nächsten Ort zu kommen. Sie will wissen, wo unsere Eltern sind, und aus einer Laune heraus antworte ich: »Wir haben keine Eltern mehr.«

Zu meiner Überraschung streichelt mir die Frau über den

Kopf und nennt uns arme Kinder. Wie wir denn weiterkommen wollen, fragt sie. Mit dem Bus?

»Nein, dafür reicht unser Geld nicht.« Diesmal antworte ich wahrheitsgemäß.

Sie kramt in ihrem Korb und zückt plötzlich eine Zwanzig-Dollar-Note aus ihrer Brieftasche.

»Für den Bus.«

Ich nehme das Geld gerührt an, fühle eine Mischung aus Dankbarkeit und Verlegenheit. Und ich denke, dass wir mit zwanzig Dollar keine zwanzig Kilometer weit kommen werden. Nicht mit dem Bus und nicht mit den Preisen hier. Die gute Frau scheint schon lange nicht mehr mit öffentlichen Verkehrsmitteln gefahren zu sein.

»Die hat echt gedacht, wir sind Geschwister.« Odette kriegt sich vor Lachen kaum ein, als wir wieder allein sind.

»Verstehe ich auch nicht«, sage ich. »Wie kommt sie denn auf so was? Wir sehen uns doch überhaupt nicht ähnlich.«

Odette schaut mir direkt in die Augen. »Äußerlich nicht. Aber vielleicht innerlich.«

Darüber will ich gar nicht weiter nachdenken.

Wohlig streiche ich mir über den Bauch und genieße das Gefühl, ein sauberes Shirt auf der Haut zu spüren. Es ist zugegeben ziemlich hässlich, grün mit der Aufschrift »Proud to be Australian!«, also »Stolz, ein Australier zu sein!«, was nicht mal stimmt. Es war aber noch das beste Stück in der Grabbelkiste. Odette hat dasselbe Shirt in Lila und Größe XXL. Sie will es aber nur anbehalten, bis ihr weißes Kleid getrocknet ist, nachdem sie es in einer Vogeltränke gewaschen oder besser gesagt einmal durchs Wasser gezogen hat. Aus irgendeinem Grund hat sie einen Narren an dem Teil gefressen.

»Wir sehen aus wie Zwillinge«, ulkt sie und betrachtet abwechselnd sich und mich. »Oder wie Mitglieder einer Band.«

»Wenn du weiter so redest, ziehe ich es gleich wieder aus«, warne ich.

Auf dem Bordstein sitzend, verdrücken wir ein paar Würste, die wir im nahegelegenen Supermarkt gekauft haben, und ich versuche auf meiner Karte zu ergründen, wo wir hier gelandet sind. Wir müssten noch ungefähr zweieinhalbtausend Kilometer vor uns haben. Bedeutet, dass wir immerhin schon über tausend Kilometer geschafft haben. Das ist doch gar nicht so schlecht, oder?

»Entschuldigung?«

Jemand hat sich vor mich gestellt, und ich muss aufblicken. »Dürfte ich vielleicht mal einen Blick auf die Karte werfen?«

Ich nicke, während ich weiter an meiner Wurst kaue, und der Frau die Karte rüberschiebe.

»Hey, Leute«, ruft sie plötzlich über die Schulter zu zwei anderen Leuten auf Deutsch. »Hier sind zwei Typen, die eine Karte haben.«

»Echt nett«, murmele ich, als ich aufgekaut habe, nun ebenfalls auf Deutsch. Die Frau schrickt kurz zusammen.

»'tschuldigung, ich dachte, ihr seid von hier«, sagt sie. »Ihr seht gar nicht aus wie Touristen.« So weit ist es also schon gekommen. Die Sache scheint ihr total peinlich und sie grinst mich verlegen an.

»Wenn ich von hier wäre, würde ich sicher nicht das da benötigen?« Ich zeige auf mein Shirt.

»Stimmt auch wieder.« Sie nickt heftig. »Und warum trägst du es dann?«

Ich schaue an mir herunter, als würde ich den Spruch auf meinem neuen Shirt zum ersten Mal lesen: Stolz, ein Australier zu sein.

»Alles Tarnung«, antworte ich und denke, dass Lucas Zatsky aus der Schule kein besserer Spruch eingefallen wäre. »Ich bin nämlich auf der Flucht.«

Noch während sie überlegt, wie sie das zu deuten hat, kommen ihre beiden Begleiter angelaufen. Sie sind bestimmt zwanzig oder so, also schon ziemlich alt, und sehen viel mehr nach Australiern aus als wir, allerdings eher wie Australier aus Melbourne oder Darwin. Der eine ist blond und hat lockige Haare bis zum Kinn, der andere eine Glatze und eine Tätowierung auf dem Oberarm.

»Ich bin übrigens Sandy«, stellt sich die Frau vor. »Eigentlich Sandra, aber alle nennen mich Sandy. Das hier sind Matthias und Tom.«

Beide nicken kurz.

»Ich bin Meo. Und das ist Odette.«

»Cool«, sagt der Blonde, Matthias? »Schön, euch kennenzulernen, Mio.«

16. Drei Amigos

Im Auto will Sandy wissen, wie lange wir schon unterwegs sind, und ich muss überlegen, bevor ich die Antwort gebe.

»Insgesamt drei Wochen?«

»Woher kennt ihr euch? Seid ihr verwandt?«

»Sehen wir vielleicht verwandt aus?« Ich will das jetzt langsam wirklich wissen und hoffe, Odette hält die Klappe. Sandy betrachtet uns für einen Augenblick genauer und zieht dann die Stirn kraus. »Ein bisschen um die Nase herum vielleicht.«

Das wird ja immer schöner. Odette hat eine Knollnase.

»Nein, wir sind nicht verwandt«, stelle ich klar. »Wir sind nur Freunde.«

»Beste Freunde«, korrigiert Odette.

»Wo sind eure Eltern?«

»Oben in Darwin, wir sind schon mal vorgefahren in Richtung Melbourne.«

»Ganz allein?«

»Yep.«

»Wie geil ist das denn?«, ruft Matthias, der mit den Locken, während er das Auto fährt. »Das ist das Abgefahrenste, was ich je gehört habe. Wie alt seid ihr noch mal – fünfzehn?«

Ich nicke.

»Ihr seid die coolsten Fünfzehnjährigen, die ich je getroffen habe.«

Ich wünschte, meine Leute aus der Schule könnten das hören. Das muss ich nachher unbedingt in mein Buch schreiben.

Wir entschließen uns, mit dem Trio gemeinsam weiterzufahren, jedenfalls für ein paar Kilometer, da sie wie wir nach Süden wollen.

Die drei sind Studenten, die eine Weile an der Goldküste entlanggetingelt sind, wo sie – ich hätte wetten sollen – gesurft sind.

»Gibt es da nicht Haie?«, frage ich unvermittelt.

»Klar, gibt es da Haie«, bestätigt Tom, der mit der Tätowierung. »Wir haben sogar einen gesehen. Der war allerdings harmlos, ein kleiner, nur etwa anderthalb Meter lang.«

Ich habe nicht gewusst, dass Haie harmlos sein können.

Als wir ihnen unsere Geschichte erzählen, finden sie das wieder cool und geil und völlig abgefahren. Dabei habe ich nur die Wahrheit gesagt: Dass mein Vater hier einen Job annehmen und dafür die Familie herholen will. Weil ich aber keine Lust darauf habe, hat er diese Rundreise für meine Mutter und mich organisiert, aus der ich mich oben im Kakadu-Nationalpark verabschiedet habe.

»Du bist ja echt krass drauf«, findet Tom. So habe ich das bisher noch nie betrachtet.

»Ist doch toll, was dein Vater da vorhat.« Sandy hat ein Bein angezogen und das Kinn aufs Knie gelegt. Dabei betrachtet sie mich eingehend. »Ich wünschte, mein Vater hätte das machen können.«

So habe ich das auch noch nie gesehen. Hat mein Vater nicht mal etwas Ähnliches gesagt?

Am Nachmittag suchen wir einen Platz, an dem wir übernachten können. Erst wollen wir auf einen der bewachten

Campingplätze, wo es ordentliche Klos und Duschen gibt. Aber da wollen die Betreiber überall Geld haben, deshalb landen wir schließlich irgendwo in der Pampa und schlagen dort unser Zelt auf.

»Ist es nicht verboten, wild zu campen?«, fragt Sandy. »Wenn die Polizei uns erwischt, kostet das doch Strafe, oder?«

Tom zuckt mit den Schultern, während er die Heringe in die weiche Erde drückt. »Hier findet uns keiner. Und wenn doch, sagen wir eben, dass wir zu müde waren, um weiterzufahren.« Er sieht zu mir herüber. »In Australien darf man nicht gezwungen werden, weiterzufahren, wenn man müde ist.«

Darf man das denn in Deutschland? Sicherheitshalber schreibe ich es in mein Buch.

Sandy will wissen, wozu ich das alles aufschreibe, und als ich es ihr erkläre, meint sie lachend: »Du spionierst uns also nicht aus?«

Ich schüttele den Kopf. »Warum sollte ich das tun?«

»Nur so.« Sie wird wieder ernst. »Vielleicht, weil wir auf der Flucht sind?«

»Ihr auch?«, entfährt es Odette. Sie besinnt sich aber sogleich wieder. »Ach, nein – wir sind ja gar nicht auf der Flucht. Es ist nur wie auf der Flucht. Stimmt's, Meo?«

Ich lege den Stift beiseite und sehe Sandy fragend an. Wahrscheinlich wartet sie darauf, dass ich nachfrage, was ich aber nicht tue. Also spricht sie allein weiter: »Wir sind wirklich auf der Flucht. Als du heute Nachmittag, als ich euch getroffen habe, meintest, ihr wärt auch auf der Flucht, dachte ich schon, dass das ein merkwürdiger Zufall ist.«

»Sagtest du nicht, ihr seid Studenten?«

»Man kann doch Student und trotzdem auf der Flucht sein.«

Ich denke einen Moment darüber nach.

»Wovor seid ihr denn auf der Flucht?«, will Odette wissen.

»Vor der Polizei. Wir haben eine Bank überfallen.«

Ich schiele rüber zu den Jungs. Tom nickt beiläufig. »Das stimmt.«

Ich will wissen, wo sie eine Bank überfallen haben. »Hier in Australien?«

»Nein, das wäre ja blöd. Zu Hause in Deutschland.«

»Da suchen sie uns jetzt bestimmt.«

Ich habe noch nie in meinem Leben echte Bankräuber getroffen. Meine Mutter würde ausflippen, wenn sie davon erfahren würde.

»Das heißt, ihr habt jetzt ganz viel Geld?«

Tom hebt kurz die Schultern. »Hätte gern etwas mehr sein können.«

»Und wo ist es jetzt?«

Sandy lacht laut auf und boxt mich leicht gegen den Arm. »Ich sag doch, er spioniert uns aus.«

Wie es scheint, ist Matthias derjenige, der bei dem Trio das Sagen hat. Jedenfalls ist er derjenige, der am meisten einen Plan davon zu haben scheint, was möglich ist und was nicht. So kommt es mir zumindest vor, als ich mit ihm die Gegend um unser Lager erkunde.

»Was suchen wir denn?«, frage ich nach einer Weile.

Doch er scheint schon gefunden zu haben, was er sucht.

An einem Strauch zupft er kleine stachelbeergroße Knollen ab und stopft sie in seine Taschen.

»Was ist das?«

»Buschmarakujas.«

Ich betrachte die grünen Kugeln genauer. »Bist du sicher?«, frage ich skeptisch. Er bricht sie auf und hält sie mir vor die Nase. Aus dem gelb leuchtenden Fruchtinneren steigt ein süßlicher Geruch auf.

»Probier mal«, sagt er.

Ich weiß nicht. »Und was, wenn ich mich vergifte?«

»Bist wohl doch nicht so mutig, wie ich dachte«, grinst er und saugt selber die Frucht aus.

Zum ersten Mal in meinem Leben ärgert mich meine Feigheit. Ich schnappe mir eine Frucht, breche sie auf und sauge sie ebenfalls aus. Sie schmeckt bitter und sauer, nur ansatzweise so süß wie sie riecht.

»Reingefallen«, feixt Matthias, und ich bekomme für einen Moment einen Schreck, ob er mich doch vergiften will, nun da ich weiß, dass er ein Bankräuber ist. »Kleiner Scherz«, beruhigt er mich aber gleich, als er mein erschrockenes Gesicht sieht.

»Ich lach mich tot.«

Fast hätte ich mich umgedreht und ihn stehen lassen. Dann aber besinne ich mich auf meine Situation und schlucke den Ärger runter. »Woher weißt du das mit den Buschmarakujas?«

»Ich habe ein Buch über Überlebensregeln im Outback. Da steht so was drin. Es gibt auch Buschbananen, Buschorangen und Buschtomaten. Wissen der Aborigines.«

Vielleicht würde ich mir später einiges daraus abschreiben.

Später versuche ich, mit Matthias ein kleines Feuer zu entfachen, an dem wir uns wärmen können, wenn die Sonne untergegangen ist. Dazu haben wir mehrere dünne Zweige zu einer Pyramide übereinandergelegt.

»Bei dieser Hitze wäre ein Grubenfeuer zwar besser«, erklärt Matthias, während er den Boden einer leeren Cola-Dose blank scheuert. »Aber in Anbetracht der Tatsache, dass wir kein Feuerzeug mehr haben und erst ein neues kaufen müssen, lässt sich so ein Pyramidenfeuer leichter entfachen.«

Ich habe bisher weder von einem Pyramidenfeuer gehört, noch gewusst, wie ein Grubenfeuer aussieht. Da sich beides aber ohne ein Feuerzeug entfachen lassen muss, bin ich sehr gespannt, wie es gehen soll. Unter das Feuer hat Matthias etwas zerbröselte Rinde gelegt, die er aus einem Baum geholt hat. Nun hält er den blank gescheuerten Boden der Dose so, dass die letzten Sonnenstrahlen direkt in die Mitte des kleinen Holzstapels umgeleitet werden.

»Hoffentlich reicht das noch«, murmelt er und ist dabei so konzentriert, dass ihm Schweißperlen auf der Stirn glitzern.

»Wo lernt man so was?«, will ich wissen.

»Bei den Pfadfindern. Auch, was es für verschiedene Arten von Feuern gibt.«

»Was für Arten gibt es denn?«

»So einige. Neben dieser Pyramide gibt es zum Beispiel auch Stern- oder Jägerfeuer.«

Ich lasse mir diese Feuerarten beschreiben und trage sie in mein Buch ein. »Und was lernt man noch so?«

Er überlegt. »Zum Beispiel, wo man guten Zunder findet.

Wusstest du, dass Kartoffelchips besonders gut brennen?«

Ich verneine. Woher soll ich das wissen? Matthias lacht. »Ist echt wahr. Und am besten brennen die ganz billigen. Weil die am meisten Fett haben.«

»Die schmecken auch am besten«, weiß Odette.

Von jetzt an werde ich Kartoffelchips mit völlig neuen Augen betrachten.

»Du lernst, wie man Feuer auf nassem Boden entfacht. Wie man Streichhölzer wasserfest macht. Und wie man frisches Trinkwasser findet.«

»Und wie findet man frisches Trinkwasser?«

»Kommt drauf an, wo man ist. Aber man kann davon ausgehen, dass zum Beispiel in ausgetrockneten Flussbetten immer noch etwas Wasser vorhanden ist. Denn Wasser fließt ja nach unten. Am besten sucht man dann in der Nähe von Felsen oder anderen schattigen Stellen, weil es dort nicht so schnell verdunstet. Man kann auch Tieren folgen. Die wissen fast immer, wo es noch etwas zu holen gibt. Selbst die Vogelschwärme am Himmel.«

Ich komme mit dem Mitschreiben gar nicht hinterher.

»Wofür schreibst du das alles auf?«, will Matthias wissen.

Ich zucke mit den Schultern. »Nur so.«

»Du warst nicht bei den Pfadfindern, oder?«

»Nein.« Ehrlich gesagt habe ich nicht mal gewusst, dass es diese Truppe noch gibt.

»Wo warst du dann? In welchem Verein?«

»In gar keinem.« Ich war in meiner gesamten Schulzeit in keinem einzigen Sportverein und keiner Arbeitsgemeinschaft. Ich habe mir darüber nie Gedanken gemacht, aber jetzt komme ich mir etwas komisch vor. Bevor es zu peinlich wird, kräuselt sich erster Rauch unter den Zweigen der Pyramide hervor. Matthias beginnt zu grinsen.

»Geschafft!«

Mir fällt etwas ein und ich krame in meinem Rucksack. Kurz darauf hole ich die Streichhölzer hervor, die ich dem Parkaufseher geklaut habe. »Hatte ich vergessen.«

Matthias hört auf zu grinsen und sieht mich für einen Augenblick verunsichert an. Im ersten Moment denke ich, er will mich vollmotzen. Dann aber scheint er es sich anders zu überlegen und sagt: »Schon gut.«

Ich bin erleichtert und beschließe, das Thema zu wechseln.

»Und ihr habt wirklich eine Bank ausgeraubt?«

Er nickt, geht aber nicht weiter darauf ein.

»Wusstest du, dass ein Pfadfinder maximal drei Streichhölzer braucht, um ein Feuer zu entfachen? Ach nein, kannst du ja nicht wissen. Du warst ja nicht bei den Pfadfindern.«

Das Zelt der drei ist so groß, dass auch Odette und ich mit reinrutschen können. Aber Matthias will sowieso lieber draußen am Feuer schlafen, bis es heruntergebrannt ist. Wir sind gerade dabei, alle noch mal aufs Klo zu gehen beziehungsweise im Busch zu pinkeln, als Sandy völlig aufgeregt zum Feuer zurückgerannt kommt.

»Ich glaube, da draußen ist jemand.«

»Wo?« Matthias ist immer noch dabei, sich die Hose zuzuknöpfen.

Sandy deutet in die Richtung, aus der sie gekommen ist.

»Hast du jemanden gesehen?«, fragt Tom.

»Ja, glaube ich zumindest. Er stand hinter dem Hügel und hat mich beobachtet, während ich gepinkelt habe.«

Matthias greift sich einen Knüppel und verschwindet in die Nacht. Tom folgt ihm.

»Ihr könnt mich doch hier nicht allein lassen«, ruft Sandy ihnen hinterher.

»Wir sind gleich wieder zurück. Außerdem hast du doch die beiden da.«

Ich weiß nicht, ob mir das gefällt. Was soll ich denn machen, wenn der Mann plötzlich auftaucht? Bevor ich mich mit jemandem streite, renne ich lieber weg. Das hat bisher immer ganz gut funktioniert. Auch Odette bekommt kalte Füße.

»Wir sollten lieber abhauen«, flüstert sie leise, ohne dass Sandy es hört. »Vielleicht ist es ja die Polizei, die die drei aufgespürt hat.«

Plötzlich scheint sie gar nicht mehr so entschlossen, selbst auf der Flucht sein zu wollen.

»Wo sollen wir denn jetzt hin, mitten in der Nacht?«, frage ich. »Vielleicht ist da nur jemand, der in der Nähe wohnt und Hallo sagen will«, gebe ich zu bedenken.

Sandy hockt sich ans Lagerfeuer und zieht ihre Jacke zu. »Dann hätte er ja herauskommen können.«

Stimmt auch wieder.

»Vielleicht ist er schüchtern.«

»Vielleicht ist er auch ein entflohener Mörder, der uns umbringen will.«

Das wäre nicht gut.

»In Australien gibt es viele Irre, die herumlaufen und

Leute umbringen«, erklärt Sandy weiter. »Besonders an einsamen Landstraßen.«

In diesem Moment bin ich sehr glücklich, dass Odette mich begleitet und ich nicht allein reisen muss. Sie scheint weniger glücklich zu sein.

Gott sei Dank kommen die Jungs schon wieder zurück und geben Entwarnung. »Da ist niemand.«

»Wahrscheinlich habe ich mir das eingebildet«, murmelt Sandy.

In der Nacht schlafen Tom und Matthias beide am Feuer und wollen abwechselnd Wache halten. Bleibt mehr Platz für uns im Zelt. Odette schläft als Erste ein. Ich mache kein Auge zu.

»Wo wollt ihr denn jetzt hin, da ihr auf der Flucht seid?«

An ihrem Atem höre ich, dass Sandy auch nicht schläft.

»Keine Ahnung. So lange weiter, bis es nicht mehr geht.«

»Und dann?«

»Keine Ahnung.«

»Klingt anstrengend.«

Sie dreht sich zu mir herum und ich spüre ein wenig von ihrem Atem, als sie leise spricht. »Weißt du, als ich ein kleines Mädchen war, wollte ich immer Abenteuer erleben. Jagen, rumtollen und so ein Zeug. Kennst du doch sicher, oder?«

»Hm«, murmele ich.

»Was wolltest du am liebsten sein, als du klein warst?«

Darüber muss ich nachdenken. Wenn, dann: »Ritter finde ich gut.«

»Ja, Ritter sind cool. Hübsche Mädchen aus Burgen befreien und gegen Drachen kämpfen.«

Na, nicht gleich übertreiben. Ich hatte schon das eine oder andere Mal darüber nachgedacht, vielleicht auch davon geträumt, wie es wäre, ein Ritter zu sein. Ein Drache war in diesen Überlegungen allerdings nie vorgekommen.

Sandy rollt sich zurück auf den Rücken. »Ich wollte auch immer eher der Ritter als die Prinzessin sein. Ich wollte nie mit Puppen spielen wie die anderen Mädchen. Ich hatte auch die Haare ganz kurz, so wie ein Junge. Ja, und jetzt, wo ich erwachsen bin, erlebe ich Abenteuer. Genau so, wie ich es mir erträumt habe.«

»Wirklich ganz genau so?«

»Na ja, fast.« Sie scheint über ihre Worte nachzudenken. »Du kennst das doch sicher, wenn man Abenteuer erleben will, oder?«

»Nein.« Nicht wirklich. »Ich wäre jetzt gern zu Hause in Deutschland.«

Eine Weile sagt sie nichts. Dann: »Vielleicht bist du klüger als ich oder aber einfach nur langweilig. Wer weiß das schon.«

Das wäre eigentlich ein gutes Schlusswort gewesen. Inzwischen ist aber Odette wieder aufgewacht. »Darf ich dich mal was fragen, Sandy?«

»Klar.«

»Mit welchem der beiden Jungs bist du zusammen?«

Sandy lacht kurz, ein wenig peinlich berührt, wie mir scheint. »Warum willst du das wissen? Willst du den anderen haben?«

Das möchte ich auch gern wissen.

»Nein, im Ernst«, beharrt Odette. »Sag mal.«

Sandy lässt sich Zeit mit der Antwort. »Wenn dann wohl

mit Tom. Matthias will nächstes Jahr nach Nepal gehen und dort in einem Kloster leben. Das heißt, wenn sie ihn aufnehmen.«

»Die Mönche?«

»Ja, die Mönche.«

»Muss man sich da bewerben?«

»Ja, und es gibt nur wenige Plätze.«

»Was will er denn in einem Kloster?«

»Meditieren, vermute ich.«

Seine Seele reinwaschen, denke ich, schweige aber.

»Ist das nicht ziemlich langweilig?«, überlegt Odette.

Sandy seufzt. »Keine Ahnung.«

»Wenn er aber nicht dorthin gehen würde, wärst du gern mit ihm zusammen, oder?«

»Ich bin ja jetzt hier, wo er ist.«

»Aber ihr seid nicht zusammen?«

»Nein«, sagt Sandy.

»Bist du darüber traurig?«

»Nicht wirklich. Man kann eben nicht alles haben, was man möchte, oder? Immerhin bin ich in Australien. Das hätte ich mir vor einem Jahr noch nicht träumen lassen.«

»Dann bist du jetzt glücklich?«

Sie lässt sich viel Zeit mit der Antwort, bis sie sagt: »Ich denke schon. Wenn es so etwas wie Glück denn gibt.«

Dann dreht sie sich um, und kurze Zeit später hören wir sie ruhig und tief atmen.

Später in der Nacht wache ich auf, als ich ein Geräusch hinter dem Zelt höre. Ich spitze die Ohren, ohne mich zu bewegen. Neben mir liegt Sandy auf dem Rücken und schnarcht leise. Odette hat sich von mir weggedreht und in dem wenigen Licht, das von draußen ins Zelt fällt, sieht sie wie ein Berg aus, der über Nacht im Zelt gewachsen ist. Matthias und Tom sind immer noch draußen. Wahrscheinlich war es einer von ihnen, der das Geräusch verursacht hat. Das hoffe ich zumindest. Warum nur habe ich dann so ein merkwürdiges Gefühl? Sicherheitshalber behalte ich den Zelteingang im Auge. Das Gute ist, dass, sollte tatsächlich ein Fremder da draußen herumstiefeln, er erst an dem Lagerfeuer und damit an den beiden Jungs vorbeimuss.

Eine Weile passiert gar nichts.

Vor dem Zelt höre ich nur das leise Knistern des Feuers und die typischen Geräusche der Nacht, irgendwelche Grillen oder Mäuse. Trotzdem kann ich nicht mehr einschlafen.

Nach einer Weile höre ich wieder das Geräusch. Es ist wie ein Schuh, der auf einen Zweig tritt und stehen bleibt. Mir kriecht eine Gänsehaut den Nacken hoch und ich beschließe, Odette zu wecken. Dabei bin ich sehr vorsichtig, da ich nicht will, dass sie so abrupt hochschreckt, wie es sonst ihre Art ist. Ich will weder, dass da draußen jemand stutzig wird, noch, dass Sandy wach wird.

Behutsam streiche ich ihr über den Arm, erst ganz sachte, dann etwas stärker. Zu meinem Erstaunen greift sie irgendwann nach meiner Hand und tätschelt sie zärtlich.

»Da ist jemand vor dem Zelt«, flüstere ich ihr ins Ohr.

Nun fährt sie doch nach oben wie eine Kerze. »Wo?«

Hastig bedeute ich ihr, ruhig zu sein und spähe erschrocken zu Sandy, die zum Glück weiterschläft. Für jemanden auf der Flucht hat sie einen sehr gesunden Schlaf. Odette lauscht und signalisiert mir dann, dass sie nichts hört.

»Wahrscheinlich ist er weggelaufen«, wispere ich. Sicher hat er Odette gehört.

»Wir sollten verschwinden«, findet Odette. »Die Polizei sucht bestimmt nach diesen Jungs, und wenn sie sie finden, denken sie, wir wären ihre Komplizen und wir wandern ebenfalls ins Kittchen.«

Damit hat sie allerdings recht.

»Was aber, wenn da draußen ein Serienmörder rumschleicht?«, gebe ich zu bedenken.

Odette denkt darüber nach. »Das wäre echt eine blöde Situation. Aber wir sind immerhin zu zweit.«

Als wir uns aus dem Zelt schleichen, sehen wir Matthias an den Resten des Lagerfeuers liegen und friedlich schlafen. Tom sitzt auf dem Fahrersitz des Autos, ebenfalls in tiefem Schlaf versunken. Das sind ja tolle Wachen.

Wir ziehen uns an und suchen nach unseren Taschen, die wir bald neben dem Zelt finden. Leise schleiche ich zum Lagerfeuer und sehe mich um, während Odette neben dem Zelt ungeduldig von einem Bein auf das andere tritt. Dann greife ich zwei Wasserflaschen und laufe zu ihr zurück. So leise wie möglich machen wir uns von dannen.

»Was hast du denn gesucht?«, fragt Odette, als wir außer Hörweite sind.

»Ein Buch.«

»Was denn für ein Buch?«

»Eines über Buschmarakujas.«

»Kapier ich nicht.«

»Ist auch nicht so wichtig.«

Lautlos hetzen wir weiter. Zumindest so lautlos, wie Odette dazu in der Lage ist.

17. Begegnung mit Jesus

Als der Morgen graut, höre ich einen Vogel leise singen. Einen Frühaufsteher. Früher habe ich nie verstanden, wie man so zeitig aufstehen kann. Ich war immer einer, der gern lange geschlafen hat. Obwohl ich erst seit ein paar Tagen hier unterwegs bin, habe ich mich schon sehr verändert, wie ich finde. Es ist überhaupt nichts Ungewöhnliches mehr, früh unterwegs zu sein.

Es gibt da dieses Sprichwort: *Der frühe Vogel fängt den Wurm.* Hat dabei mal jemand über den frühen Wurm nachgedacht?

Inzwischen frage ich mich, ob es so eine gute Idee gewesen ist, das Trio in der Nacht einfach so zu verlassen. Also nicht sie zu verlassen. Sondern sie *einfach so* zu verlassen. Vielleicht hätte ich mal in ihre Taschen schauen sollen. Immerhin hatten sie eine Bank überfallen und wahrscheinlich einen Haufen Geld bei sich. Da hätten wir uns vielleicht was borgen können. Und das Buch über die Überlebenstechniken im Outback hätte ich sicher auch gefunden.

Odette denkt ähnlich. »Außerdem war noch reichlich Essen von gestern Abend übrig. Damit wären wir locker über den heutigen Tag gekommen.«

Irgendwann nimmt uns ein kleiner Pick-up mit. Wieder müssen wir hinten auf der Ladefläche sitzen, weil auf dem Beifahrersitz schon ein Hund hockt. Die Menschen hier scheinen ein sehr inniges Verhältnis zu ihren Hunden zu haben.

Odette kramt die letzten beiden Äpfel aus ihrer Tasche. »Glaubst du, dass deine Eltern inzwischen die Polizei verständigt haben?«, fragt sie, während sie einen Apfel bis auf das Gehäuse abnagt.

Gut möglich. Auf der anderen Seite wissen sie ja, wohin wir wollen und dass es uns gut geht.

»Vielleicht haben die Leute, die heute Nacht am Zelt waren, gar nicht nach den dreien, sondern nach uns gesucht. Kann doch sein, oder?«

»Darüber habe ich auch schon nachgedacht«, gestehe ich. Ehrlich gesagt, beschäftigt mich der Gedanke schon längere Zeit. Irgendwas müssen meine Eltern ja gemacht haben. Ich glaube nicht, dass sie einfach nach Melbourne geflogen sind und nun dort in aller Seelenruhe warten, bis wir aufkreuzen. Auf der anderen Seite wüsste ich nicht, was ihnen sonst übrig bleibt. Vielleicht mache ich mir einfach zu viele Gedanken.

Gegen Mittag rasten wir unter einem hohen Baum, der genug Schatten bietet, damit wir uns keinen Sonnenstich holen. Odette döst mit halbgeschlossenen Augen vor sich hin, während ich darauf warte, dass ein Auto vorbeikommt. Die Stille um uns herum ist lähmend, die Hitze einschläfernd, sodass ich auch irgendwann einnicke.

Ich wache auf, als mich jemand an der Schulter rüttelt.

»Hey, ihr! Lebt ihr noch?«

Ich habe von zu Hause geträumt, von der Schule und aus irgendeinem Grund ist auch Anna aus Melbourne in meine Klasse gegangen und hat ständig Sachen über mich behauptet, die nicht gestimmt haben. Kein schöner Traum, aber wenigstens war ich zu Hause.

»Geht's euch nicht gut, oder was?«

Vor mir steht ein großer dünner Mann mit langem, angegrautem Zottelhaar und einem Ziegenbart, der uns durch seine Sonnenbrille von oben bis unten mustert. Er kommt mir irgendwie bekannt vor.

»Ist was passiert?«, frage ich, während ich mich zu orientieren versuche.

»Ob was passiert ist?« Der Mann nimmt die Brille ab und schüttelt so ratlos den Kopf, dass seine dünnen Spaghetti-Haare von einer Seite auf die andere fliegen. »Nein, wieso?«

Ich reibe mir die Augen und setze meinen Hut auf.

»Nur so. Warum haben Sie mich dann so geschüttelt?«

»Warum?« Er stemmt die Hände in die Hüften, als wäre das die dümmste Frage, die er je gehört hat. »Vielleicht, weil ihr beide hier draußen mitten im Nirgendwo hockt und ein Nickerchen haltet? Ihr habt Glück, dass ich vorbeigekommen bin, sonst wärt ihr hier irgendwann verreckt.«

Ich stoße Odette an, damit sie auch wach wird.

»Aber es ist doch eine Straße. Da wäre doch sicher irgendwann ein Auto gekommen.«

»Ja, sicher, irgendwann«, nickt der Mann heftig. »Vielleicht morgen, vielleicht nächste Woche. Und was hättet ihr bis dahin gemacht? Ein Wunder, dass ich euch gefunden habe.«

So dramatisch hatten weder Odette noch ich die Situation eingeschätzt. Da der Mann darauf besteht, uns mitzunehmen, steigen wir bei ihm ein.

Wir fragen weder, wo er hinwill, noch fragt er uns nach

unserem Ziel. Er scheint nur entschlossen, uns von hier wegzubringen.

»Kein Mensch mit Verstand ist hier draußen unterwegs«, schimpft er. »Es ist das Vorzimmer zur Hölle.«

»Warum sind Sie es dann?«, wage ich zu fragen.

»Was glaubst du wohl?« Er sieht mich so lange und eindringlich an, dass ich mich irgendwann wundere, ob er je wieder auf die Straße schauen will.

»Weil Sie hier wohnen?«, vermutet Odette.

Er zuckt ein wenig beleidigt mit den Schultern, als hätte sie ihm damit die Überraschung versaut.

»Vielleicht bin ich ja auf der Suche nach Leuten wie euch. Die ohne fremde Hilfe verloren wären.«

Wir wechseln einen kurzen Blick, bevor ich einwende: »Wir sind ein gutes Stück ohne fremde Hilfe weitergekommen.«

»Seid ihr sicher, dass es so war?«

Was soll das denn heißen?

»Wie meinen Sie das?«, will Odette wissen.

Der Mann konzentriert sich jetzt auf die Straße. »Denkt nur mal nach.«

Plötzlich weiß ich, woher ich ihn kenne. »Darf ich Sie was fragen?«

»Alles.«

»Ihr Name ist nicht zufällig Jesus, oder?«

Ich erwarte, dass er zu lachen anfängt. Stattdessen atmet er sehr langsam aus, als könnte er nicht fassen, dass wir endlich begriffen. »Zufälligerweise ja.«

»Echt?«, macht Odette. Sie wirkt ehrlich verblüfft.

Es scheint unter Jesus' Würde, seine Existenz doppelt zu bestätigen. »Gerade von dir hätte ich mehr Verständnis erwartet, Schwester!«

Odette sieht ratlos zu mir rüber. Mit einem kurzen Blick weise ich sie auf ihr langes inzwischen nur noch stellenweise weißes Gewand hin, das sie oben im Kakadu-Nationalpark gekauft hat. Ich wusste, dass der Fummel uns noch Ärger bereiten würde.

»Darf ich Sie noch was fragen?«, versuche ich das Gespräch in andere Bahnen zu lenken.

»Natürlich.«

»Wo haben Sie all die Jahre gesteckt?«

Statt einer Antwort seufzt er kurz und tritt weiter aufs Gas.

In den folgenden Stunden werden wir von Jesus über den Sinn des Lebens, die Verderbtheit der Menschen und die Probleme, die er hat, bei ihnen Gehör zu finden, aufgeklärt.

»Es ist wie damals, als keiner daran glaubte, dass das Leben auf dieser Welt endlich ist. Als alle mich verspotteten und weder an mich noch meinen Vater glauben wollten.«

»Er meint Gott«, klärt Odette mich auf.

»Die Menschheit vernichtet sich selbst und will sich nicht retten lassen. Sie wenden sich ab von mir und allen, die sie lieben. Stattdessen frönen sie dem Laster, denken nur an sich, streben nach Besitz und persönlichem Glück. Niemand denkt mehr an die anderen. Wir zerstören, vernichten und töten und sind erst glücklich, wenn wir allein auf dem Hügel stehen und alle um uns herum hinuntergestoßen haben.«

So habe ich das noch nie gesehen.

»Was soll ich denn später machen in meinem Leben?«, frage ich.

»Liebe deine Mitmenschen. Hilf ihnen, wo immer es geht.«

Das ist nicht gerade das, was ich hören will.

Er schaut grinsend zu mir rüber. »Ich weiß, das ist nicht gerade das, was du hören willst.«

Unheimlich.

Erst jetzt merke ich, dass im Radio ein Lied läuft, in dem ein Mann ständig singt *No one is gonna love you like I do* – Niemand wird dich so lieben wie ich.

Wie sich herausstellt, lebt Jesus auf einer ehemaligen Ranch, die schon ein wenig verfallen ist.

»Haben Sie keinen Hund?«, will Odette wissen, während sie sich auf der Veranda umschaut.

»Nein, wieso?«

»Na, wenn mal unangemeldeter Besuch kommt. So ein Hund kann einen zumindest warnen und beschützen.«

Jesus lächelt. »Mich braucht niemand zu warnen oder zu beschützen. Jeder ist hier willkommen.«

»Aber ist es nicht ziemlich einsam hier draußen, so allein?«, frage ich.

»Ich bin ja nicht allein. Kommt mal mit.«

Er führt uns hinter sein Haus, wo ein Schuppen steht, auf dessen Dach ein Blechkreuz prangt. Drinnen sind ein paar Bänke aufgestellt, die einen Gang zu einer Art selbst gebautem Altar bilden. Jesus zieht an einer Strippe und vorn beginnt es zu blinken und in verschiedenen Farben zu leuchten.

»Das ist aber hübsch«, meint Odette und sieht sich die Utensilien genauer an: Das Blechschild mit der Jungfrau Maria, den ordentlich drum herum drapierten Rosenkranz aus Holz, die Kerzen, die Plastikblumen.

»Versteht ihr nun, warum ich nie allein bin?« Jesus lächelt selig.

»Na, das ist natürlich etwas anderes«, nickt Odette.

»Ja, sehr schön«, bestätige ich.

»Ihr könnt hierbleiben, solange ihr wollt.« Während er das sagt, hat Jesus die Hände gefaltet wie unsere Musiklehrerin Frau Sommer, wenn sie wegen der schlechten Leistungen mancher Schüler um Fassung ringt.

»Zu welchem Verein gehörst du eigentlich?«, fragt Jesus Odette beim Abendessen. Es ist mehr als spärlich. Da wir heute aber nicht mehr wegkönnen und Jesus versprochen hat, uns gleich morgen früh zur nächsten Kreuzung zu bringen (»Es ist eure Entscheidung!«), haben wir sein Angebot angenommen, hier zu übernachten. Ich bin inzwischen davon überzeugt, dass mit dem Mann etwas nicht stimmt. Zum Abendessen gibt es Brot, etwas Butter und Wasser aus dem Brunnen.

»Ich glaube, da liegt ein Irrtum vor …«, beginnt Odette zögerlich, kommt aber nicht weit, weil der Mann sie sofort unterbricht: »Ich wusste gleich, als ich dich sah, dass wir beide einander verstehen würden.«

Odette nickt hilflos. »Ich kann mich nicht daran erinnern, jemals so gutes Brot gegessen zu haben«, verkündet sie plötzlich.

Jesus schmunzelt. »Ja, es ist schön, die kleinen Dinge im Leben wiederzuentdecken. Wir haben uns so daran gewöhnt, zu prassen, dass wir gar nicht mehr wissen, was wirklicher Genuss bedeutet.«

Er hat Odette falsch verstanden, aber weder sie noch ich berichtigen ihn. Eigentlich meinte sie, dass sie so ausgehungert ist, dass es letztendlich egal ist, was es gibt – Hauptsache, es macht satt!

Jesus putzt sich ein paar Krümel aus dem Bart und streckt beide Hände nach uns aus. »Wir sollten dem Herrn danken, dass er so gut für uns gesorgt hat.« Er bedeutet uns, seine Hände zu ergreifen, was wir notgedrungen tun. Dann schließt er die Augen, hebt das Gesicht zur Decke und will schon anfangen, als er sich unterbricht und Odette zuwendet.

»Nein. Ich finde, du solltest das heute Abend machen.« Aufmunternd lächelt er ihr zu.

»Ich?«, fragt Odette erschrocken.

»Ladies first.«

Ich meine zu sehen, wie ihr die Schweißperlen auf die Stirn treten. »Nein, das kann ich nicht.«

»Natürlich kannst du. Trau dich ruhig.«

Er hat sie schon wieder falsch verstanden. Odette kann das wirklich nicht. Zumindest hat sie es noch nie gemacht.

»Also gut«, reißt sie sich zusammen, schließt die Augen und hebt das Gesicht zur Decke, wie sie es zuvor bei Jesus gesehen hat. Wir anderen folgen ihrem Beispiel. »Mein lieber Herr«, beginnt sie und gerät schon ins Stocken. »Gott!«

Pause.

»Vielen Dank für das Essen. Es hat sehr gut geschmeckt.

Auch wenn es nicht gerade viel war. Aber es gibt ja auch Länder, wo die Menschen hungern. Deshalb wollen wir uns nicht beschweren. Obwohl etwas Wurst schon nicht schlecht gewesen wäre. Immerhin sollen wir ja bei Kräften bleiben, oder?« Eine erneute Pause, während sie zu überlegen scheint, was sie noch sagen könnte. Ich habe ein Auge geöffnet und schiele rüber zu Jesus. Immerhin sind seine Augen noch geschlossen.

»Jedenfalls, vielen Dank dafür«, fährt Odette fort. »Gut gemacht. Bis zum nächsten Mal.«

Damit beendet sie ihr Gebet und blickt feierlich in die Runde. Jesus lässt ein mildes Lächeln über sein Gesicht huschen, greift noch einmal nach unseren Händen und murmelt: »Vater unser, der du bist im Himmel, hab Dank für dieses reiche Mahl. Gesegnet seist Du. Amen!«

»Amen«, wiederholen wir gleichzeitig.

Schweigend setzen wir das Mahl fort.

Als wir ins Bett gehen, und ich Jesus die Hand reiche, hält er sie etwas länger fest und sieht mir tief in die Augen.

»Ich finde, ihr solltet euch noch mal überlegen, ob ihr morgen wirklich schon gehen wollt. Ich kann euch noch viel zeigen.«

Als wir in unserem Zimmer sind, überprüfe ich als Erstes die Tür. Mist, kein Schlüssel. Sicherheitshalber stelle ich einen Stuhl vor die Tür. Sollten wir nachts unangemeldeten Besuch bekommen, würde der als Erstes darüberstürzen und wir würden zumindest wach werden.

»Hätte man dieses blöde Gebet nicht vor dem Essen sprechen müssen?«, wundert sich Odette.

In der Nacht schlafe ich schlecht, sehr schlecht sogar. Die Bettwäsche riecht muffig, das ganze Zimmer riecht alt und verlottert. Jesus scheint nicht oft Besuch zu bekommen. Die meiste Zeit bin ich wach und lausche den Geräuschen des Hauses, dem Knarren der Balken und Dielen und den Mäusen in den Wänden. Ich hoffe, dass es nur Mäuse sind, und zwinge mich, wenigstens meine Fantasie ruhen zu lassen. Der Mann ist mir unheimlich. Vielleicht tue ich ihm damit unrecht, vielleicht bin ich wirklich ein Angsthase. Aber ständig kommen mir Sandys Worte in den Sinn, dass es Serienmörder in Australien gibt. Dann denke ich an Rodney Ansell, den Mann, den sie oben im Kakadu-Nationalpark erschossen haben. Und dann fällt mir das Lachen ein, das Odette in den Wald gelockt hat und von dem wir nie erfahren haben, wo es hergekommen ist. Und nun sind wir bei Jesus gelandet.

Ein weiteres Knarren vor der Tür, wieder die Dielen. Als hätte jemand einen Schritt getan und würde nun abwarten. Wie hinter dem Zelt. Unbewusst versuche ich, im Dunkeln die Türklinke zu erkennen und erwarte fast, dass sie langsam heruntergedrückt wird. Ich bin wahrscheinlich der größte Schisser, den es gibt. Um mich zu beruhigen, atme ich mehrmals tief durch.

»Hörst du das auch?«, fragt Odette neben mir und ich erschrecke mich so sehr, dass ich davon einen Bauchkrampf bekomme.

»Wieso bist du wach?«, zische ich, als ich wieder atmen kann.

»Ich muss schon eine halbe Stunde auf Klo. Aber da draußen ist jemand.«

Also habe ich mich doch nicht getäuscht. Nun wünschte ich, ich hätte es getan.

»Wir müssen von hier verschwinden«, empfehle ich.

»Du willst schon wieder mitten in der Nacht abhauen?«

»Der Typ hat eine Meise. Vielleicht ist er ein Massenmörder.«

»Du spinnst.«

»Aber hier draußen ist doch niemand. Vielleicht bringt er ja alle Leute um, die herkommen.«

»Willst du, dass ich ins Bett pinkele?«

»Vielleicht hat er ja auch die zwei Jungs umgebracht, die am Lagerfeuer Wache gehalten haben. Tom und Matthias.«

»Die haben geschlafen?«

»Woher wissen wir das denn? Haben wir das überprüft?«

Draußen ist ein weiterer Schritt zu hören.

»Ich habe Angst«, gesteht Odette.

Ich gestehe, dass ich auch Angst habe, und wir beschließen, sofort zu verschwinden. So leise wie möglich raffen wir unsere Klamotten zusammen und öffnen das Fenster. Zum Glück befindet sich das Zimmer im Erdgeschoss. Erstaunlich kühle Luft kommt hereingeweht.

»Und wenn er wirklich Jesus ist?«, gibt Odette zu bedenken, während ihr Kopf schon aus dem Fenster hängt.

»Dann möge er uns vergeben. Raus jetzt.«

Kurz darauf stehen wir auf dem Feld vor dem Haus und pirschen uns nach einer kurzen Orientierungsphase von dannen. Wohin wir laufen, ist eigentlich egal, denn in der baumlosen Landschaft sieht alles ziemlich gleich aus. Und ohne Ziel stimmt schließlich jede Richtung. Sagt man doch, oder? Wichtig ist nur, im dichten Bodennebel in kein Loch zu treten oder über etwas zu stolpern.

Noch sind wir nicht weit gekommen, als sich drüben am Haus quietschend die Verandatür öffnet. In der kalten Nachtluft klingt es unglaublich laut.

Wir erstarren und lauschen.

Einen Augenblick später hallt die Stimme von Jesus durch die Finsternis: »Wo wollt ihr hin, ihr Wahnsinnigen? Ihr werdet sterben da draußen!«

Wir halten die Luft an, dann schubst mich Odette weiter. »Schnell weg!«

Jetzt rennen wir quer über das Feld, stolpern, rappeln uns wieder auf, hetzen weiter.

»Kommt zurück!«, ruft Jesus und seine Worte echoen klagend über das Feld, viel weiter als man das vermutet hätte. Er ruft noch einiges und wir halten inne, um durch unser Schnaufen nicht zu überhören, ob er uns verfolgt. Tatsächlich scheint die Stimme näher zu kommen. Wir hasten weiter, blind drauflos, bestimmt eine halbe Stunde lang. Bis Odette mich am Ärmel zieht und zum Anhalten zwingt. Sie stützt sich mit den Händen auf den Knien ab und japst wie eine Ertrinkende. »Ich kann nicht mehr!«

Ich weise auf eine Buschgruppe. Besser als nichts. Hier sollten wir den Rest der Nacht verbringen, die Gruppe würde uns zumindest ein wenig Schutz bieten. Als wir im Gestrüpp sitzen, drängen wir uns dicht aneinander und versuchen durch das Dickicht zu erkennen, ob Jesus uns noch immer auf den Fersen ist. Zumindest ruft er nicht mehr nach uns. Vielleicht hat er aufgegeben. Vielleicht auch nicht. Mein

Herz schlägt so laut, dass ich mir sicher bin, dass auch Odette es spürt. Vielleicht ist es auch *ihr* Herz, das ich spüre.

Erst als der Himmel grau wird und die ersten Vögel zu singen beginnen, entspannen wir uns etwas.

»Und wieder haben wir nichts zu essen mitgenommen«, fällt Odette ein. Der erste Satz, den sie seit Stunden sagt.

18. Buschorangen und anderes Tierfutter

Als ich wach werde, blitzt bereits die Sonne durch das dichte Gewirr von Zweigen und Blättern um uns herum. Ich bin immer noch müde und eigentlich nur aufgewacht, weil eine Fliege ständig an meinem Ohr entlanggekrabbelt ist. Als ich mich aufrichten will, spüre ich eine starke Hand auf meiner Schulter, die mich sanft aber bestimmt nach unten drückt. Sie hat die ganze Zeit schon dort gelegen, aber erst jetzt bemerke ich sie.

»Nicht bewegen!«

Odette spricht leise, aber bestimmt, so wie ich sie bisher noch nie gehört habe. »Da vorn ist eine Schlange.«

Ich merke, wie ich mich verkrampfe. »Was für eine?«

»Eine Schlange eben«, brummt Odette und setzt schließlich nach: »Eine braune.«

»Eine giftige?«

»Hat sie nicht gesagt.«

Obwohl mir das Herz sofort bis zum Hals schlägt und ich mich für einen Augenblick frage, ob Schlangen nicht das ängstlich klopfende Herz eines Opfers wahrnehmen können, halte ich es nicht länger aus und drehe mich im Zeitlupentempo um.

Die Schlange arbeitet sich etwa drei Meter von uns entfernt durch das tote Gras am Rande unseres Strauchs. Ich schätze sie auf etwa anderthalb Meter, das heißt, sie bräuchte nur einen Satz nach rechts zu machen und wäre im Nu bei uns, um uns zu beißen. Sie ist hellbraun mit schwarzen Augen, und während sie sich tastend voranarbeitet, kann ich sehen, wie die kleinen Schuppen an ihrem Bauch jede Bewegung wie eine Welle im Fußballstadion weitergeben und dabei Blätter und Zweige beiseiteschieben. Schon merkwürdig, so ein Lebewesen ohne Arme und Beine. Gott sei Dank scheinen wir für sie nicht weiter von Interesse zu sein, denn sie kriecht ohne uns eines Blickes zu würdigen davon.

»Wir müssen uns bewaffnen«, verkündet Odette, als sie weg ist.

»Wie, bewaffnen?«

»Na, bewaffnen, damit wir uns schützen können. Vor Schlangen und so gefährlichem Viehzeug eben.«

»Wie willst du dich denn vor Schlangen schützen?«

Sie rollt sich auf den Rücken. »Keine Ahnung. Vielleicht können wir eine Schleuder oder so was bauen. Und dann mit Steinen auf sie schießen. Ist schon mal besser als nichts.«

Ich denke darüber nach.

»Dann kann man doch auch gleich so einen Stein nach der Schlange werfen, oder?«

»Ja, aber nicht so scharf ...«

Odette unterbricht sich mitten im Satz und lauscht.

»Was ist?«

»Pst!«

Dann sehe ich ihn auch. Jemand steht vor unserem Busch. Zuerst glaube ich an eine Halluzination, merke aber schnell, dass dort tatsächlich jemand ist. Jemand, der geräuschlos aus dem Nichts aufgetaucht ist und anscheinend nicht entdeckt werden will. Als er nämlich weiterläuft, bewegt er sich so langsam und vorsichtig, als wäre er auf der Flucht oder würde jemanden verfolgen, ein Tier oder einen anderen Menschen. Von unserer Position aus können wir nicht mehr als die Beine sehen. Sie enden in ausgetretenen Turnschuhen, grünen Chucks. Jesus hat solche Schuhe getragen. Ich habe sie bemerkt, weil ich sie immer bemerke. Ich finde Chucks nämlich tothässlich. Wenn sie jemand in unserem Alter trägt, finde ich sie peinlich. Erwachsenen dagegen müsste es verboten werden, sie anzuziehen. Reglos verharren wir in unserem Versteck. Jesus bleibt noch einmal stehen, scheint sich umzusehen oder zu lauschen, und verschwindet dann endgültig aus unserem Blickfeld. Nachdem wir einen Moment gewartet haben, robbt Odette ein Stück nach vorn, um zu prüfen, ob die Luft rein ist.

»Eine Minute länger, und ich wäre ohnmächtig geworden«, meint sie und pustet sich ein paar Haarsträhnen aus der Stirn.

Ich atme ebenfalls aus. »Habe ich doch gewusst, dass der Typ ein Psycho ist.«

Odette entdeckt das Messer in meiner Hand. Ich hatte es herausgezogen, während wir den Mann beobachteten.

»Was wolltest du denn damit?«, fragt sie argwöhnisch. Oder klingt sie sogar spöttisch?

Ich packe das Messer wieder ein und zucke mit den Schultern.

»Dreimal darfst du raten.«

»Hättest du denn gewusst, wie man damit umgeht?«

Was gibt es da zu wissen? Ich beäuge das Messer, versuche es mir vorzustellen. »Warum nicht? Vielleicht hätte es ja auch gereicht, ihn damit zu bedrohen. Vielleicht wäre er dann weggerannt.«

Odette schüttelt zweifelnd den Kopf. »Glaube ich nicht. Ich frage mich aber, was er noch von uns will.«

»Zurückholen in seine Sekte, ist doch klar. Schwester!«

»Ach, halt die Klappe!« Sie denkt nach. »Was, wenn er uns wirklich retten wollte? Wenn uns hier draußen etwas Schreckliches passiert? Vielleicht weiß er wirklich mehr als wir. Es gibt Menschen, die haben einen fünften Sinn. Die spüren so was. Das habe ich mal im Fernsehen gesehen.«

Es heißt sechster Sinn und nicht fünfter. Das will ich ihr gern sagen. Ich will sie auch fragen, auf welchem Sender sie diesen Quatsch gesehen hat. Und ich will wissen, was sie jetzt zu tun gedenkt, und überlege schon, wie ich mich allein weiter durchschlagen würde, wenn sie wirklich zu ihm zurückkehren will. Ich selber werde das nämlich auf keinen Fall tun. Sie sieht mich jedoch so nachdenklich an, dass ich unsicher werde. »Was?«, frage ich.

»Du siehst nicht glücklich aus«, antwortet sie.

Jetzt bin ich komplett verwirrt. »Häh?« Vielleicht hat sie den Verstand verloren.

»Allerdings siehst du auch nicht unglücklich aus«, überlegt sie weiter. »Glaube ich zumindest. Du sieht weder glücklich noch unglücklich aus.«

»Was faselst du da?« Der Hunger und die Sonne müssen ihr mehr zusetzen, als ich bisher angenommen habe.

»Ich sehe auch nicht glücklich aus«, lässt sie mich wissen

und scheint völlig in Gedanken. »Ich sehe sogar recht unglücklich aus.« Vielleicht fantasiert sie schon. Das würde mir gerade noch fehlen.

»Wer sagt das?«

»Jesus.«

»Wann hat er das gesagt?«

»Gestern Abend, bevor wir ins Bett gegangen sind. Er hat gesagt, dass ich unglücklich aussehe. Und dass er mir helfen könnte.«

»Wobei?«

»Glücklich zu werden.«

»Und was hast du ihm geantwortet?«

»Dass ich verdammt nochmal sehr glücklich bin. Sehr, sehr glücklich.«

»Sehr gut«, lobe ich erleichtert.

Odette selber scheint weniger überzeugt. »Aber eigentlich hatte er ja recht.«

»Womit?« Ich komme mir begriffsstutzig vor, kann aber nichts dagegen tun, dass meine Fragen wie bei einem Idioten klingen.

»Dass ich nicht glücklich bin. Okay, ich bin zwar jetzt nicht wahnsinnig unglücklich, aber eben auch nicht glücklich. Glaube ich zumindest.«

Ich denke darüber nach. »Wer ist denn schon glücklich?«

»Sicher viele Menschen. Sandy war glücklich, hat sie zumindest gesagt. Ich aber nicht. Dafür ist mein Leben irgendwie … ich weiß nicht, eben nicht gut genug. Es reicht nicht zum Glücklichsein. Zumindest nicht zu Hause.«

Eins zu null für sie. »Und was willst du dagegen tun?«

»Keine Ahnung. Vielleicht wäre ja Jesus meine Chance gewesen, aus dem Schlamassel rauszukommen.«

»Nein, das glaube ich nicht.« Ich versuche, sachlich und vernünftig zu klingen. »Du hast Hunger und bist verwirrt.«

»Ich habe wirklich Hunger«, gesteht sie.

»Und du bist verwirrt«, wiederhole ich. »Lass uns weiterlaufen und uns später was überlegen. Das hier ist weder der Ort noch die Zeit dafür.«

»Woher weißt du das?« Sie zweifelt immer noch, und ich muss vehementer werden.

»Nur, weil jemand zu faul ist, sich die Haare zu schneiden und zu rasieren, bedeutet das nicht, dass er über hellseherische Fähigkeiten verfügt oder in dich hineinsehen kann. Ich kenne dich länger und sage dir, dass du nicht unglücklich bist. Du hast nur Hunger.«

Sie sieht mich an und ein scheues Lächeln huscht über ihr Gesicht. »Vielleicht hast du recht.«

»Sicher habe ich das.«

»Keiner kennt mich so gut wie du.«

Nichts, worauf ich stolz bin. »Na, vielleicht deine Mutter noch.«

»Wir sind füreinander geschaffen.« Plötzlich umarmt sie mich so fest, dass ich kurz befürchte, sie würde mir etwas antun. Doch ich lasse sie gewähren und bin erleichtert, als sie mich beim Loslassen entspannt anblickt. »Okay, dann lass uns weiterziehen.«

Vorsichtig robben wir unter dem Busch hervor und setzen unseren Weg fort, nachdem wir uns überzeugt haben, dass niemand mehr in der Nähe ist.

Da wir nicht zur Straße zurückkönnen, weil uns da wahrscheinlich über kurz oder lang Jesus über den Weg laufen würde, beschließen wir, im offenen Gelände zu wandern. Die Straße wollen wir zwar im Auge behalten, aber eben nicht direkt auf ihr laufen. Laut meiner Karte müssten wir etwa zehn Kilometer weiter südlich auf einen Ort treffen. Das sollte zu schaffen sein. Es ist zwar schon wieder recht warm, aber zumindest weht ein laues Lüftchen. Das Gelände ist relativ eben und der rote Boden so fest, dass man drauf laufen kann, ohne einzusinken. Nach zwei Stunden fängt Odette trotzdem an zu schnaufen.

»Wollen wir nicht endlich mal Rast machen?«, quengelt sie.

Ich hätte nichts anderes erwarten dürfen von jemand, dessen Leitspruch lautet: *Sport ist Mord, und Schulsport ist Massenmord.*

»Wir haben ja noch nicht mal gefrühstückt.«

»Weil wir nichts zum Frühstück haben«, erinnere ich sie.

Schwerfällig holt sie zu mir auf. »Ist das nicht schlimm? Wir haben den ganzen Morgen noch nichts gegessen. Das Letzte, was wir hatten, war das Abendbrot bei diesem Typen. Wasser und Brot.«

»Ja, wirklich schlimm.«

Sie lässt sich vorwurfsvoll unter einen dürren Strauch plumpsen. »Ich schwitze wie ein Schwein.«

Das tut sie wirklich, das heißt, sie schwitzt, wenn auch nicht wie ein Schwein. Jeder weiß ja, dass Schweine nicht schwitzen können.

»Ich bin so hungrig, dass ich ein Pferd vertilgen könnte. Ehrlich!« Die nächste Schlange oder welches Tier auch immer unseren Weg kreuzt, sollte sich wohl besser vorsehen. Ich setze mich neben sie.

»Wir haben schon ein gutes Stück geschafft. So weit kann es nicht mehr sein.«

Auf meiner Karte zeige ich ihr unseren Weg und umkreise mit dem Finger die Stelle, an der wir ungefähr sein sollten. Odette schiebt die Karte gelangweilt beiseite.

»Ist ja schön und gut, aber es nützt uns nichts, wenn wir auf halbem Weg verhungern oder verdursten.«

»Wir werden schon nicht verdursten. Hier gibt es überall Wasser. Wir müssen es nur finden.«

»Und wie, du Schlaumeier?«

Ich zeige ihr die Eintragungen in meinem Buch: ausgetrockneten Flussläufen folgen. Im Schatten graben. Tieren folgen.

»Und welchen Tieren wollen wir folgen? Etwa der Schlange heute Morgen?«

Ich weise auf einen Ast zwei Büsche weiter, auf dem ein kleiner Vogel tschilpt.

»Dem da können wir folgen.«

Genau genommen brauchen wir gar kein Wasser zu finden. Wie bereits gesagt, ist der nächste Ort in Reichweite, und so mache ich mir nicht wirklich Sorgen. Außerdem haben wir unsere Wasserflaschen gestern Abend bei Jesus aufgefüllt, sodass keine Gefahr bestehen sollte, heute zu verdursten. Vorausgesetzt, wir erreichen im Laufe des Tages unser Ziel. Doch Odette trägt nicht eben dazu bei, voranzukommen. Ständig bleibt sie stehen, um etwas zu betrachten, zu entdecken oder einfach um zu verschnaufen. Ich glaube, sie ist wirklich am Ende ihrer Kräfte. So werden wir in drei Wochen nicht ankommen.

Am späten Nachmittag klettern wir auf ein paar Felsen, und als wir oben angekommen sind, blicken wir auf das weite Land, das von der untergehenden Sonne bereits in milchig oranges Licht getaucht wird.

»Ist es nicht schön hier?«, frage ich.

Odette setzt sich auf einen Stein und zieht sich einen Schuh aus, um Krümel rauszuschütteln. »Na, toll, ich habe ein Loch im Socken.«

Da wir den Ort noch nicht erreicht haben, beschließe ich, dass wir die Nacht hier verbringen werden.

»So sehen wir wenigstens, wenn jemand kommt.«

Odette nimmt es hin. »Solange ich nicht Wache halten muss. Ich bin todmüde. Und hungrig. Und kalt wird mir auch, wenn die Sonne weg ist. So langsam weiß man ja Bescheid.«

Für einen Moment ringe ich mit mir, ob ich etwas sagen soll. Ihr den Kopf zurechtrücken. Immerhin bin ich auch müde und habe Hunger. Dann aber überlege ich es mir anders.

Ich trage ein paar Zweige und Äste zusammen, errichte ein Feuer, wie es Matthias, der Pfadfinder, mir gezeigt hat, und zünde es mit den Streichhölzern des Parkaufsehers an.

Odette beobachtet mich schweigend, während sie dasitzt wie eine alte grantige Oma, die eine Familienfeier erträgt, ohne dass sie ihr Spaß macht. Als das Feuer brennt, kommt sie näher geschlurft, setzt sich hin und streckt die Hände aus.

»Hunger habe ich trotzdem.«

Ich will mir die Laune nicht verderben lassen.

»Einen Moment!«

Ich verschwinde und tauche kurz darauf mit einem Shirt voller kleiner Früchte wieder auf.

»Bitte sehr!«

Odette betrachtet erst schweigend die Früchte, dann mich, dann wieder das Obst.

»Was ist das?«

»Buschorangen.« Ich zeige auf die kleinen grünen Murmeln, dann auf die etwas größeren länglichen. »Und Buschbananen.«

Die Büsche waren mir schon beim Hochklettern aufgefallen. Matthias hatte mir welche am Lagerplatz gezeigt.

Odette begutachtet meine Beute.

»Die sehen gar nicht aus wie Bananen.«

»Sind es aber.«

»Eher wie Gurken.«

»Sie heißen aber Buschbananen und nicht Buschgurken.«

»Und die Murmeln sehen auch nicht aus wie Orangen.«

»Es sind ja auch *Busch*-orangen.«

»Die sind ganz schön klein. Sehen eher aus wie …« Sie beginnt zu überlegen. »… unreife Mini-Äpfel oder so.«

So langsam verliere ich die Geduld.

»Willst du nun welche essen oder nicht?«

Sie ziert sich immer noch. »Woher weißt du denn, dass wir uns nicht vergiften? Wäre doch blöd, oder?«

Ich stehe auf, gehe ums Feuer herum und setze mich dorthin. Die Früchte nehme ich mit. »Dann lässt du es eben bleiben. Musst ja nicht mitessen.«

Jetzt kommt sie doch hinterher.

»Ist ja schon gut, ich probiere sie.«

Der intensive Zitrusgeruch, der von den Früchten ausgeht, als wir sie aufbrechen, beweist, dass ich recht habe.

»Ganz schön sauer«, findet Odette, als sie eine Orange aussaugt. Ich werfe ihr einen genervten Blick zu. Immer diese Anfänger!

»Ich meine ja nur«, beeilt sie sich klarzustellen.

Das Abendessen, sei es noch so spärlich, bessert Odettes Laune merklich. Wenig später sitzen wir am Rand der Felsen und blicken hinab ins Tal, das inzwischen rot von der untergehenden Sonne glüht. Bäume und Büsche werfen lange Schatten. Kängurus haben sich eingefunden und grasen friedlich in der Abenddämmerung.

»Weißt du noch, oben in Katherine«, meint Odette verträumt, »bei Pete. Wie wir da Känguru gegessen haben? Das war lecker.«

Es kommt mir vor, als wäre das vor einer Ewigkeit gewesen. Ich weiß schon gar nicht mehr so richtig, wie Pete aussieht. Es gab so viele Menschen, die wir in den letzten Tagen und Wochen getroffen hatten. Wahrscheinlich mehr, als ich zusammengenommen in meinem ganzen bisherigen Leben kennengelernt hatte. Tief atme ich die sich abkühlende Luft ein, fühle sie durch meinen Körper rauschen und spüre plötzlich mein Herz in der Brust schlagen. Diesmal jedoch nicht aus Angst oder vor Aufregung, sondern weil die Welt vor uns so groß und schön ist, dass ich das Gefühl habe, etwas ganz Tolles zu erleben, ohne es richtig begreifen zu können.

»Es tut mir leid, dass ich vorhin etwas grob war«, murmelt Odette.

Ich will mich nicht streiten. Nicht jetzt. »Schon gut.«

»Ich bin froh, mit dir hier zu sein. Mit niemand anderem möchte ich das.«

Nun bin ich doch etwas aus dem Takt. Was soll ich darauf denn antworten? Soll ich lügen? Ich hätte kein Problem damit, wenn ich in diesem Augenblick ganz allein hier wäre. Auf der anderen Seite stört mich Odette auch nicht.

»Ich bin auch gern mit dir hier«, antworte ich wahrheitsgemäß.

Odette schweigt.

»Schau mal, der erste Stern«, sage ich und zeige auf den kleinen weißen Punkt am Himmel.

Odette nickt. »Ja, schön.« Dann lässt sie den Blick wieder über das Tal schweifen. Am Fuß unserer Felsen steht ein ausgemergelter Hund. Ein Dingo.

»Sind die nicht gefährlich?«, fragt Odette.

»Nein, glaube ich nicht.« Sicher bin ich mir aber nicht. »Wahrscheinlich hat er nur unser Feuer gesehen und glaubt, dass es hier etwas zu fressen gibt.«

»Hat dein Vater nicht etwas von einem Dingo erzählt, der ein Baby gefressen hat?«

Mein Vater hatte in der Tat so eine Geschichte aus dem Reiseführer vorgelesen: Vor vielen Jahren hatte eine Familie ein Picknick im Outback gemacht und dabei war das Baby verschwunden. Die Eltern kamen ins Gefängnis, obwohl sie bis zum Schluss beteuert hatten, ein Dingo habe ihr Kind entführt. Die Geschichte gilt als einer der größten ungeklärten Kriminalfälle Australiens. Inzwischen machen die Leute sogar Witze darüber: *Wie nennt man einen Kinderwagen am Ayer's Rock? Essen auf Rädern.*

»Das heißt, dass Dingos sehr wohl Menschen angreifen«, schlussfolgert Odette.

»Das war ein Baby.«

»Trotzdem.«

Odette besteht in dieser Nacht darauf, an meiner Seite zu schlafen. Ich verstehe es nicht. Dass so ein Dingo sich ein Baby schnappt, mag ja noch sein. Mit der hundertzwanzig Kilo schweren Odette würde er aber keine zehn Meter weit kommen. Erst recht nicht so ein abgezehrtes Vieh wie der da unten.

Na ja, wenigstens friere ich in dieser Nacht nicht. Odette hält uns beide warm, auch als das Feuer schon lange ausgegangen ist.

19. Hunger und noch ein paar weitere Probleme

Als ich am Morgen aufwache, habe ich das Gefühl, die Nacht in einer Zwangsjacke verbracht zu haben. Odette hat mich die ganze Nacht umklammert gehalten. Ihr sei kalt, murmelte sie einmal, als ich ein Stück wegrobben wollte, und so ließ ich notgedrungen zu, dass sie wieder angekrochen kam. Es stimmte ja, was sie sagte, die Nacht war wirklich recht frisch gewesen. Was bedeutete, dass ich mir hatte aussuchen können, ob ich entweder auf Wärme oder Atemluft verzichten wollte.

Jetzt am Morgen wache ich vom Knurren ihres Magens in meinem Rücken auf. Das ist ein ganz komisches Gefühl, den Magen eines anderen Menschen im Rücken zu haben, wenn dieser knurrt. Als ob man auf einer Waschmaschine liegt. Natürlich nicht so stark, denn sonst hätte ich mir ernsthaft Sorgen um Odette machen müssen.

»Ich habe Hunger«, brummt sie und klingt tatsächlich etwas schwach.

Ich befreie mich aus ihrer Umklammerung. »Wie lange bist du denn schon wach?«

»Wie lange ich schon wach bin? Ich bin mir nicht mal sicher, ob ich überhaupt geschlafen habe.«

Ich kann nicht fassen, dass sie mich nicht früher losgelassen hat.

»Mir war kalt«, beharrt sie, obwohl es schon längst nicht mehr kalt ist.

Ich stehe auf und klopfe mir den Sand von den Sachen. »Dann lass uns zusehen, dass wir weiterkommen.«

»Nein.« Odette quält sich ebenfalls in die Senkrechte. »Ich kann nicht. Ehrlich jetzt.«

»Bist du krank?«

»Ja, krank vor Hunger.«

Ich schiebe ihr die restlichen Buschorangen rüber. »Kannst du aufessen.«

Sie verzieht angewidert das Gesicht. »Ich brauche was zu essen, nicht diesen Kram.«

»Im nächsten Ort bekommen wir sicher was.«

Sie schüttelt bestimmt den Kopf. »Du verstehst nicht! Ich kann nicht mehr *laufen*. Ich kann nicht mehr *stehen*. Ich muss etwas essen oder ich falle in Ohnmacht. Seit Tagen ernähren wir uns nur von Äpfeln und Riegeln und Keksen und diesem Buschzeug. Ich halte das nicht mehr aus. Mein Magen kommt sich schon ganz veralbert vor. Das Knurren, das du gehört hast, waren Hilfeschreie.«

Die Sache scheint mir ernst. »Und was wollen wir dagegen tun? Wir können ja schlecht was erlegen.«

»Warum eigentlich nicht? Weißt du, ich habe darüber nachgedacht: Hier laufen doch so viele Tiere rum, auch Kängurus. Warum fangen wir nicht einfach eines und grillen es. So schwer kann das doch nicht sein.«

Ich versuche es mir vorzustellen. »So einfach, wie du denkst, ist es aber sicher auch nicht. Wir haben ja nicht mal ein Gewehr.«

»Aber wir haben dein Messer.«

Sie scheint die Sache wirklich durchdacht zu haben.

»Kängurus sind ganz schon schnell«, räume ich ein.

»Vielleicht finden wir ja ein verletztes Tier. Oder ein altes. Da brauchen wir dann nur noch zuzustechen.«

Dann sind ja ganz neue Töne. Als ob Odette über Nacht ein neuer Mensch geworden wäre. Ich betrachte sie eingehend. Nein, sie sieht noch genauso aus wie immer. Der Hunger scheint sie aber zu verändern.

Die Aussicht auf ein Stück Fleisch setzt ungeahnte Kräfte in Odette frei. Plötzlich kann sie wieder laufen, sogar rennen und von Felsen klettern. Als wir uns von unserem Nachtlager runter ins Tal begeben haben, schauen wir uns um, ob wir nicht ein Tier entdecken, das wir töten können. Aber es ist wie mit einer McDonalds-Filiale in Deutschland: Ständig kommt man an einer vorbei. Wenn man dann aber tatsächlich Hunger auf einen Burger hat, findet man keine.

»Die verstecken sich bestimmt vor uns«, schlussfolgert Odette. »Wir müssen uns etwas mehr ducken.«

»Aber dann sehen wir ja nichts«, gebe ich zu bedenken.

Odette räumt ein, dass das ein Problem ist.

»Wie macht das denn so ein Jäger?«

»Vielleicht müssen wir uns auf die Lauer legen«, schlage ich vor. »Wir warten, bis ein Tier vorbeikommt, und stürzen uns dann darauf.«

»Und wenn keins vorbeikommt, liegen wir da bis in alle Ewigkeit, oder was? Dann brauchen wir gar nicht mehr aufzustehen.«

Stimmt auch wieder.

Da keiner von uns eine zündende Idee hat, schlendern wir ziellos durch das hohe Gras und halten Ausschau, ob wir nicht ein verletztes oder altersschwaches Tier aufstöbern. Doch das Einzige, was wir finden, ist das von der Sonne ausgeblichene Skelett eines Kängurus. Odette betrachtet es eingehend.

»Nichts mehr dran.«

Ich verziehe das Gesicht. »Sag bloß, dass du es dann gegessen hättest?«

»Ich habe doch gesagt, dass ich Hunger habe.«

»Du machst mir Angst.«

In diesem Moment erspähen wir einen Schatten, der durch das hohe Gras getrottet kommt. Der Rücken von einem etwa schweinsgroßen Tier. Aufgeregt schleichen wir ihm nach.

»Beeil dich«, drängt Odette. »Sonst ist es weg, bevor wir dran sind.«

»Hör auf zu schubsen«, zische ich.

»Dann lauf schneller.«

Wer hätte je gedacht, dass ausgerechnet Odette mich mal zur Eile antreiben würde. Es ist jedoch vergebens, der Rücken verschwindet genauso schnell wieder im Gras, wie er aufgetaucht ist.

»Na, toll«, heult Odette. »Das war unser Frühstück.«

»Weil du so laut warst«, sage ich.

»Weil du so langsam warst.«

Wir müssen also leiser und schneller sein. Es ist nicht leicht, ein Jäger zu sein. Stumm halten wir Ausschau, ob und wo der Rücken wieder auftaucht, damit wir uns dann möglichst schnell auf ihn stürzen können.

»Am besten trennen wir uns und kreisen ihn ein«, flüstert Odette, darauf bedacht, leise zu sprechen.

»Tolle Idee«, gebe ich zurück. »Wie wollen wir ihn denn zu zweit einkreisen?«

»Ganz einfach – du von vorn, ich von hinten.« Odette ist so vom Jagdfieber gepackt, dass sogar ihre Stimme vibriert.

Warum *ich* von vorn. »Nimm du das Messer!«, schlage ich vor.

Ich will es ihr in die Hand drücken, doch sie zieht sie zurück. »Nein, behalte du es. Es ist deins.«

Ich will es aber nicht behalten. »Nein, nimm du es.«

»Ich will es aber nicht.«

»Ich auch nicht.« Wer das Messer hat, muss es benutzen.

»Ich denke, du hast so einen Hunger.«

»Ja, aber du bist der Mann!«

Was hat das denn damit zu tun? Ich komme nicht mehr dazu, zu fragen, denn plötzlich rennt Odette los, als könnte sie es nicht erwarten, von mir wegzukommen. Unglücklich pirsche ich mich in die Gegenrichtung davon. Das Messer liegt leicht und unschuldig in meinen Händen. Für einen Moment bereue ich, dass ich es mitgenommen habe. Wie hätte ich auch ahnen können, dass ich es mal auf diese Weise benutzen soll.

Etwa dreißig Meter von mir entfernt beschreibt Odette einen Bogen und kommt, mit einem Ast, den sie unterwegs aufgelesen hat, ins Gras schlagend, zu mir zurückgelaufen. Sie hat das Tier tatsächlich wieder aufgespürt und gibt mir mit den Händen Zeichen, wo sie es ungefähr vermutet und ich mich positionieren soll, damit sie es mir in die Arme treiben kann.

Ich bin nicht glücklich mit der Situation.

Wir wissen ja nicht mal, was für ein Tier das ist. Vielleicht ist es ja ungenießbar. Oder giftig. Vielleicht ist es ein Raubtier auf Beutesuche und wird mich selbst angreifen, sobald es mich sieht. Ich bin so verkrampft, dass ich kaum laufen kann. Ich spüre meinen Pulsschlag an den Schläfen und höre das Blut in den Ohren rauschen. Es fühlt sich wie Fieber an. Möglicherweise bin ich ja krank.

Unglücklicherweise kann ich nicht weiter darüber nachdenken, da in diesem Moment das Tier, der Rücken, direkt auf mich zugetrabt kommt. Ich bin wie gelähmt.

Wie tötet man ein Tier, das keine Fliege ist?

Am liebsten würde ich wegrennen. Odette beginnt auf einmal zu schreien und mit den Armen zu fuchteln. Sie sieht aus wie eine Irre. Das denkt wohl auch das Tier und rennt gleich viel schneller. Vielleicht sollten wir gemeinsam flüchten?

Es ist eine Mischung aus Schwein, Bieber und kleinem Bär, jedenfalls wirkt es auf mich so. Es sieht mich erst im letzten Moment, bremst ab und schaut mich verunsichert und leise grunzend an, als könnte es nicht glauben, dass ich da stehe.

»Stich zu!«, kreischt Odette von Weitem – »Töte es, Meo!« – und kommt keuchend angetrabt. Bis zu mir ist ihr Schnaufen zu hören. Es klingt nicht gesund. Das Tier scheint auch einen Augenblick ungläubig zu lauschen, dann schlägt es einen ungeschickten Haken und watschelt plump nach links davon.

Ich bleibe stehen.

Kurz darauf ist Odette bei mir. »Was ist los?«, fragt sie und hält sich keuchend die Hüften. »Warum hast du es nicht getötet?«

»Ich konnte nicht«, gestehe ich.

Odette lässt sich auf die Knie fallen und beginnt zu schluchzen. »Jetzt werden wir hier draußen sterben. Ich weiß es!«

Ich kann es selbst kaum glauben, als ich es sehe. Vor allem kann ich nicht glauben, dass es wirklich funktioniert hat. Wir sind der Fährte des Tieres gefolgt und tatsächlich an einem Wasserloch gelandet: Fast kreisrund, umgeben von Schilf und kleinen Vögeln, die an seinem Ufer herumschwirren, sieht es so unecht aus, dass wir zunächst an unserer Entdeckung zweifeln.

»Kannst du mich bitte mal kneifen?«, sagt Odette. Und als ich es tue: »Aua, doch nicht so doll. Das gibt sicher einen blauen Fleck.«

Nachdem wir uns davon überzeugt haben, dass kein Krokodil in dem Tümpel hockt (man weiß ja nie – sicherheitshalber haben wir eine ganze Ladung Steine ins Wasser geworfen, was alle kleinen Vögel vertrieben hat), steigen wir beide ins kühle Wasser. Es ist ein so unglaubliches Gefühl. Ich kann gar nicht in Worte fassen, was es bedeutet, endlich wieder Wasser auf der Haut und in den Haaren zu spüren, nachdem man sich tagelang nicht waschen konnte.

Als wir uns erfrischt haben, schauen wir uns nach Fischen um. Es leben tatsächlich einige in dem Teich, wo auch immer die hergekommen sind, hier mitten in der Pampa. Einer davon soll unser Mittagessen werden.

Mit dem Messer über dem Kopf wandere ich im Wasser umher. Einen Fisch würde ich sicher töten können.

»Holz darf eigentlich nicht ins Wasser«, hat Odette zuvor mit Blick auf das Messer erklärt. »Das sagt meine Mutter immer, wenn sie den Geschirrspüler einräumt und die Holzquirle draußen lässt. Es quillt dann auf, und das ist nicht gut fürs Holz.«

Ich habe ihr zugestimmt. »Das ist wahr. Da wir die Fische aber nicht erwürgen können und auch keine Angel haben, werden wir wohl das Messer nehmen müssen.«

Die meisten Fische sind so klein, dass sie nicht mal einen Snack abgeben würden. Außerdem sind sie pfeilschnell und scheinen nie länger als eine Sekunde an derselben Stelle zu bleiben, was es schwer macht mit dem Fangen. Erst recht bei meinen kurzen Armen.

»Vielleicht sollten wir das Messer an einen Stock binden und daraus einen Speer machen«, überlege ich. »Dann kommen wir wenigstens an die Fische ran.«

Odette nickt. »Gute Idee. Und womit binden wir das Messer an den Stock? Mit dem Schlüpfergummi?«

Also weiter wie bisher.

»Ganz schön anstrengend«, keuche ich nach einer Weile und beschließe eine Pause zu machen. Wer hat je behauptet, dass Fischen Entspannung bedeutet? Schnaufend schleppe ich mich ans Ufer und lasse mich ermattet in den Sand fallen.

Nicht nur, dass das Herumwaten im Wasser anstrengend ist, auch den Arm die ganze Zeit über erhoben zu halten, kostet

Kraft. Wobei wir das nach unseren Tramp-Erfahrungen eigentlich gewöhnt sein sollten.

Odette macht an meiner Stelle weiter. Wie eine Seekuh wirft sie sich mal auf die eine, mal auf die andere Seite, darauf hoffend, doch noch einen Fisch zu erwischen. Es ist ein merkwürdiges Bild. Die Fische sind inzwischen wahrscheinlich so verschreckt, dass wir nun erst recht keinen mehr fangen werden.

»Gib es auf«, rufe ich ihr zu. »Die sind zu schnell für uns.«

»Niemals! Wer aufgibt, hat schon verloren.«

Sie hat den Satz kaum zu Ende gesprochen, als sie wegrutscht und mit dem Kopf unter Wasser taucht. Für einen Moment herrscht Ruhe am Teich, nur für einen winzigen Augenblick, vielleicht vier Sekunden oder so. Diese kurze Zeit reicht, um mir vorstellen zu können, ich wäre allein hier und kein Mensch wäre weit und breit. Ich sehe die wenigen Wolken, die unbeweglich am unglaublich blauen Himmel hängen, die kleinen Libellen, die über dem Wasser stehen, und höre einen Käfer einsame Klick-Geräusche von sich geben, bevor diese ungehört in den Weiten der einsamen Landschaft verhallen. Kurz darauf bäumt sich Odette prustend im Wasser auf und alles ist wieder wie vorher.

»Alles in Ordnung«, schreit sie, was ich nicht bezweifelt habe.

Während sie weiterkämpft, entdecke ich zu meiner Linken kleine Fische, die dort im Schilf umherschwimmen. Ich beobachte sie eine Weile und sehe immer mehr Fische, die sich zwischen den Pflanzen tummeln, darunter auch einige größere.

Vorsichtig richte ich mich auf und gehe langsam auf die

Stelle zu. Ich versuche dabei so wenig Wellen zu verursachen und Sand aufzuwirbeln wie möglich. Tatsächlich ist ein recht großer Fisch darunter, der immer wieder um die Stängel der Schilfhalme schwimmt und dran herumzupft. Vermutlich sucht er ebenfalls etwas zu fressen. Ich schleiche langsam um ihn herum, bleibe dabei immer wieder stehen, damit der Fisch keinen Verdacht schöpft. Dabei spüre ich die Sonne auf meinem Kopf und meinen Schultern, während das kühle Wasser sanft schaukelnd meine Beine umspült und Odette weiter im tieferen Wasser nach Fischen sucht und dabei laut fluchend gegen die Schwerkraft kämpft.

Langsam bücke ich mich und lasse die Hände ins Wasser gleiten, so sanft, dass sogar einige Fische angeschwommen kommen, um zu schauen, ob ich nicht etwas Fressbares habe. Leider sind sie etwas zu klein.

Dann reiße ich die Arme hoch, Wasser spritzt fontänengleich in die Luft und der große Fisch fliegt in einem hohen Bogen ans Ufer.

Zuerst kann ich es gar nicht glauben.

»Es hat geklappt.« Dann lauter: »Es hat geklappt!« Ich bin von mir selbst ganz überrascht.

Odette schaut von ihrem Kampfplatz auf. Wasser rinnt ihr aus den Haaren, ihr Atem geht stoßweise und ihre Unterlippe zittert. »Was hat geklappt?«

Ich weise stumm auf den zappelnden Fisch am Ufer.

Als wir kurz darauf bei ihm stehen, krümmt er sich immer noch, allerdings schon etwas schwächer mit weit aufgerissenen Kiemen, die verzweifelt auf- und zuklappen.

»Super!«, jubelt Odette und führt einen kleinen Freudentanz auf. »Nun musst du ihn nur noch aufschlitzen.« Sie reicht mir das Messer.

»Wieso das denn?«, will ich wissen.

»Na, damit er stirbt. Oder willst du, dass er sich ewig quält?«

Das will ich natürlich nicht. Aber warum ich?

Ich schiebe ihr das Messer zurück. »Mach du es.«

»Nein, ich kann so was nicht. Ich habe das noch nie gemacht.«

Ich vielleicht? Der Fisch beginnt, mir leidzutun, wie er da nach Luft schnappend auf dem Trockenen liegt, immer wieder von kurzen krampfartigen Zuckungen unterbrochen.

»Vielleicht ist es ja eine Mutter, die im Schilf auf ihre Kinder aufgepasst hat«, gebe ich zu bedenken.

Odette antwortet nicht.

»Vielleicht sollten wir sie einfach wieder reinwerfen.«

Odette antwortet immer noch nicht und ich werte ihr Schweigen als Zustimmung. Als ich einen Schritt auf den Fisch zumache, packt sie mich am Handgelenk.

»Wenn du es wagst, den Fisch wieder ins Wasser zu werfen, bist du das Mittagessen!«

Ich glaube ihr sofort. Obwohl sie nicht mal einen halbtoten Fisch umbringen kann, glaube ich ihr.

So lassen wir den Fisch tatsächlich so lange liegen, bis er kein Lebenszeichen mehr von sich gibt. Konnten wir uns eben schon nicht darauf einigen, wer ihm den Todesstoß versetzt, so will ihn danach keiner ausnehmen.

»Gedärme sind eklig«, sage ich. »Außerdem stinken sie.«

»Als ob das jetzt noch etwas ausmacht.«

Odette hat schließlich die Nase voll und macht sich entschlossen ans Werk.

»Soll ich den Kopf abschneiden?«, fragt sie.

Woher soll ich das wissen?

»Klingt gut.«

Obwohl es das nicht sollte, habe ich Mitleid und ein schlechtes Gewissen, als der Kopf des Fischs im Wasser landet, wo sich sofort eine Gruppe kleinerer Fische um ihn schart, um ihn abzunagen.

»Was ist das denn?«

Als Odette den Fisch weiter aufschneidet, quillt ihr neben ein paar Gedärmen auch eine kleine weiße Blase entgegen. Schon fürchte ich, dass der Fisch vielleicht krank war und alle Mühe umsonst gewesen ist, als mir etwas aus dem Biounterricht einfällt.

»Ist das nicht die Luftblase?« Oder heißt es Schwimmblase?

Odette betrachtet das Gebilde fasziniert. »Ich habe so was noch nie in echt gesehen. Ohne das Ding gehen die Fische wirklich unter?«

»Sonst hätten sie es wohl nicht.«

»Und wie können sie dann tauchen?«

»Keine Ahnung.«

Wenn ich wieder ein Lexikon oder freien Internetzugang habe, kann ich mich mit der Frage ja mal eingehender beschäftigen. Damit und mit vielen anderen Dingen, die mich in letzter Zeit beschäftigen: Wie nimmt man einen Fisch aus? Wie gefährlich ist das Tier, das aussieht wie eine Mischung aus Bär und Schwein? Wie heißt es? Wie orientiere ich mich am Stand der Sonne? Wie lange überlebt ein Mensch, wenn er jeden Tag nur Obst isst? Obwohl wir uns diese Frage vielleicht bald selbst beantworten können. Der Fisch wird jedenfalls nicht lange reichen. Vielleicht hätten wir den Kopf doch noch behalten sollen, um neue Opfer anzulocken. Ich denke schon wie ein Jäger, oder?

Eine halbe Stunde später brutzelt der Fisch, oder zumindest das, was Odette von ihm übrig gelassen hat, über dem Feuer. Ich erkenne, dass sich Odettes Laune bessert, weil sie wieder beginnt, sich mit anderen Dingen zu beschäftigen. Etwa damit:

»Weißt du, worüber ich die ganze Zeit nachdenken muss?«

»Worüber denn?«

»Warum heißen weibliche Steinböcke auch Böcke und nicht Ziegen?«

Solche Sachen beschäftigen sie dann eben.

»Weil Steinziegen sich blöd anhört.«

»Findest du?«

»Ja, finde ich.«

Obwohl wir weder Salz noch irgendwelche anderen Gewürze haben, schmeckt der Fisch fantastisch. Meine Geschmacksnerven explodieren förmlich, als ich das erste Stück in den Mund schiebe und zu schmecken beginne. Als würde ich zum ersten Mal in meinem Leben Fisch essen. Und genauso wie ich mich vor ein paar Wochen noch davor geekelt hätte, mit den Fingern zu essen (zu Hause rühre ich nicht mal Hähnchen oder Bratwurst ohne Messer und Gabel an), ist das nun völlig okay. Ich kann sie ja danach im Wasser abwaschen.

Anschließend legen wir uns unter einen Baum und schauen in seine Krone, in der sich ein Schwarm grüner Wellensittiche streitet.

»Wie geht es denn nun weiter?«, will Odette mit hinter dem Kopf verschränkten Armen wissen.

»Wie, weiter?«, hake ich nach.

»Na, wie es jetzt weitergeht?«

»Wir laufen so lange, bis wir am Ziel sind.« Wie denn sonst?

»Wissen wir denn, wie wir dahin kommen?«

Logisch. »Der Nase nach.«

»Also nicht.«

»Der Nase und der Sonne nach.«

Am Himmel sehen wir einen winzigen Punkt auf einer geraden Linie entlangschweben. Ein Flugzeug.

»Fliegt es nach Norden oder Süden?«, überlegt Odette.

»Nach Nordosten.« Glaube ich zumindest. Sicher bin ich mir nicht.

»Verstehe.« Odette klingt zweifelnd. »Weißt du, was ich mir überlegt habe?«

»Woher soll ich das wissen?«

»Wir haben ja immer noch das Smartphone von deinem Vater. Vielleicht hat es Internetempfang. Oder ein Navi. Das kann man doch benutzen wie einen Kompass, oder? Da können wir zumindest mal schauen, ob wir in die richtige Richtung laufen.«

Die Idee ist gar nicht schlecht. Warum bin ich nicht schon früher darauf gekommen? Einen Versuch ist es wert. Bisher habe ich nur daran gedacht, dass man auch eine Armbanduhr zum Bestimmen der Sonne und damit der Himmelsrichtung benutzen kann. Da ich aber nicht weiß, wie das geht, und mir ziemlich sicher bin, dass auch Odette keinen Schimmer davon hat, habe ich den Gedanken schnell wieder verworfen. Matthias' Buch hätte mir hier vielleicht helfen können.

Ich zerre meinen Rucksack heran und beginne nach dem Telefon zu kramen. Und zu kramen. Und zu kramen. Als ich einmal durch bin, spüre ich eine leichte Welle der Panik über mich hinwegrollen. Ich suche ein zweites Mal, diesmal gründlicher. Als schließlich der gesamte Inhalt des Rucksacks auf dem Boden neben mir verteilt ist, wird aus dem Verdacht Gewissheit.

»Es ist weg. Wir müssen es verloren haben.«

Es erscheint mir mit einem Mal von enormer Wichtigkeit, das Handy wiederzufinden. Den ganzen Nachmittag suchen wir das Gelände ab, durch das wir gekommen sind, durchstreifen jeden Winkel, an den wir uns erinnern können und versuchen sogar, den Bogen zu wiederholen, den wir beim Jagen des Bärenschweins gelaufen sind. Das Telefon bleibt verschwunden.

»Vielleicht hat es ja ein Tier mitgenommen«, meint Odette.

»Ja, sicher«, knurre ich. »Wahrscheinlich hat es ein Känguru in seinem Beutel und telefoniert gerade damit.«

»Hey, was kann ich dafür, dass du das Ding verloren hast?«

Natürlich kann sie nichts dafür, was mir im Augenblick aber egal ist. Ich bin wütend, weniger auf Odette als auf mich. Aber ein bisschen auch auf sie, weil sie nicht mit drauf achtgegeben hat. Eigentlich aber bin ich besorgt. Ich habe das Handy zwar nie gebraucht, aber allein, dass es da war, hat mir ein Gefühl der Sicherheit gegeben. Diese Sicherheit gibt es nun nicht mehr. Wir sind wirklich allein und nur auf uns gestellt.

Auf dem Rückweg trete ich auch noch in ein Loch, das ein Tier gegraben hat, und knicke zur Seite weg. Es geht so schnell, dass ich es erst begreife, als ich am Boden liege. Es muss ziemlich komisch ausgesehen haben, denn Odette prustet hinter mir kurz los.

»'tschuldigung«, murmelt sie, hält aber weiter kichernd die Hand vor den Mund.

Ich finde das ganz und gar nicht komisch. Habe ich mich anfangs nur erschrocken, beginnt bald ein dumpf pochender Schmerz vom Knöchel auszugehen und meine Wade emporzuwandern. Odette wird ernst.

»Alles okay?«

»Sehe ich vielleicht okay aus?« Konzentriert massiere ich den anschwellenden Knöchel. »Alles nur, weil du so gelacht hast!«

»So ein Quatsch!« Odette lässt sich nieder und befühlt den Knöchel. »Das ist doch nicht passiert, weil ich gelacht habe.«

»War trotzdem gemein.«

»Okay, ich entschuldige mich.«

Als sie auf eine bestimmte Stelle drückt, schreie ich auf.

»Pass doch auf.«

Entnervt lässt sie von mir ab. »Du bist manchmal ein richtiges Mädchen.«

»Und du ein grober Klotz.«

Wie es aussieht, ist der Knöchel verstaucht. Ich hoffe zumindest, dass er nur verstaucht ist. Als ich mich aufrappele und einen Schritt mache, sticht es, als würde ich in eine Nadel treten.

Bis zum späten Nachmittag hat mich Odette zu unserer Wasserstelle zurückgeschleppt. Während sie sich auf die Jagd nach einem neuen Fisch macht, sitze ich am Ufer und kühle den verletzten Fuß im Wasser. Er ist inzwischen ganz schön dick geworden. Vielleicht ist er bis morgen wieder okay, wenn ich ihn nur ausreichend schone. Da ich mich noch nie ernsthaft verletzt habe, fehlt mir hier die Erfahrung.

Odette stellt sich gar nicht mehr so blöd an beim Fischfang. Im Gegenteil, sie geht nun gezielt vor, stellt sich nahe an das Schilf und wartet dort auf eine passende Gelegenheit, einen Fisch zu schnappen. Der erste Versuch geht zwar daneben, und danach muss sie eine ganze Weile warten, bis die Fische wieder da sind. Aber irgendwann klappt es, und ich kann im Stillen nur ihre Ausdauer bewundern, die sie beim Beschaffen des Abendessens an den Tag legt. Anschließend schneidet sie ohne Murren den Fisch auf, auch dies bereits professioneller, als es noch heute Mittag der Fall gewesen ist. Es ist jetzt eine andere Sorte Fisch, er schmeckt aber letztendlich genauso gut.

»Das hast du gut gemacht«, lobe ich, als wir mit dem Essen fertig sind.

»Hm«, grunzt sie, als hätte ich sie gebeten, mal kurz beiseite zu treten.

Sie schmollt noch immer wegen heute Nachmittag.

»Okay, es tut mir leid«, murmele ich schließlich. Zu Hause hätte ich mich nicht so leicht dazu hinreißen lassen. Hier aber kann ich schlecht weg, deshalb sollte ich wohl die Wogen glätten, bevor sich die Fronten verhärten. Mit dem verletzten Fuß bin ich zweifellos im Nachteil. Ich kann zwar ein Dickkopf sein. Odette aber leider auch.

»Was tut dir leid?«

»Na, dass ich so grob zu dir war.«

»Ist schon gut«, sagt sie, obwohl ich merke, dass sie nicht hundertprozentig überzeugt ist.

»Es tut mir sehr leid, wenn ich dich ungerecht behandelt habe, und ich verspreche, dass es nicht mehr vorkommt.«

Schon besser.

»Nie wieder?«

Ich atme tief durch. »Nie wieder.« Wer weiß schon, was morgen kommt.

Damit ist die Sache erledigt. Nachdem wir die Reste des Fisches ins Wasser gekippt und beobachtet haben, wie sich die anderen Fische in kannibalischen Anwandlungen um die Reste gebalgt haben, setzen wir uns zurück ans Feuer.

Es wird schon wieder dunkel. Die Tage scheinen hier schneller zu vergehen als bei uns zu Hause. Pünktlich fangen die Geräusche der Nacht an, als hätten sie unter den Steinen nur darauf gewartet, hervorzukommen und Rabatz zu machen.

Odette malt mit einem Stock im Sand herum und scheint in Gedanken versunken. »Ob wir jetzt schon an einem anderen Ort wären, wenn wir gleich heute Morgen aufgebrochen wären?« Das Feuer scheint ihr ins Gesicht und die tanzenden Flammen lassen es viel lebhafter wirken, als sie klingt.

»Mit Sicherheit«, antworte ich. Es ist wahrscheinlich kein

guter Zeitpunkt, sie daran zu erinnern, dass es ihre Schuld gewesen ist, dass wir nicht losgekommen sind. Ohne ihr Theater wären wir bereits in einem zivilisierten Ort und säßen nicht hier in der Mitte vom Nirgendwo. Und ich hätte mir auch nicht meinen Fuß verstaucht.

Als sie später ihre Tasche auf der Suche nach der Bürste durchwühlt, befördert sie voller Erstaunen eine halbvolle Packung Kekse aus einer Seitentasche. Sie starrt sie an, als hätte sie Gold gefunden.

»Kennst du den Witz von dem Priester«, fragt sie, während wir die Kekse vertilgen, »der auf hoher See mit seinem Schiff kentert und sagt, Gott wird mich retten, und dann kommt ein Boot vorbei und will ihn retten, aber der Priester sagt, nein, Gott wird mich retten, und nach einer Weile kommt noch ein Boot vorbei und der Priester sagt wieder, nein, Gott wird mich retten, und nach einer Weile kommt noch eins und der Priester sagt wieder, nein, Gott wird mich retten, und als er schließlich untergeht und ertrinkt, sagt er als Letztes: Gott, warum hast du mich nicht gerettet, und Gott sagt, du Depp, ich habe dir drei Boote geschickt, wenn du meine Hilfe nicht annimmst, kann ich auch nichts dafür. Kennst du den Witz?«

»Nein, erzähl mal.«

Odette schaut genervt. »Nein, im Ernst, was, wenn das ein Hilfsangebot von Gott ist, und wir es nicht erkennen?«

»Eine Packung Kekse?«

»Warum denn nicht? Es kommt auf die Geste an.«

»Warum hat er uns nichts Anständiges zu essen geschickt?«

»Weil er es uns nicht zu leicht machen will.«

»Es war nicht Gott.«

»Sondern?«

»Keine Ahnung.«

Odette lässt sich nicht beirren. »Das wäre schon das zweite Mal nach Jesus.«

»Komische Reihenfolge.«

»Wir sollten auf jeden Fall darauf achten, ob uns morgen noch etwas widerfährt.«

»Noch ein Wunder, meinst du?«

»Glaub doch, was du willst.«

Unzufrieden mit meiner Unwilligkeit, ihre Wunder anzuerkennen, beginnt sie, das Lager für die Nacht vorzubereiten. Ich entdecke ein paar Ameisen, die sich um die Kekskrümel am Boden balgen.

»Fehlt nur noch, dass uns welche nachts davon in die Nase oder Ohren kriechen«, sage ich.

»Keine Sorge«, antwortet Odette. »Insekten kriechen nicht in Ohren.«

»Seit wann?«

»Schon immer. Wegen dem Ohrenschmalz. Das ist zu bitter für sie.«

Das ist mir neu. »Und woher weißt du das?«

»Weil ich schlau bin?«

Darüber muss ich lachen. »Nein, im Ernst! Woher weißt du das?«

»Du bist manchmal ganz schön blöd. Du brauchst dich nicht zu wundern, dass manche Leute dich nicht leiden können.«

Was soll das denn jetzt heißen? Ich muss ziemlich erstaunt

aussehen, denn Odette fühlt sich bemüßigt zu ergänzen: »Keine Sorge, ich gehöre nicht dazu.«

Das weiß ich. Trotzdem beruhigt es mich.

»Jedenfalls noch nicht«, schiebt sie hinterher und rollt sich vor dem Feuer zusammen, um zu schlafen. Ich hätte diesmal nichts dagegen gehabt, wenn sie herangerutscht wäre. Aber sie kommt nicht.

20. Odette kippt um und ich werde gebissen

Am nächsten Morgen ist Odette übel.

»Ich habe Durchfall«, jammert sie, als sie hinter einem Busch hervorkommt. »Der Fisch gestern Abend war bestimmt schlecht.«

Tolle Information. Ein super Morgen! Ich mit meinem ramponierten Bein und Odette mit einem verkorksten Magen. Nichts zu essen und keine Möglichkeit, Hilfe zu rufen. Geht es eigentlich noch schlimmer? Zumindest ist mir nicht schlecht.

»Wie kannst ausgerechnet *du* dir den Magen verderben«, entfährt es mir. Solange ich mich erinnern kann, hat Odette noch nie Bauchschmerzen gehabt. Ich bin immer der Meinung gewesen, sie hätte eine Verdauung wie ein Stier. Noch so ein Mythos, der auf dieser Reise zerstört wird.

»Na, entschuldige mal, ich habe mir das schließlich nicht ausgesucht.«

Sie hält sich den Bauch und leidet laut vor sich hin. Ich versuche nachzudenken. Bei Durchfall sollte man am besten etwas essen, das verstopft. Schokolade zum Beispiel. Was hier im Outback ein einigermaßen aussichtsloses Unterfangen ist.

»Bananen könnten helfen.«

Odette unterbricht ihre Leidensmiene und sieht mich an, als hätte ich den Verstand verloren.

»Bananen?«

»Buschbananen«, konkretisiere ich.

»Und dann?«

Sagt man nicht, dass Bananen stopfen? Ich erkläre ihr kurz meine Idee, die sie allerdings nicht zu hundert Prozent überzeugt. Da sie aber keinen besseren Vorschlag hat, rafft sie sich schließlich auf.

»Und wo glaubst du, das Zeug gesehen zu haben?«

Ich beschreibe ihr kurz die Stelle hinter den Felsen, die ich entdeckt habe, als wir nach dem Handy suchten, und Odette macht sich schnaufend und stöhnend auf den Weg.

»Wahrscheinlich wird dadurch alles nur noch schlimmer«, murrt sie beim Weggehen.

»Bring mir ein paar mit«, rufe ich ihr hinterher.

Wirklichen Hunger habe ich eigentlich nicht. Den habe ich die letzten Tage schon nicht mehr gehabt. Wahrscheinlich hat sich mein Magen daran gewöhnt, dass es nichts mehr zu essen gibt. Ich möchte gern wissen, wie viel ich inzwischen noch wiege. Odette muss ebenfalls abgenommen haben, ohne dass wir es gemerkt haben. Ich muss sie mir gleich mal genauer anschauen, wenn sie zurückkommt.

Solange versuche ich, mir am Wasser mit dem Finger die Zähne zu putzen. Erstaunlich, wie klar und sauber der Teich ist. Wo die Fische überhaupt herkommen? Ob es hier irgendwo einen Zulauf gibt, einen Bach oder Fluss oder so was? Gesehen habe ich keinen. Aber wenn es so wäre, könnte man dem ja vielleicht folgen? Eben beginne ich unsere Möglichkeiten abzuwägen, als Odette laut aufschreit und kurz darauf meinen Namen ruft.

Ich will aufstehen, vergesse dabei jedoch meinen kranken Fuß, was mit einem stechenden Schmerz belohnt wird, der mir bis zum Knie hochfährt und mich ächzend zusammenbrechen lässt.

»Was ist?«, stöhne ich.

Keine Antwort.

Ich rufe noch mal nach ihr. Auch diesmal keine Antwort. Warum kann sie nicht einfach sagen, was sie will? In der Hinsicht ist sie genau wie meine Mutter. Unmöglich.

Als ich mich mit meinem humpelnden Fuß um die Felsen gequält und mir dabei extra Zeit gelassen habe, ist dort nichts von Odette zu sehen.

»Haha, sehr komisch«, mache ich und angle nach einem großen Knüppel, auf den ich mich beim Laufen stützen kann.

Von Odette keine Spur.

»Wo bist du denn?«

Wahrscheinlich hat sie eine aufsehenerregende Entdeckung gemacht und hockt nun im Gras, um sie zu betrachten. Ich hoffe nur, dass es nicht schon wieder so eine Wunder-Gott-Nummer ist.

Dann entdecke ich sie. Sie liegt unter einem Baum und rührt sich nicht. Um sie herum liegen ein paar Bananen, die sie offensichtlich schon gepflückt und dann fallen gelassen hat. So schnell es mein Fuß zulässt, hinke ich heran.

»Alles in Ordnung mit dir?«

Das ist es offenkundig nicht, aber man kann ja mal fragen. Außerdem neigt man in Extremsituationen zu Handlungsweisen, die nicht unbedingt logisch sind. Habe ich mal irgendwo gelesen. Ich lasse mich zu ihr runterfallen und untersuche sie. Ihre Augen sind geschlossen, der Mund leicht geöffnet. Sie liegt auf dem Rücken, alle viere von sich gestreckt, als würde sie schlafen. Oder noch schlimmer, als wäre sie tot.

»Odette!«

Ich rüttele sie und gebe ihr vorsichtig ein paar Ohrfeigen, die sie jedoch überhaupt nicht zu spüren scheint. Ich zwinge mich, ruhig zu bleiben. Zumindest kann ich ihren Pulsschlag spüren. Wahrscheinlich ist sie ohnmächtig. Aber warum? Ich suche sie noch mal nach Auffälligkeiten ab und entdecke mehrere rote Punkte auf ihrem Oberarm, die langsam anzuschwellen beginnen. Das könnten Stiche sein. Ich schaue in den Baum und entdecke dort ein Loch, um das Bienen herumschwirren. Vielleicht sind es auch Wespen.

Was macht man in so einer Situation? Ich hatte noch nie mit jemandem zu tun, der ohnmächtig ist. Noch ein paar Mal rüttele ich an ihr, nur um sicherzugehen, aber es passiert immer noch nichts. Es scheint, als ob sie schläft, so wie Dornröschen. Allerdings ein Dornröschen von über hundert Kilo. Da sie in der prallen Sonne liegt, versuche ich, sie in den Schatten zu bekommen. Das klingt leichter, als es ist und erweist sich als beinahe herkulische Aufgabe, die ich mit meinem kranken Fuß kaum bewältige. Erst versuche ich sie hochzuheben. Aber es scheint, als wäre Odette mit dem Boden verwachsen oder dort festgeschweißt. Dann will ich sie schieben, was ebenso wenig gelingt. Es ist, als wollte man ein Schiff vom Strand zurück ins Meer schieben. Habe ich eben noch darüber nachgedacht, ob Odette inzwischen abgenommen hat, so bin ich nun vom Gegenteil überzeugt. Ihr Körper muss eine Möglichkeit gefunden haben, Energiereserven anzuzapfen, die es bisher noch nicht gab. Kurzzeitig überlege ich, ob ich sie unter den Baum rollen soll, aber ich glaube, das würde sie mir übel nehmen. So greife ich mir schließlich einen Arm und zerre sie wie einen alten Kleidersack in den Schatten des Baumes. Von Weitem muss es aussehen, als beseitigte ich eine Leiche.

Als wir endlich unter dem Baum sind, bin ich so fertig, dass ich mich erst mal ausruhen muss. Mir ist ganz schummerig und vor meinen Augen tanzen bunte Kreise. Odette rührt sich immer noch nicht.

Ich überlege, was ich machen kann, um sie wieder wachzubekommen und raffe mich schließlich auf, um drüben am Tümpel Wasser zu holen. Die Zähne zusammenbeißend hüpfe ich mit meinem randvoll mit Wasser gefüllten Hut zurück, um wenigstens noch einen Schluck drin zu haben, wenn ich bei Odette ankomme. Mein Fuß dankt mir jeden Schritt mit einem vorwurfsvollen Piken, das ich, soweit es geht, ignoriere. Heimlich habe ich unterwegs gehofft, sie wieder wach vorzufinden, wenn ich zurückkäme. Was leider nicht der Fall ist. Vorsichtig tröpfle ich ihr das Wasser in den Mund, ohne dass ein Lebenszeichen zu erkennen ist.

Als der Hut leer ist, setze ich mich daneben und betrachte sie. Sie sieht friedlich aus. Ich beneide sie ein bisschen. Was, wenn sie nie wieder aufwacht?

Was für eine beschissene Situation! Jetzt ist wohl der Zeitpunkt gekommen, um Panik zuzulassen. Ich habe Angst.

Ich ignoriere meinen Fuß, tue so, als gäbe es ihn nicht oder als gehörte er zumindest nicht zu mir, während ich in den blauen Himmel hinaufschaue, an dem sich zum ersten Mal seit sehr langer Zeit ein paar große Wolken gebildet haben. Fette unbewegliche Haufenwolken, die wie gestrandete Nilpferde an einem Wasserloch liegen. Wie Odette unter ihrem Baum.

Die Felsen befinden sich inzwischen ein gutes Stück hinter mir, leider nicht so weit, wie ich angenommen habe. Als ich mich umdrehe, sind es vielleicht ein- oder zweihundert Meter, die ich bisher zurückgelegt habe.

Die kleine Oase schimmert wie ein Trugbild in der Sonne, wie eine Illusion, die es in Wirklichkeit gar nicht gibt. So wie es den ganzen Morgen nicht gegeben haben sollte. Alles kommt mir immer noch wie ein Traum vor, und ich hätte nichts dagegen, jetzt aufzuwachen. Wenn es immer noch mitten in der Nacht wäre und ich mit Odette am Feuer liegen würde. Oder mit meinen Eltern irgendwo im Kakadu-Nationalpark herumlaufen. Oder noch besser, zu Hause in Deutschland und nichts von dem, was ich in den letzten Wochen erlebt habe, wäre wirklich passiert.

Ich fürchte nur, dass dem nicht so ist. Es ist nur alles viel zu wahr. Mein Bein, die Hitze, der Hunger, der auch von den paar Buschbananen nicht lange gestillt werden konnte, die ich mir noch schnell in den Mund geschoben hatte, bevor ich losgelaufen bin. Odette. Hoffentlich schafft sie es. Zuvor muss *ich* es allerdings erst einmal schaffen. Ich muss Hilfe holen, ganz egal wie, egal wo. Jetzt wünsche ich mir, dass der Jesusfreak uns weiter gefolgt wäre. Er könnte uns helfen.

Ich habe das Gefühl, dass die Sonne mit jedem Schritt heißer und unbarmherziger scheint. Das Gehen, wenn man es denn so nennen kann, denn eigentlich ist es mehr ein Humpeln, fällt mit jedem Schritt schwerer. Meine Lungen brennen, und mein Mund ist so ausgetrocknet, dass das Wasser, das ich aus meiner Flasche trinke, zu verdunsten scheint, bevor es die Kehle hinabrinnen kann. Ich hätte es nie für möglich gehalten, aber könnte es wirklich sein, dass wir hier draußen sterben? Was wohl meine Eltern dazu sagen werden?

Irgendwann taumele ich gegen meinen Willen, merke, wie meine Kräfte nachlassen, und schaffe es gerade noch so, unter einen Busch zu wanken.

Dort sitze ich nun, die Augen geschlossen, die Stirn auf das Knie gestützt, während ich wie in Trance meinen kranken Fuß massiere. Er fühlt sich wie ein Kürbis an. Ich möchte nicht mehr weiter. Ich möchte nur noch sitzen bleiben, für den Rest meines Lebens.

Als ich aufblicke, nehme ich die Welt nur noch verschwommen wahr. Was ich im ersten Moment für Folgen des Flüssigkeitsentzugs halte, stellt sich nach mehrmaligem Zwinkern als Tränen heraus. Ich heule und merke es nicht einmal. Schniefend reibe ich mir die Augen.

Ich muss weiter. Für Odette. Sie hat es nicht verdient, durch mich dieses Schicksal zu erleiden. Im Grunde bin ich ja schuld, dass sie in diesem Schlamassel steckt.

Also raffe ich mich auf, will es zumindest. Doch als ich mich nach hinten lehne, um mich beim Aufstehen abzustützen, spüre ich einen kurzen, scharfen Schmerz in meiner Hand. Ich schreie auf, ziehe die Hand zurück und betrachte zwei kleine rote Punkte an der Stelle zwischen Daumen und Zeigefinger. Dornen? Eine Maus? Obwohl es das nicht sollte, kommt mir Tollwut in den Sinn. Doch als ich mich umschaue, merke ich, dass alles noch viel schlimmer ist. Hinter dem Strauch sehe ich die letzten Zentimeter einer Schlange verschwinden. Sie muss mich gebissen haben.

Kopfschüttelnd betrachte ich die Wunde und drücke ein wenig vergiftetes Blut heraus. Ich bin überzeugt davon, dass die Schlange giftig ist. Wenn es hier so viele Giftschlangen gibt, warum soll ausgerechnet ich Glück haben und auf eine der wenigen ungiftigen treffen?

Das war es dann also. Noch vor ein paar Wochen hätte ich es mir nicht träumen lassen, wie nah mein Ende ist und durch was es ausgelöst werden würde. Lebewohl, du blöde Welt! Wie schnell du vergangen bist. Ich bin mit nichts gekommen und werde mit nichts gehen. In meinem Kopf hämmert ein Stroboskopgewitter mit Leuten, die ich im Leben gekannt habe – meine Eltern, meine Lehrer, meine Oma, Qualle, ein paar Lehrer, Franz aus der Schule, der mich immer verkloppt hat, Lucas Zatsky, Odette, Anna … warum Anna? Dann muss ich laut lachen. Was meine Eltern wohl für Augen machen werden? Und was sie wohl mit meinem Zimmer veranstalten werden? Dann falle ich in Ohnmacht. Genau wie Odette. Irgendwie auch erleichternd.

21. Maddy!

Der Tod ist nur schlimm für die Lebenden. Das sagt man doch, oder? Da ich noch nie tot war, weiß ich natürlich nicht, wie das abläuft. Aber so wie es aussieht, ist es wirklich nicht so schlimm, wie alle behaupten. Man ist ein wenig wie in Trance, in einer Art Halbschlaf. In meinem Dämmerzustand sehe ich ein wunderschönes Mädchen, das sich über mich beugt und mich schließlich auf ein weißes Pferd hievt, um mit mir in den Sonnenuntergang zu reiten. Das heißt, ob es wirklich der Sonnenuntergang ist, kann ich gar nicht sagen. Jedenfalls galoppiert sie mit mir irgendwohin.

Dann bin ich eine Weile so hinüber, dass ich nicht weiß, was überhaupt los ist. Irgendwann werde ich wach oder komme zumindest zu mir, und alles um mich herum ist weiß, und ich liege auf etwas Weichem, das ich nicht einordnen kann. Ich stehe völlig neben mir, bin total desorientiert. Es sieht wie ein Zimmer aus.

Gedämpft dringt das Gegacker von Hühnern an mein Ohr, dann das Wiehern eines Pferdes und einmal das Bellen eines Hundes. Eine Tür wird geöffnet.

»Ich sehe, du bist wach.«

Bin ich das? Eine Frauenstimme. Jemand kommt auf mich zu, beugt sich über mich. Tatsächlich eine Frau. Sie ist blond und hat blaue Augen.

»Na, Kleiner? Geht es dir besser?«

Kleiner? Ich will sagen, dass ich einsfünfundsechzig groß

bin, bringe aber keinen Ton heraus. Meine Kehle ist so trocken wie das Steppengras und so krächze ich etwas, das ich selbst kaum verstehe.

Die Frau reicht mir ein Glas Wasser, das sie mir an den Mund setzt und einflößt, bevor ich protestieren kann. Kurz habe ich das Gefühl zu ertrinken und muss husten.

»Wer sind Sie denn?«, japse ich, als ich wieder reden kann. Und was mache ich hier? Wie bin ich hierhergekommen?

»Ich bin Meryl«, sagt die Frau und sieht mich lange an. »Und du?«

»Meo.«

»Meo?« Wow, eine der wenigen, die meinen Namen auf Anhieb richtig aussprechen. Sie will wissen, wo ich herkomme, und als ich sage, dass ich aus Deutschland komme: »Da hast du einen weiten Weg hinter dir.« Humor hat sie auch noch.

Ich will wissen, wo ich bin, als mir siedend heiß Odette einfällt. Meryl legt die Hand auf meine Brust und drückt mich sanft zurück auf das Kissen.

»Keine Sorge, deiner Freundin geht es gut. Inzwischen jedenfalls wieder einigermaßen. Ihr hattet verdammtes Glück, dass wir euch gefunden haben. Dafür könnt ihr eurem Schutzengel danken.«

Mir fallen Odettes Worte ein, und ich bin mir bereits jetzt sicher, dass sie das als drittes unwiderrufliches Zeichen von Gott sehen wird.

»Wo ist Odette?«

»Im Nachbarzimmer. Du kannst zu ihr, sobald sie wach ist. Und du laufen kannst.«

Meryl erzählt in groben Zügen, wie sie erst mich und dann Odette gefunden haben, und überlässt es mir, die Verständnislücken selbst zu füllen. Wie es aussieht, sind sie so was wie Viehzüchter, denen heute ein paar Kühe weggerannt sind. Irgendwas mit einem kaputten Zaun. Deshalb waren die mit den Hunden los, um die Tiere wieder einzufangen. Nicht alle hatten sie wiedergefunden. Dafür erst mich und kurz darauf Odette. Was wohl zumindest in ihrem Fall ein absoluter Zufall war, denn eigentlich waren sie nur zum Teich geritten, weil die Hunde Durst hatten. Dort hörten sie dann Odette unter einem Baum jammern. Zumindest schien sie zwischendurch also wieder wach geworden zu sein. Als die Geschichte zu Ende ist, bedanke ich mich erst mal.

»Oh«, wiegelt Meryl ab, »bedanke dich nicht bei mir, sondern bei Maddy. Sie hat euch gefunden.«

»Meinen Dank an Maddy«, murmele ich, ohne zu wissen, wer das ist.

»Du kannst es ihr später selbst sagen. Jetzt solltest du dich noch ein wenig ausruhen. Du siehst müde aus.«

Sehr nett! Ich fühle mich wirklich ziemlich schlapp, und so nicke ich nur, als Meryl aufsteht und verspricht, mir später noch etwas zu essen vorbeizubringen.

Etwas zu essen. Das klingt wie Musik in meinen Ohren.

Als ich den Fuß bewege, verspüre ich einen leichten Druck am Knöchel. Als ich nachschaue, sehe ich, dass er mit einem Verband umwickelt ist. Ich weiß immer noch nicht, wer diese Leute sind. Und wie es kommt, dass sich ausgerechnet heute unsere Wege gekreuzt hatten. Vielleicht gibt es ja wirklich so etwas wie einen Gott. Während ich darüber nachdenke, schlafe ich wieder ein.

Ich schlafe durch bis zum nächsten Morgen. Geweckt werde ich von der Sonne, kurz bevor draußen ein Hahn anfängt zu krähen. Die Uhr auf dem Nachttisch zeigt halb sechs an. Bis vor kurzem schien es mir ein Ding der Unmöglichkeit, um diese Zeit aufzustehen. Jetzt aber fühle ich mich ausgeschlafen wie noch nie und krieche aus dem Bett. Meinem Fuß geht es tatsächlich schon etwas besser. Meine Sachen kann ich nirgendwo entdecken, dafür hängen über dem Stuhl eine Jeans und ein kariertes Hemd. Sie scheinen gewaschen, riechen sogar recht frisch, sind nur etwas zu groß. Die Hosen muss ich an den Beinen zweimal umschlagen, die Schultern des Hemdes hängen irgendwo an den Oberarmen.

Als ich eine schmale Holztreppe hinuntersteige, höre ich unten bereits Lärm. Sicherheitshalber lege ich mir schon mal ein paar Worte zurecht, entdecke zu meinem Erstaunen jedoch niemanden. Dafür stehen auf dem Küchentisch Brot, Wurst, Marmelade, Butter und Kekse. Es duftet nach Kaffee. Die Gerüche sind so intensiv, dass ich mich hinsetzen muss. Ich kann mich nicht daran erinnern, jemals etwas so Schönes gesehen und gerochen zu haben.

Als ich aus dem Fenster schaue, sehe ich draußen einen Mann in einem eingezäunten Gatter mit einem Pferd herumlaufen. Zumindest das Pferd läuft, während der Mann in der Mitte steht und es anschreit. Anscheinend sind wir hier bei den Cowboys gelandet.

Obwohl ich so viel gegessen habe, dass ich mich danach kaum vom Stuhl hochstemmen kann, ist der Tisch immer noch voll. Ich trinke gerade den letzten Schluck Kaffee, der so stark ist, dass ich die nächsten Tage wahrscheinlich nicht mehr schlafen werde, als die Tür aufgeht und der Cowboy von draußen hereinkommt.

»Guten Morgen!«

Wie sich herausstellt, ist der Cowboy ein Mädchen, ein Cowgirl. Sie gießt sich eine Tasse Kaffee ein und lässt sich mir gegenüber am Tisch nieder. Als sie ihren Hut abnimmt, fallen strohblonde Haare hinab, die sie mit einer raschen Bewegung zu einem losen Zopf bindet und über die Schulter wirft. Jetzt kann man ihre hellblauen Augen und die Sommersprossen sehen, die rings um ihre Nase verteilt sind.

»Hallo«, sage ich.

Sie angelt sich ein Stück Brot, klatscht eine Fuhre Marmelade drauf und beißt ein riesiges Stück ab. »Hast du gut geschlafen?«

Ich nicke. »Und du?«

Sie nickt, während sie weiterkaut und kurz darüber nachzudenken scheint. »Yep.«

Ich beobachte sie schweigend, während sie erst ein Brot, dann noch eins und dann noch eins verdrückt. Nicht mal Odette schafft so viel. Jedenfalls nicht in der kurzen Zeit. Beiläufig massiere ich mir die Hand.

»Was hast du da?«, will sie wissen, während sie mit dem beschmierten Marmeladenmesser in Richtung meiner Hand wedelt.

»Da hat mich eine Schlange gebissen. Tat ganz schön weh.

Die ist sicher giftig.«

»Nein«, macht das Mädchen und fuchtelt weiter mit dem Messer vor mir rum. »Wenn das eine Giftschlange gewesen wäre, wärst du jetzt tot. Wie sah sie denn aus?«

Ich zucke ratlos mit den Schultern.

»Wenn dich eine Schlange beißt, musst du dir als Erstes merken, wie sie aussieht. Wie willst du sonst wissen, welches Gegengift du brauchst?«

»Ich werde es mir für das nächste Mal merken.«

»Wenn du Pech hast und es eine sehr giftige Schlange ist wie ein Taipan oder eine Todesotter, ist es sowieso zu spät. Dann kann dir niemand mehr helfen.«

»Und wieso nicht?«

»Bis zum nächsten Krankenhaus sind es über zwei Stunden. Bis dahin bist du tot.«

Beruhigend zu wissen.

»Ich bin übrigens Maddy.«

Ich habe es fast befürchtet. »Ich bin Meo.«

»Ich weiß.« Und auf meinen fragenden Blick hin: »Meine Mutter hat es mir erzählt.« Sie zeigt auf mein Hemd. »Passen die Sachen?«

Ich nicke. »Etwas groß vielleicht.«

Sie schnaubt kurz, wischt sich den Mund ab und steht auf. »Dachte ich mir schon. Die sind von mir. Etwas Kleineres hatte ich nicht.«

Ich möchte die Sachen sofort wieder ausziehen.

»Wo sind denn meine Sachen?«

Sie grinst kurz. »Na, wo wohl? In der Wäsche natürlich. Die haben gestunken, als hättest du sie einem Toten geklaut.

Konnten es kaum erwarten, in die Maschine zu kommen.«

Damit geht sie wieder nach draußen. Ich höre, wie sie die Veranda verlässt und nach einem Hund pfeift. Das ist also Maddy.

Gegen Mittag taucht endlich Odette auf. Ich sitze auf dem Holzzaun und beobachte, wie Maddy ein Pferd zureitet. Auf meinen Knien halte ich mein Tagebuch und versuche, es mit den neuesten Erkenntnissen zu vervollständigen – Giftschlangen, Aussehen merken, Taipan, Todesotter –, als ich sie aus dem Haus kommen sehe. Zuerst halte ich sie für eine Halluzination. Wie ich trägt sie geliehene Jeans und ein frisches Hemd. Würde sie nicht dazu den Hut mit den verbliebenen Bommeln tragen, würde ich sie kaum erkennen. Sie läuft tatsächlich wie ein Mann.

»Na, auch schon aus den Federn«, frage ich, als sie am Zaun angekommen ist und umarme sie kurz. Ich freue mich wirklich, sie zu sehen.

»Ich war schon viel früher wach«, verteidigt sie sich. »Aber das Bett war so schön weich, dass ich wieder eingeschlafen bin.«

Sie nickt kurz Maddy zu, die sich ihrerseits an den Hut tippt, bevor sie sich zu mir auf den Zaun setzt.

»Es scheint dir ja wieder besser zu gehen«, sage ich. »Was macht der Kopf?«

»Dem geht's gut. Was macht das Bein?«

»Dem geht's auch gut. Tut der Stich noch weh?«

Odette mustert kurz ihren Oberarm und erzählt dann, wie sie beim Bananenpflücken plötzlich von kleinen Insekten angegriffen wurde. Fiese kleine Dinger, Mini-Todesschwadronen, wie Odette sie nennt. »Und dann kann ich mich nur noch daran erinnern, wie ich wach wurde und du fort warst. Ich hatte richtig Angst.«

»Ich hätte dich schon nicht allein gelassen«, beruhige ich sie.

»Aber du warst nicht mehr da. Stattdessen kam dann irgendwann ein Hund und danach dieses Mädchen.«

»Wahrscheinlich hatten wir Glück, dass sie kam«, murmele ich.

»Ja, wahrscheinlich«, pflichtet mir Odette bei.

»Ich bin von einer Schlange gebissen worden«, fällt mir ein und ich präsentiere ihr meine Hand, auf der immer noch die zwei Pünktchen zu sehen sind. Wenn auch nicht mehr sehr deutlich.

»Oh!« Odette betrachtet ehrfürchtig die Hand. »Tat es sehr weh?«

Ich nicke. »Ich dachte, ich muss sterben.«

»Dachte ich bei mir auch.«

Wie es aussieht, sind wir beide in diesen Tagen dem Tod knapp entronnen. Ich warte, dass Odette von Gott zu faseln beginnt. Tut sie aber nicht. Stattdessen:

»Weißt du, wenn du mir das Leben gerettet hättest, wärst du für immer für mich verantwortlich gewesen. Das sagt ein japanisches Sprichwort.«

Ich wusste gar nicht, dass Odette sich mit japanischen Sprichwörtern auskennt. Was kommt als Nächstes? Beschäftigt sie sich vielleicht auch mit Haikus und würde mich demnächst mit einem selbst geschriebenen Gedicht überraschen?

Eine Weile schauen wir zu, wie Maddy versucht, das störrische Pferd zu bändigen. Immer wieder hält sie es fest, versucht, Schritt für Schritt an es heranzukommen, während sie die Leine mal straff, mal locker lässt.

»Irgendeine Ahnung, wer diese Leute sind?«, fragt Odette.

»Sie heißt Maddy.«

Odette schaut runter auf mein Tagebuch, das immer noch offen auf meinen Knien liegt. »Verstehe.«

Ich folge ihrem Blick. Ich habe mindestens zehn Mal den Namen Maddy in mein Tagebuch gekritzelt. Und es dabei nicht mal bemerkt. Ich schlage das Buch zu. Aber Odette hatte es ja sowieso schon gesehen.

22. Auf der Ranch

Wie sich im Laufe des Tages herausstellt, sind wir tatsächlich auf einer Rinderfarm gelandet. Eine, die infolge der monatelangen Trockenheit zurzeit nur 150 Tiere hat, statt der sonst üblichen vier- bis fünfhundert. Ich finde das immer noch eine Menge, aber laut Maddy ist das gar nichts. Deshalb haben auch alle gerade so viel Zeit. Und weil derzeit keine Schule ist.

Auf der Farm leben neben Maddy und Meryl noch Maddys jüngere Halbschwestern Fiona und Trudy, ihre ältere Stiefschwester Rhonda und der Stiefvater Don. Ach ja, und Meryls Schwester Paula, Maddys Tante. Alles ein bisschen verwirrend, oder wie Odette es ausdrückt:

»Ist ja fast wie bei *Verbotene Liebe* oder wie diese Serien im Fernsehen alle heißen.«

Im Grunde fühlen wir uns gerade sehr gut. So ist das wohl, wenn man eben noch dachte, bald sterben zu müssen. Bestimmt ist es auch so, wenn man von einer tödlichen Krankheit genesen ist. Alles leuchtet plötzlich wieder hell und lädt dazu ein, näher zu kommen und am Leben teilzuhaben.

Entspannt schlendern wir über das Gelände und sehen uns die Ställe und Koppeln mit den Kühen an. Es gibt auch Hunde, ein paar Hühner und Enten. Und eine Gans, die vor uns eindrucksvoll mit den Flügeln schlägt.

»Das ist Clinton«, erklärt Maddy und geht dazwischen. »Er ist unser Wachhund. Clinton, aus!«

Clinton entspannt sich und watschelt davon.

»Aber ihr habt doch richtige Hunde«, sage ich.

»Die sind für die Rinder. Als Jillaroo braucht man Hunde, die einem bei der Arbeit helfen.«

»Was ist ein Jillaroo?«

»So nennen wir uns, die australischen Cowgirls. Die Jungs heißen Jackaroos.«

Später, als wir allein sind, meint Odette. »Jillaroos und Jackaroos? So ein Quatsch! Ich glaube, die hat uns verarscht.«

Am Nachmittag führt uns Meryl durch ihren Garten, der durch einen hohen Zaun vor Tieren geschützt ist. Es scheint hier alles zu geben: Gurken, Tomaten, Zwiebeln, Salat, Paprika und was man sich sonst so vorstellen kann. Gleich dahinter schließt sich ein Obstgarten an.

»Sieht nach einer Menge Arbeit aus«, sagt Odette, während sie an einer frisch ausgegrabenen und gewaschenen Möhre knabbert.

»Ist es auch«, bestätigt Meryl. »Aber mir macht es Spaß. Außerdem sind wir darauf angewiesen, die meisten Sachen selbst anzubauen. Bis zum nächsten Supermarkt sind es fast zwei Stunden.«

Ich kann es kaum glauben. »Was macht ihr denn, wenn ihr mal Zucker braucht? Zum Nachbarn gehen?«

Meryl lächelt. »Schön wär's. Die nächste Farm liegt etwa sechzig Kilometer entfernt. Etwas weit für Zucker.«

»Ist das nicht ganz schön einsam?«

»Nein.« Meryl schüttelt den Kopf. »Wir sind ja eine große Familie.«

»Was macht ihr denn den ganzen Tag außer zu arbeiten?«

»Da bleibt nicht viel. Hier gibt es immer Arbeit. So eine Farm bewirtschaftet sich schließlich nicht von allein.« Sie zeigt auf all die Beete und Bäume um uns herum.

Das leuchtet ein. »Und was ist mit Schule?«

»Rhonda und Maddy sind mit der Schule fertig. Sie müssen sich jetzt überlegen, wie es bei ihnen weitergehen soll. Und die Jüngeren gehen nach den Ferien zurück ins Internat.«

Ich versuche, die neuen Informationen über Maddy mit dem Bild in Einklang zu bringen, das sich in meinem Kopf von ihr zu bilden beginnt. Odette hat noch eine Frage.

»Was ist mit Fernsehen?«

»Es gibt hier keinen Fernseh- und keinen Radioempfang.«

Das klingt wie der absolute Albtraum.

»Und das gefällt euch?«, fragt Odette ungläubig.

Meryl lacht. »Ich weiß, dass es für jemanden aus der Stadt schwer vorstellbar ist, so zu leben. Aber ich möchte nirgendwo sonst sein. Das ist mein Zuhause.«

Hinten am Zaun albert Maddy mit ihren Schwestern rum. Ihr helles Lachen dringt bis zu uns rüber. Die Mädchen tun mir plötzlich leid.

Später will Maddy mit ihren Schwestern noch einmal nach den ausgebüxten Kühen suchen und fragt, ob wir sie begleiten wollen.

»Könnt ihr denn reiten?«

Ich habe mal im Urlaub auf einem Pferd gesessen, Odette nur auf einem Pony, das auf dem Rummel im Kreis gelaufen ist. Aber ich möchte es gern lernen. Reiten sieht sehr cool aus. Maddy ist das beste Beispiel.

»Ich kann ein bisschen reiten«, behaupte ich und ignoriere dabei Odettes fragenden Blick.

Maddy sucht zwei Pferde aus und reicht jedem von uns einen Helm, mit dem ich mir gleich viel weniger cool vorkomme. Außerdem sehen die Riemen, mit denen man den Helm unter dem Kinn befestigt, schon recht alt und porös aus. Wer weiß, wer die vorher aufhatte? Können wir denn keine Cowboyhüte aufsetzen? Doch Maddy bleibt hart.

»Wie gesagt, der nächste Arzt ist zwei Stunden entfernt. Und ich will nicht, dass du dich noch mehr verletzt.« Dabei weist sie auf meinen Fuß. Höre ich da vielleicht Sorge um mich heraus?

Als sie die Pferde sattelt, geht das alles so fix und geschmeidig vonstatten, dass ich sie nur bewundern kann. Der Fluss gerät erst ins Stocken, als sie Odette in den Sattel hilft. Es ist ein Trauerspiel, und ich schäme mich plötzlich für Odette. Nicht nur, dass ihr Helm viel zu eng sitzt und sie damit ziemlich dämlich aussieht – sie stellt sich auch so an, als hätte sie wirklich noch nie auf einem Pferd gesessen. Das Tier, ein kleines hellbraunes Pony mit kurzen kräftigen Beinen, schaut ängstlich.

Als Odette endlich sitzt, hilft Maddy mir. Ich gebe mir alle Mühe, weniger tollpatschig auszusehen. Während ich mich in den Steigbügel arbeite, verrutscht Maddys Hut ein Stück, wodurch ein paar Haare herausfallen, die mir sanft über die Hand streichen. Sie scheint es nicht zu bemerken.

Als endlich alle sitzen, geht es los. Maddy und ihre Schwestern reiten vorneweg, mein Pferd folgt, ohne dass ich etwas dazutue. Nur Odette bleibt stehen.

»Muss ich hier irgendwas machen?«, ruft sie uns hinterher.

Ich habe keine Zeit zu antworten, weil mein Pferd unbeirrt weitertrabt, den anderen hinterher, und ich mich konzentrieren muss. Jetzt, wo es läuft, kommt mir die ganze Angelegenheit doch recht wackelig vor. Außerdem ist es hier oben ganz schön hoch. Es ist, als ob ich auf einem Berg sitzen würde. Wenn man runterfällt, kann das böse enden. Ich versuche, die Balance zu halten und gleichzeitig aufzupassen, dass ich mit den Schuhen nicht aus den Steigbügeln rutsche. Gern würde ich mich irgendwo festhalten, doch es gibt nichts. Die Zügel in meiner Hand hängen locker durch, wie Maddy es mir empfohlen hat, und als ich sie probehalber doch etwas straffer ziehe, schnaubt das Pferd unwillig und wackelt so ungestüm mit dem Kopf, dass ich vor Schreck gleich wieder locker lasse. Ich habe keine Ahnung, was ich tun geschweige denn wie ich das Pferd lenken soll. Dabei sieht das in den Cowboyfilmen immer so wahnsinnig lässig aus. Noch läuft das Pferd aber friedlich den anderen hinterher. Kein Grund also, Maddy oder eines der anderen Mädchen um Hilfe zu bitten.

»Platz da!«

Ehe ich verstehe, was los ist, prescht plötzlich Odette an mir vorbei. Viel habe ich nicht erkennen können, aber ich glaube, sie sieht nicht glücklich aus. Das Pferdchen mit den kurzen dicken Beinen galoppiert halb von Sinnen drauflos, während Odette halb liegend, halb sitzend, auf jeden Fall ziemlich schief, auf ihm hängt und sich an seine Mähne klammert. Obwohl man es nicht für möglich gehalten hätte, ist ihr der kleine Helm auch noch ins Gesicht gerutscht, sodass sie nichts mehr sehen kann.

»Zu Hilfe!«, schreit sie. »Wie hält man das Vieh an?«

Jetzt merken auch die anderen, dass etwas nicht stimmt. Maddy gibt ihrem Pferd die Sporen und jagt Odette hinterher, die mit ihrem Gaul genauso plötzlich im Unterholz verschwunden ist, wie sie aufgetaucht war. Wie ein BMW auf der Autobahn.

Zeit für mich, zu den anderen aufzuschließen.

Trudy und Rhonda erwarten mich halb besorgt, halb belustigt.

»Ist bei dir wenigstens alles in Ordnung?«

Offensichtlich hat Odette bei ihnen schon verspielt. Ich straffe den Rücken und hoffe, dass das Pferd mitspielt.

»Logo!«

Mein Pferd trottet gemächlich an den beiden vorbei, und ich habe keine Ahnung, wie ich es anhalten soll. Trudy kommt hinterher und hält es an den Zügeln fest. Das Pferd bleibt wie angewurzelt stehen. Mistvieh!

»Du musst es mit den Knien steuern«, erklärt sie grinsend und macht es vor. »Drücke es in die Richtung, in die du laufen willst. Denke daran, dass ihr dahin lauft, wohin *du* willst, nicht das Pferd.« Der Gedanke allein reicht hier wohl nicht. Ich nicke, während Trudy weiter erklärt, dass ich mit meinem Gewicht arbeiten soll. Was bei Odette offensichtlich nicht funktioniert hat. »Und ziehe die Zügel nicht zu straff. Das mögen die Pferde nicht.«

Ich nicke wieder. Und was soll ich sonst straff ziehen? Wie hält man ein Pferd an?

»Verlagere dein Gewicht nach hinten und ziehe die Zügel nur kurz an. Signalisiere dem Pferd, dass du anhalten willst.

Das wird es verstehen.«

Da bin ich mir nicht so sicher.

Endlich kommen Maddy und Odette aus dem Wald heraus. Maddy führt Odettes Pferd am Zügel, während diese es völlig ermattet und schicksalsergeben mit sich geschehen lässt. Ihr Helm sitzt immer noch schief. Aber zumindest sieht sie wieder etwas. Es ist ein tolles Bild: Maddy als Ritter, der die Prinzessin nach Hause bringt. Ungefähr zumindest.

Eine Weile später beschließt mein Pferd, dass es Zeit zum Trinken ist, und entscheidet von sich aus, einen anderen Weg zu nehmen. Die anderen kümmern sich gerade um Odette, deren Pferd in einem Dornbusch steht, und so trägt es mich zielstrebig durchs Unterholz, ohne dass ich etwas dagegen tun kann. Nach wenigen Minuten, in denen ich darüber nachdenke, dass ich nie wieder zurückfinde, wenn ich das Pferd verlieren oder runterfallen sollte, bleibt es an einem kleinen Teich stehen. Es läuft bis zu den Knien ins Wasser, sodass ich fast nasse Schuhe bekomme, und beginnt dann, in aller Seelenruhe zu saufen. Ich habe Zeit, die Gegend zu betrachten. Irgendwie sieht alles unecht aus. Im Wasser stehen einige alte Baumstämme, schon kahl und abgebrochen auf halber Höhe. Sie ragen nur ein Stück aus dem Wasser, und weil sich dieses Stück dann auch noch auf der Wasseroberfläche spiegelt, sieht es aus, als hingen die Bäume bewegungslos in der Luft. Wie in einem Science-Fiction-Film. Fehlt nur noch, dass sich vor mir eine unsichtbare Tür in eine andere Welt öffnet.

Im Busch raschelt etwas, woraufhin mein Pferd kurz mit den Ohren wackelt, dann aber doch weitertrinkt. Ich versuche zu ergründen, aus welcher Ecke das Geräusch kommt, kann jedoch nichts erkennen. Dann aber raschelt es wieder, diesmal lauter. Als ob noch jemand hier wäre. Diesmal bin ich sicher, dass es irgendwo hinter dem Teich ist, hinter den Büschen. Ich ziehe kurz an den Zügeln, um meinem Pferd zu signalisieren, dass ich bereit für den Aufbruch bin. Es schert sich nur nicht darum.

Notgedrungen lasse ich meinen Blick über die Landschaft hinter dem Wasser schweifen. Es ist wie ein riesiges Suchbild.

Warum ist es plötzlich so ruhig? Kann es sein, dass die Vögel aufgehört haben zu singen?

Da, ein Schatten. Jemand läuft hinter den Büschen entlang. Oder etwas. Es wirkt recht groß, und ich merke, wie hinter meinen Ohren eine Gänsehaut den Nacken herunterrieselt.

Ich ziehe stärker am Zügel und mein Pferd hebt ruckartig den Kopf. Nun lauscht es auch. Während wir bewegungslos verharren und warten, müssen wir aussehen wie so ein Reiterstandbild, das man in manchen Städten sehen kann. Trotz unserer ungünstigen Lage registriere ich das und kann es sogar noch für einen kleinen Augenblick genießen. Ich allein mit meinem Pferd in der weiten Welt.

Dann kommt von Gott weiß woher ein Pfiff, mein Pferd legt die Ohren an, dreht sich um und rast davon. Alles geht so schnell, dass ich gar nicht dazu komme, zu reagieren. Ein Glück, dass ich nicht runterfalle. Hilflos klammere ich mich an das Tier, während Äste und Zweige an mir vorbeischießen und mir Blätter ins Gesicht peitschen, als säße ich im Auto. Glücklicherweise habe ich den Helm auf, auch wenn dieser mir immer weiter in die Augen rutscht und mir die Sicht nimmt. Ohne ihn hätte ich längst die eine oder andere Schramme abbekommen. Hochschieben geht nicht, weil ich mich festhalten muss. Fieberhaft überlege ich, wie ich das Pferd zum Anhalten bringen soll, versuche halbherzig nach hinten zu rutschen, um mein Gewicht zu verlagern. Da ich aber ohnehin schon schief sitze und ein Fuß aus dem Steigbügel geglitten ist, halte ich es für eine bessere Idee, so sitzen zu bleiben und mich stattdessen enger an den Hals des Pferdes zu krallen, darauf vertrauend, dass ich die Sache irgendwie überleben werde.

Dann plötzlich bremst das Pferd, ohne Vorwarnung und ebenso abrupt wie es losgejagt ist. Es fehlt nicht viel und ich wäre über seinen Kopf abgestiegen.

Als ich den Helm endlich hochschieben kann, sehen mich die Mädchen entgeistert an.

»Wo warst du?«, fragt Maddy.

Ich setze mich aufrecht, bringe den Fuß zurück in den Steigbügel und atme einmal durch, bevor ich antworte: »Dort hinten am Wasser ist etwas sehr Großes im Wald.«

Als wir wieder am Wasser sind, ist es dort so unspektakulär, wie man es sich nur vorstellen kann.

»Was soll hier denn sein?«, fragt Odette missmutig. Sie will zurück auf die Ranch.

Ich lege den Finger an den Mund. »Pst!«

Wir alle lauschen. Es ist weiter still. Über den Bäumen erhebt sich ein Reiher in die Lüfte, und wir schrecken kurz zusammen.

Dann streckt Maddy die Hand aus. »Da drüben!«

Da ist es wieder, der Schatten im Gebüsch.

Gott sei Dank, ich habe schon befürchtet, dass er weg ist und ich zum zweiten Mal wie ein Trottel dastehen würde. Der Schatten wandert hinter den Büschen umher, während diese unheilvoll rascheln und knistern.

Doch statt ehrfurchtsvoll abzuwarten, gibt Maddy ihrem Pferd die Sporen und reitet los, um den Teich herum, dorthin, wo der Schatten ist. Die beiden anderen Mädchen folgen ihr. Ich halte den Atem an.

»Was tun sie?«, ruft Odette entsetzt. »Die können uns hier doch nicht allein lassen.«

»Jetzt werden sie gefressen«, murmele ich, »danach wir.«

Und wirklich ertönt lautes Geschrei aus dem Wald, das jedoch nicht nach einem Kampf auf Leben und Tod klingt, sondern eher wie ein Triumphgeheul. Odette sucht nach meinem Arm und wir starren angespannt in den Wald.

Kurz danach kommt eine riesige Kuh aus dem Gebüsch gestapft, während die Mädchen ihr mit Stöcken auf den Hintern hauen und sie zur Eile antreiben.

Ich weiß nicht, ob ich beschämt oder begeistert sein soll. Wie die drei Mädchen auf den Pferden dieses Ungetüm vor sich hertreiben, ist ein Bild, das man nicht alle Tage sieht. Ich möchte es als Poster über mein Bett hängen. Auf der anderen Seite ist das natürlich ganz schön peinlich für mich.

Odette ist ebenfalls beeindruckt.

»Was für ein Vieh!«

Am Abend sitzen wir um ein Lagerfeuer im Hof, das Don, Maddys Stiefvater, entfacht hat. Sie müssen öfter ein solches Feuer machen, denn der Boden an der Stelle ist verkohlt und übersät mit schwarzen Resten vorheriger Feuer. Drum herum sind Baumstämme aufgestellt, auf denen wir jetzt sitzen.

Während wir auf das Essen warten, entschuldigt Maddy sich, dass sie heute nicht besser auf uns achtgegeben hat.

»Geschenkt«, wehre ich großzügig ab, obwohl ich mir beim Panikritt meines Pferdes den gesamten Unterarm aufgeschürft und ein wenig den Hals verrenkt habe.

Odette ist weniger gnädig. »Wir hätten uns das Genick brechen können.«

»Das stimmt.« Meryl hält einen Pott Tee in den Händen und nickt gedankenversunken vor sich hin. Ihre beiläufige Zustimmung bezüglich unserer Sicherheit am heutigen Tag flößt mir nicht gerade Vertrauen ein. »So eine Farm ist halt nichts für Weicheier«, stänkert Rhonda zurück.

Odette wirft ihr einen giftigen Blick zu. Erst jetzt bemerke ich die Ähnlichkeit zwischen den beiden Mädchen. Zwischen Rhonda und ihrer Stiefschwester Maddy besteht dagegen zumindest äußerlich überhaupt keine Ähnlichkeit. Eigentlich könnte man Odette für Rhondas Schwester halten. Zwar ist sie nicht so dick wie Odette. Aber auch nicht so schlank wie Maddy oder die anderen Mädchen. Sie scheint sehr stark zu sein. Hübsch ist sie auch nicht gerade. Ihr Gesicht ist zu breit, die Augen sind eher klein. Rhonda sieht immer etwas verschlafen aus. Hätte ich sie heute nicht mit eigenen Ohren glockenhell lachen hören, würde ich meinen, sie wäre ein Griesgram. So wie Odette. Außer dem glockenhellen Lachen natürlich. Wenn Odette laut lacht, bekommen die Leute eher Angst. Sogar meine Mutter hat mich mal gefragt, ob mit Odette alles in Ordnung sei, als sie einen Gegner auslachte, den sie bei einem Online-Rollenspiel getötet hatte. Meine Mutter hat gefragt, ob wir einen Seehund in meinem Zimmer versteckt hätten.

Ich werde von Fiona, Maddys kleiner Halbschwester, aus meinen Gedanken gerissen.

»Warum seid ihr nicht zu Hause bei euern Eltern?«

Ich will diesem Dreikäsehoch sagen, dass sie das nichts angeht. Da mich nun aber alle ansehen, bleibt mir nichts anderes übrig als zu antworten.

»Ich brauchte mal eine Auszeit.«

»Und ich begleite Meo«, ergänzt Odette.

Fiona fixiert mich mit ihren hellen Augen. »Bist du weggelaufen?«

»Nein.« Obwohl sie den Nagel auf den Kopf getroffen hat, bin ich so entrüstet, dass meine Empörung ziemlich echt klingt.

»Bist du nicht gern mit deinen Eltern zusammen?«

Ist das hier ein Verhör?

»Doch, natürlich.« Ich beginne mich zu winden.

Zum Glück hat Meryl ein Einsehen und pfeift Fiona zurück. »Sei nicht so neugierig. Das ist Meos Privatsache und geht uns nichts an.«

Richtig. Ich atme einmal tief durch. Als ich aufsehe, bemerke ich, dass Maddy mich betrachtet. Schnell schaue ich wieder nach unten.

»Wie alt bist du überhaupt?«, will Fiona jetzt wissen.

»Älter als du.«

»Wie alt?«

»So alt, dass ich schon Haare unter den Achseln habe.« Hoppla, das ist mir jetzt rausgerutscht.

Fiona mustert mich eine Weile schweigend. Dann antwortet sie: »Na und? Die habe ich auch.«

Wie alt war sie noch mal? Zwölf? Manche Kinder werden verdammt schnell erwachsen.

Maddy grinst, legt dann Einhalt gebietend ihre Hand auf Fionas Schulter. »Meo, was haltet ihr davon, wenn wir euch morgen ein paar Reitstunden geben? Dann ist euer Aufenthalt hier wenigstens nicht umsonst.«

Ich frage mich, wie sie das meint, will aber nicht unhöflich sein. Also nicke ich. Odette zuckt ratlos mit den Schultern. »Wenn ihr euch dann besser fühlt.«

Endlich gibt es Essen und alle sind eine Weile zu beschäftigt, um dumme Fragen zu stellen.

23. Lehrstunden

Bevor Odette sich aufs Pferd hievt, raunt sie mir zu, dass sie überhaupt nicht wisse, warum sie sich hier grundlos in Lebensgefahr begebe. »Ich werde danach sowieso nie wieder auf einem Pferd sitzen.«

Inzwischen trabt sie seit zwanzig Minuten brav im Kreis, während Rhonda in der Mitte steht und das Tier mit einer langen Leine dirigiert. Es ist acht Uhr morgens.

»Aufrecht sitzen. Halte den Rücken gerade. Lass dich nicht so hängen.«

Rhonda scheint es zu gefallen, Odette zu schikanieren. Diese, obwohl sie zumindest am Anfang noch gewillt schien, die Herausforderung anzunehmen, sitzt mit zusammengepressten Lippen und geradem Rücken auf dem Pferd, ohne eine Miene zu verziehen.

Ich klettere zu Maddy auf den Zaun.

»Wie geht's?«

Sie nickt. »Fantastisch. Ich habe geschlafen wie ein Stein.«

»Ich auch.« Das habe ich wirklich. »Warum schaust du ständig nach oben?« Mir ist gestern schon aufgefallen, dass die gesamte Familie immerfort nach oben schaut, als erwartete sie einen feindlichen Angriff aus der Luft.

»Wir hoffen auf Regen.«

Am Himmel hängen viele Wolken, aber es sieht nicht nach Regen aus. Wie eine unendlich große Armee bedecken sie den stahlgrauen Himmel. Die Luft ist schwül.

»Es ist schon zu lange trocken«, spricht Maddy weiter. »Wenn nicht bald Regen kommt, haben wir ein Problem.«

»Weil das Gemüse vertrocknet«, schlussfolgere ich.

»Wegen allem.«

»Warum bist du auch so dick?«, malträtiert Rhonda Odette. »Das Pferd hat ja schon O-Beine.«

»Ich habe schwere Knochen«, quetscht Odette hervor.

»Ja, ja, erzähl das dem Pferd.«

Maddy erläutert: »Wenn nicht bald Regen fällt, bleiben die Wiesen trocken und die Rinder haben nicht genug Futter. Wir können den Bestand nicht vergrößern. Das heißt, wir machen auf absehbare Zeit keinen Gewinn und können den Kredit nicht abbezahlen.«

Sie sieht für einen Augenblick so traurig aus, dass ich sie gern trösten würde.

»Was passiert dann?«, frage ich blöde nach, weil mir nichts anderes einfällt. Sie seufzt.

»Wenn wir den Kredit nicht begleichen können, müssen wir uns etwas einfallen lassen. Zuerst wird meine Mutter zurück ins Krankenhaus müssen.«

»Oh nein, wie schrecklich«, entfährt es mir.

Maddy sieht mich entgeistert an. »Was denn?«

»Für eine Organspende oder was?«

»Quatsch! Sie ist gelernte Krankenschwester und wird wieder in ihren alten Job zurückmüssen.«

Jetzt komme ich mir blöd vor. Wie es scheint, hat es Maddy aber nicht bemerkt. »Uns wird schon was einfallen.«

Ich nicke und fühle mich hilflos, weil mir nichts Tröstendes in den Sinn kommt.

In dem Moment lässt sich Odette vom Pferd fallen.

»Ich habe keine Lust mehr. Nicht auf diesen Gaul. Und nicht auf dich!« Damit zeigt sie auf Rhonda. »Ich weiß nicht, was dein Problem ist. Aber wenn du unzufrieden mit dir bist, lass es bitte nicht an mir aus. Wenn du denkst, dass *du* zu dick bist, tut es mir leid. Ich denke das nun mal nicht von mir, und ich wäre dir dankbar, wenn du das akzeptieren könntest.«

Damit stampft sie wütend davon. Wenn ich richtig gesehen habe, hatte sie Tränen in den Augen. Was allerdings nicht sein kann, denn ich habe Odette noch nie weinen sehen, abgesehen von der Träne, die sie verdrückte, als ihr Lieblingsfußballclub in die zweite Liga abgestiegen war. Ansonsten ist das wie Schnee im Sommer.

»Vielleicht sollte ich ihr mal nachgehen«, sage ich unschlüssig zu Maddy. Doch sie hält mich fest. Rhonda läuft ihr schon nach.

Den Rest des Vormittages sitze ich auf dem Pferd, was zwar unglaublich anstrengend ist, aber auch enormen Spaß macht. Da ist es wieder, das Gefühl, groß und bedeutend und unglaublich lässig zu sein. Maddy führt die Leine, wodurch ich den Eindruck habe, mit ihr verbunden zu sein, wenn auch auf einige Distanz. Das Pferd macht brav, was Maddy sagt, und bald meine ich zu spüren, dass es nun sogar ein wenig auf mich hört. Was natürlich täuschen kann. Aber es ist ein gutes Gefühl. Zumindest bleibt das Pferd stehen, wenn ich mich vorsichtig ein wenig nach hinten lehne. Gegen Mittag bin ich so schlapp, dass ich nicht mehr sitzen kann. Ich spüre jeden Muskel im Körper.

Eigentlich kann ich auch nicht mehr laufen, und so lehne ich im Schatten eines Baumes und schaue Maddy zu, wie sie mit einem anderen Pferd in einem Wahnsinnstempo um mehrere Fässer reitet, die in jeweils etwa zehn Meter Entfernung zueinander aufgestellt sind. Ich verstehe den Sinn des Spiels nicht, und als sie total verschwitzt zu mir unter den Baum kommt, frage ich sie danach.

»Ich trainiere für das Rodeo am Wochenende«, keucht sie atemlos.

»Was für ein Rodeo?«

»Drüben in Copper Mill. Es ist das größte Rodeo in der Gegend, und seit dem letzten Jahr gibt es endlich auch ein Turnier für Frauen.«

»Du meinst, du wirst auf einem Bullen reiten?«

»Nein.« Sie lacht hell und laut. »Wir Frauen reiten um die Tonnen. Wer am schnellsten ist, hat gewonnen. Natürlich darf man dabei die Tonnen nicht umwerfen.«

Ich nicke und wünsche ihr viel Glück. Dann gehen wir zurück zum Haus. Es wird Zeit, dass wir etwas zu essen bekommen.

Drinnen am Tisch sitzen bereits Odette und Rhonda.

»Habt ihr euch wieder vertragen?«, frage ich vorsichtig.

Odette nickt. »Ja, Rhonda will mir zeigen, wie man das Lasso wirft, um damit ein Pferd oder ein Kalb zu fangen.«

Ich schaue rüber zu Rhonda, die im Schneidersitz auf dem Küchentisch hockt, an einer Scheibe Brot nagt und nickt. Es scheint eine intensive Aussprache gewesen zu sein.

»Viel Spaß«, antworte ich. »Ich werde mit Maddy trainieren, damit sie am Wochenende beim Rodeo gewinnt.«

Zum Glück ist Maddy gerade auf dem Klo und hört nicht, was ich da so großspurig behaupte.

»Du solltest deine Eltern zumindest mal anrufen und ihnen sagen, dass es dir gut geht«, schlägt Maddy vor, als wir am frühen Abend das Feuer im Hof zu schüren beginnen.

»Ich habe die Nummer gar nicht«, antworte ich und erkläre ihr kurz die Sache mit dem Arbeitskollegen meines Vaters.

»Sie machen sich doch aber bestimmt Sorgen«, beharrt Maddy.

»Wenn ich die Nummer nun mal nicht habe.«

»Die lässt sich sicher rausfinden.«

»Sie wissen doch Bescheid.«

Maddy kapituliert und zuckt mit den Schultern. »Wenn sie akzeptieren, dass du so lange allein mit deiner Freundin unterwegs bist, scheinen sie recht cool zu sein.«

»Kann schon sein.«

»Meine Mutter würde durchdrehen. Erzähl mir mehr über deine Eltern.«

Was gibt es da viel zu erzählen?

»Sie sind wie alle Eltern, schätze ich mal. So wie deine auch, abgesehen davon, dass sie vielleicht etwas cooler sind.« Was ich bezweifle.

»Glaube ich nicht«, entgegnet Maddy. »Wenn dein Vater wäre wie meiner, wäre er schon nicht mehr bei euch.«

»Wo ist er denn?«

»Weggegangen, vor vielen Jahren schon. Damals setzte auf den Farmen im ganzen Land eine regelrechte Abwanderung der Männer ein. Sie gingen in die Minen, in den Bergbau, wo man mehr verdienen konnte. Er kehrte nie mehr zurück.«

»Vielleicht ist ihm etwas zugestoßen.«

»Nein, er hatte keine Lust mehr auf uns und auf die Farm. Landleben bedeutet viel Arbeit und wenig Geld. Nicht jedermanns Sache. Inzwischen weiß ich gar nicht mehr so richtig, wie er ausgesehen hat.«

»Möchtest du ihn denn gern wiedersehen?«

»Höchstens um ihm zu sagen, dass ich ihn *nie* wiedersehen will.« Sie denkt nach. »Vielleicht war es gut, dass er gegangen ist. Don ist ein guter Vater, und die anderen Mädels sind auch toll. Wir sind jetzt eine Familie. Allein könnten meine Mutter und ich die Farm gar nicht bewirtschaften.«

Ich kann nicht sagen, ob sie glücklich klingt, als sie das sagt.

Odette kommt raus und bringt einen Teller mit Fleischscheiben.

»Habt ihr das gehört?«, ruft sie aufgeregt und macht ein wenig von der Stimmung kaputt, die bis eben noch geherrscht hat.

»Ich habe nichts gehört«, gestehe ich leicht verärgert.

Odette stellt den Teller ab und lauscht. »Da war es wieder.«

»Was denn?«

Wir horchen alle drei und plötzlich dringt aus den Bäumen ein hoher, klickender Ton, mehrfach hintereinander, so schnell, als würde jemand eine Maschinengewehrsalve abgegeben. Es klingt, als ob jemand lachen würde.

»Das ist es.« Odette ist ganz blass, als sie mit den Fingern in Richtung der Bäume zeigt, aus der die Geräusche kommen. »Das Lachen, das ich oben im Nationalpark gehört habe.«

Maddy versteht gar nichts.

»Das ist ein Kookaburra«, sagt sie. »Lachender Hans, wie er auch genannt wird.«

»Lachender Hans?«

Sie bedeutet uns, ihr zu folgen, und auf einem Baum entdecken wir tatsächlich einen unscheinbaren weißbraunen Vogel, etwa so groß wie eine Krähe, der den Kopf in die Luft reckt und dort das Maschinengewehrlachen abfeuert.

»Ein Vogel.« Odette ist sprachlos. »Ein Vogel hat über mich gelacht.«

Ich nicke. »Du hast dich von einem Vogel verarschen lassen. Diese ganze Nummer hier verdanken wir einem Vogel.«

Der Übeltäter bemerkt uns, lässt einen Klecks vom Baum fallen und fliegt davon.

24. Ein neues Leben

»Soll ich dir einen Trick verraten?«

Maddy reitet neben mir her und beobachtet, wie ich mit dem Pferd umgehe. An diesem Morgen haben wir uns entschlossen, einen kurzen Ausritt zu wagen, und sie zeigt mir nun den kleinen Bach, der nahe der Ranch vorbeiplätschert.

Ich nicke. »Was für einen Trick?«

»Um besser reiten zu können. Du bist in der kurzen Zeit schon erstaunlich weit gekommen. Nur solltest du noch ein wenig lockerer werden. Dann hast du am Abend auch keinen Muskelkater.«

»Und was ist das für ein Trick?«

»Schließ die Augen.«

»Und dann?«

»Du wirst schon sehen.«

Gehorsam schließe ich die Augen, während das Pferd gemächlich weitertrabt. Zuerst ist es ein komisches Gefühl, intensiv und zugleich beängstigend. Als würde ich auf einem schwankenden Ast sitzen, von dem ich gleich runterfalle. Dann aber finde ich mein Gleichgewicht und schaffe es, die Bewegungen des Pferdes in mich aufzunehmen. Es ist, als würde ich mit dem Tier verschmelzen und wir zu *einem* Lebewesen werden. Nun spüre ich die Atembewegungen des Pferdes an der Innenseite meiner Oberschenkel, die Wärme, die von ihm ausgeht, betaste das weiche Fell auf dem Rücken. Mehr noch: Plötzlich vernehme ich das gleichmäßige Rauschen des Windes, das Knirschen der Pferdezähne, die am Zaumzeug herumkauen, das leise Gurgeln des Wassers zu unseren Füßen und den sanften Auftritt der Tiere im Gras.

Als ich die Augen wieder öffne, muss ich aufpassen, dass ich nicht runterfalle. Zu hell, zu viele Eindrücke. Maddy legt die Hand sanft auf den Kopf meines Pferdes, und wir halten an.

»Verstehst du?«, fragt sie.

»Ja, ich verstehe.«

»Vertrauen ist wichtig. Hier wie überall. Es ist überhaupt das Wichtigste. Ohne das geht es nicht.«

Als wir zu den Koppeln zurückkommen, steht dort Odette breitbeinig in der Mitte einer Umzäunung und versucht, mit einem Lasso ein verschrecktes Kalb zu fangen. Rhonda wartet hinter ihr und führt gelegentlich den Arm, mit dem Odette das Lasso schwingt. Wie es scheint, stellt diese sich dabei gar nicht mal so dumm an. Wobei offensichtlich ist, dass das Kalb Angst vor ihr hat, weil sie so stark aussieht. Es spürt wohl, dass es keine Chance gegen Odette hat, und stellt von Anfang an jeden Widerstand ein. So verharrt es regungslos in seiner Ecke und wartet, bis Odette das Lasso mehr oder weniger gekonnt in seine Richtung schleudert. Als sie es beim vierten oder fünften Mal tatsächlich schafft, ist sie so von sich begeistert, dass sie einen langen Freudentanz aufführt.

Als wir weiter zu den Stallungen reiten, sagt Maddy: »Deine Freundin scheint ein Naturtalent zu sein, was die Arbeit mit dem Lasso betrifft.«

Da ich das nicht beurteilen kann, grummele ich ein bisschen vor mich hin. Maddy könnte auch feststellen, dass ich ein Naturtalent bin, was das Reiten betrifft. Stattdessen:

»Vielleicht ist es ihre Bestimmung, mit Tieren zu arbeiten.«

Habe ich bisher zumindest noch nicht bemerkt. Und vorstellen kann ich es mir auch nicht, den Tieren zuliebe. Außerdem will ich nicht über Odette reden.

»Willst du dein Leben lang hierbleiben?«, frage ich.

Maddy zuckt mit den Schultern. »Das habe ich noch nicht entschieden. Einerseits fühle ich mich hier wohl und ich möchte auch für meine Familie da sein. Auf der anderen Seite habe ich Angst, dass mein Leben vorbei ist, bevor es angefangen hat. Hier erlebt man nicht viel. Nicht das, was ihr erlebt habt. Wir kommen nicht viel herum, wie ihr vielleicht schon bemerkt habt.«

Als Maddy das so sagt, fühle ich mich tatsächlich sehr erfahren und weltmännisch.

»Und jetzt?«, frage ich.

Maddy seufzt. »Das bedeutet, dass ich mich bis Ende des Sommers entscheiden muss, ob ich auf die Landwirtschaftsschule gehen oder doch lieber eine Ausbildung zur Krankenschwester machen soll.«

»Schwierige Entscheidung.«

»Du sagst es. Was willst du denn mal machen?«

Die Frage kommt unerwartet und überrascht mich. Ich habe keine Antwort darauf. Keine Ahnung, was ich werden will. Ich weiß ja nicht mal, wo ich gerade bin. Im Moment eröffnen sich mir aber mehr Möglichkeiten, als ich jemals gedacht hätte.

Mitten in der Nacht klopft es an meine Tür, wobei ich mich so erschrecke, dass ich fast die Nachttischlampe runterwerfe.

»Ja?«

Die Uhr zeigt kurz nach zwei.

Es ist Odette. »Im Stall wird gerade ein Kälbchen geboren. Willst du mitkommen?«

»Weil eine Kuh geboren wird?« Ich kann nicht glauben, dass sie mich dafür geweckt hat. Dass Odette deswegen aufgestanden ist.

»Wie du meinst.«

Damit höre ich sie die Treppen hinunterpoltern.

Ich will mich wieder umdrehen, denke dann aber, dass ich wohl nie wieder in meinem Leben dazu kommen werde, so etwas zu sehen, und raffe mich schließlich doch auf.

Wehe, das wird nicht spannend.

Als ich durch die kühle Nachtluft in den Stall geschlurft komme, sind dort neben Odette auch noch Maddy, Rhonda und Don versammelt. Im Pferch liegt die Kuh und wackelt unruhig mit den Ohren, während sich ihr breiter Bauch hebt und senkt.

»Es ist das erste Kalb in diesem Jahr«, flüstert Rhonda. »Ein Omen für die kommende Saison.«

Odette lehnt sich gedankenversunken gegen das Gitter und schaut verträumt auf die Szene vor ihr. »Ganz schön viel Verantwortung für so eine Kuh.«

Rhonda gesellt sich an ihre Seite. »Sie ist erfahren. Es ist bereits ihr viertes Kalb. Ihr Name ist Betty.«

Während Betty den Schwanz hebt und eine undefinierbare Suppe hinten bei ihr herausläuft, kommt Maddy zu mir rübergeschlendert. Sie hat sich einen Bademantel übergeworfen und die Haare notdürftig zu einem Zopf zusammengebunden. Sie sieht toll aus.

»Deine erste Geburt?«, fragt sie.

Ich nicke. »Ich hatte bisher noch keine Gelegenheit.«

»Bist du aufgeregt?«

»Nein.« Warum sollte ich?

»Ich bin immer noch aufgeregt, wenn ich so was sehe. Ich empfinde es jedes Mal als ein kleines Wunder, wenn neues Leben entsteht.«

Ja, wenn man es natürlich so sieht. Vielleicht bin ich doch ein wenig aufgeregt.

Odette kniet sich hin, um durch die Absperrung besser sehen zu können. »Ich glaube, es geht los.«

Zwei kleine Hufe werden unter Bettys Schwanz sichtbar, so dicht gegeneinandergepresst, dass ich mich frage, wie ein ganzes Kalb durch diese enge Öffnung passen soll. Rosafarbener Schleim tropft zwischen den Hufen hervor. Das Ganze sieht schon jetzt eklig aus.

In den nächsten zehn Minuten ändert sich an dem Bild nichts und wir warten. Die Einzigen, die sprechen, sind Odette und Rhonda, wobei Odette Fragen stellt und Rhonda antwortet. Ich habe bisher nicht gewusst, dass Odette so ein Interesse an Rindviechern hat. Sie will alles erklärt haben: Wie lange ist so eine Kuh schwanger (etwa sieben bis acht Monate)? Wie alt kann eine Kuh werden (über zwanzig Jahre. Wenn sie nicht vorher geschlachtet wird. Und das wird sie!)? Wer ist der Vater von dem Kalb (Oscar, der draußen in einer separaten Koppel steht und so groß wie ein Elefant ist)? Und so weiter.

Ich merke, wie durch die Ereignislosigkeit der Schlaf zurückkehrt und mir die Augen zufallen, als Betty und das Kalb sich einen Ruck geben und plötzlich ein Stück Schnauze über den Hufen hervorlugt. Ich denke zumindest, dass es ein Stück Schnauze ist. Viel zu erkennen ist nämlich nicht. Alles wird von einer durchsichtigen rosafarbenen Schleimhülle überdeckt, die mich von der Konsistenz her an die Haut erinnert, die sich auf heißer Milch bildet. Ich hasse diese Haut und habe deswegen schon ganze Tassen voller Milch weggekippt.

Dann plötzlich geht es ganz schnell. Als der Kopf heraus ist, rutscht auf einmal der gesamte Oberkörper nach und bald darauf kommt das Kalb hinterhergeflutscht. Gefolgt von einem Schwall ekeligen Glibbers und einer Fuhre anscheinend heißen, weil dampfenden Wassers. Auch das Kälbchen dampft, als ob es aus der heißen Badewanne gestiegen wäre. Es ist klitschnass und liegt zuerst so reglos im Stroh, dass ich schon glaube, es wäre tot. Unterdessen dampft es weiter aus Bettys Hintern, als würde sie ein paar gewaltige Darmwinde fahren lassen. Schön ist etwas anderes, und ob ich das unbedingt erlebt haben muss, weiß ich auch nicht. Doch anscheinend sieht das jeder anders.

»Wow! Ist das aufregend«, findet Odette und sieht dabei ganz verzückt aus. »Das ist ja niedlich! Ich glaube, ich kann nie wieder Steak essen.«

Geht mir genauso. Wenn auch aus einem anderen Grund.

Irgendwann rafft Betty sich auf und beginnt das klitschnasse Junge abzuschlecken. Das ist zu viel für mich und ich wende mich ab. Wird Zeit, zurück ins Bett zu kommen. Die anderen bleiben zurück im Stall.

Als ich am nächsten Morgen Odette beim Frühstück begegne, ist sie immer noch hin und weg von dem Ereignis letzte Nacht.

»Schade, dass du nicht noch geblieben bist«, meint sie und klingt dabei ein wenig tadelnd. »Du hast noch einiges verpasst.«

»Zum Beispiel?« Ich greife nach dem Brot.

»Na, wie das Kleine aufgestanden ist und dann bei der Mutter getrunken hat.«

»Wer hat denn auch damit gerechnet?«

»Ich wusste, dass du dich dafür nicht begeistern kannst.« Erst jetzt sehe ich, dass Odette statt Wurst Frischkäse auf ihrem Brot hat. Gerade verteilt sie akribisch ein paar Blätter Brunnenkresse darauf.

»Wirst du jetzt Vegetarierin?«, frage ich.

»Und wenn es so wäre? Würdest du dann auch eine dumme Bemerkung und dich lustig drüber machen?«

Selbstverständlich. Sicherheitshalber schweige ich aber. Ich spüre ein wenig Aggressionspotenzial bei Odette.

»Du solltest mal deine Grundhaltung überdenken«, sagt sie.

Wie bitte? Das tue ich dauernd.

»Bist du schlecht drauf?« Wohl weil sie so wenig geschlafen hat.

»Und wenn es so wäre, würde es dir etwas ausmachen? Würdest du es überhaupt bemerken?«

Ich bin von der Situation überfordert.

»Was würdest du sagen, wenn ich hierbleiben würde?«, fährt sie fort und verteilt dabei konzentriert weiter Kresse auf dem Brot. Man sieht den Frischkäse inzwischen kaum noch.

»Hier auf dem Hof?«, hake ich nach.

»Nein, hier auf der Erde«, gibt sie patzig zurück. »Wo denn sonst?«

»Das kannst du nicht«, entgegne ich. »Deine Eltern würden Amok laufen.«

»Ach, meine Eltern? Du nicht?«

Warum sollte *ich* Amok laufen? Was soll diese Fragerei überhaupt.

»Ich sehe dein Problem nicht.« Und das ist die Wahrheit.

Odette nickt und beißt herzhaft von dem Brot ab. »Dachte ich mir.«

Die letzten beiden Tage vor dem Rodeo übt Maddy fast nur noch für das Turnier. Ich finde es teilweise schon ermüdend, ihr beim ständigen Umrunden der Fässer zuzuschauen, auch weil ich nichts anderes machen kann, als ihre Zeit zu stoppen und das Wasser zu reichen, sobald sie erschöpft vom Pferd steigt. Ihren besten Ritt schafft sie in dreiundzwanzig Sekunden, was ich ganz ordentlich finde. Sie ist alles andere als zufrieden.

»Das reicht nicht.«

»Wie schnell muss man denn sein?«, frage ich vorsichtig.

Maddy kippt die letzte Wasserflasche mit einem Zug hinter, bevor sie sagt: »Im letzten Jahr hat es ein Mädchen in knapp sechzehn Sekunden geschafft. Ich war mit zweiundzwanzig Sekunden gerade mal auf Platz zwölf.«

»Ist doch nicht so schlecht.«

»Von siebzehn Teilnehmern?«

»Immer noch besser als Platz dreizehn oder vierzehn.«

»Du bist nicht besonders ehrgeizig, oder?«

Wer hat mir das schon mal gesagt?

»Kommt drauf an.« Ich zucke mit den Schultern. »Wo es sich lohnt, kann ich schon ehrgeizig sein.« Das glaube ich zumindest, obwohl es in meinem Leben diese Situation noch nicht gegeben hat.

»Ich gewinne gerne«, bekräftigt Maddy und lässt sich neben mir ins Gras fallen. »Den Gewinnern gehört die Welt.«

»Aber nicht nur«, wende ich ein. »Sonst wären wir ja alle Gewinner.«

Sie schaut mich skeptisch von der Seite an. »Auch wieder wahr. Du bist ganz schön schlau, weißt du das?«

Kann schon sein. Wobei ich aber nicht überheblich klingen will. Also sage ich: »Wenn ich schon nicht besonders schnell bin, bin ich wenigstens schlau.«

Sie steht wieder auf. »Ich muss weitermachen. Ich möchte mindestens unter zwanzig Sekunden kommen.«

Damit schwingt sie sich zurück aufs Pferd. Ein langweiliger Tag geht weiter. Ich bewundere Maddy für ihren Ehrgeiz, aber ich weiß, dass ich das niemals könnte.

»Stoppst du die Zeit?«, ruft sie mir zu und ich hebe die Hand als Zeichen, dass ich bereit bin. Manchmal muss man eben Opfer bringen.

25. Krank!

Am Freitagabend habe ich dann die Schnauze voll und bin einigermaßen fertig mit den Nerven. Zwar bin ich weiter begeistert von Maddy und genieße jeden Moment, den ich mit ihr zusammen sein kann. Aber es wäre auch schön, wenn sie sich mal zu mir setzen könnte, statt mir nur die ganze Zeit über vor der Nase herumzugaloppieren. Den ganzen Tag habe ich nur dagesessen, während sie immer und immer wieder die gleiche Runde geritten ist. Am späten Nachmittag fühlte ich mich, als wäre ich selbst geritten, hatte Kopfschmerzen und merkte, wie mir die Zahlen auf der Stoppuhr vor den Augen verschwammen. Meist sagte ich dann einfach irgendwas. Maddys Zeit bewegte sich sowieso immer im Bereich zwischen zweiundzwanzig und siebenundzwanzig Sekunden. Wenn dieses andere Mädchen es also in sechzehn Sekunden schafft, dürfte sie nicht die geringste Chance haben. Offensichtlich gehört sie zumindest in diesem Bereich nicht zu den Gewinnern.

Gegen sieben Uhr, als ich keine Lust mehr, dafür aber Hunger und wieder mal nicht auf die Uhr geschaut habe, als sie ihre hundertste Runde oder so an diesem Tag geritten ist, beschließe ich spontan, die Langeweile zu beenden.

»Achtzehn Sekunden.«

Maddy wendet ihr durchschwitztes Pferd und kommt erstaunt herangeritten. »Was hast du gesagt?«

»Achtzehn Sekunden.«

»Du machst Witze.«

Vielleicht. »Nein, echt nicht.«

»Das waren wirklich achtzehn Sekunden?«

»Ja, wenn ich es doch sage.«

»Zeig her.« Sie versucht auf die Uhr zu linsen.

»Ich habe es schon weggedrückt.«

Sie kneift die Augen zusammen und mustert mich. »Und du sagst das nicht einfach nur so, weil du keine Lust mehr hast?«

Verdammt, bin ich so durchschaubar? »Nein, warum sollte ich das tun? Aber wo wir schon dabei sind, sollten wir wohl langsam aufhören. Morgen ist ein großer Tag, da solltest du dich noch ein wenig ausruhen.«

»Ich brauche mich nicht auszuruhen.« Maddy springt vom Pferd und greift nach der Stoppuhr. Kurz befürchte ich, dass man vielleicht die letzten Zeiten zurückverfolgen kann. Da sich an Maddys Miene jedoch nichts ändert, beruhige ich mich schnell wieder.

»Wenn das wirklich achtzehn Sekunden waren«, murmelt sie und drückt dabei immer noch auf der Uhr herum, »weißt du dann, was das bedeutet?«

»Dass du mindestens vorn dabei bist.«

»Mehr als das! Auf dem Sand in der Arena mache ich immer noch ein oder zwei Sekunden gut, weil das Pferd dort nicht so rutscht. Dann bin ich nicht nur vorn, sondern ganz vorn dabei. Ich kann es nicht fassen!«

Sie stößt einen Cowboyschrei aus, wie ich ihn bisher nur im Fernsehen gehört habe, reißt die Arme in die Höhe, als hätte sie den Pott schon gewonnen, und fällt mir danach um den Hals. Das alles geht so schnell, dass ich gar nicht weiß, wie mir geschieht. Ich spüre die Last ihrer Hände auf meinen Schultern, ihren Atem im Gesicht, rieche den Schweiß und sehe ihre vor Glück blitzenden Augen so nah vor mir wie noch nie. Und als sie sich nach vorn beugt und mir mit ihren warmen, trockenen Lippen einen Kuss auf die Wange drückt, ist es, als begänne sich die Welt zu drehen. Ich taumele ein wenig, als sie sich wieder abstößt und die Faust siegessicher in die Höhe reckt. Völlig benommen nehme ich am Rande wahr, wie Maddy weiterredet.

»Vielleicht war das aber nur ein Zufall, ein Glückstreffer. Am besten, ich versuche es gleich noch mal.«

»Nein.« Ich reiße mich zusammen und schaffe es, einigermaßen gerade zu stehen. »Nein. Man soll aufhören, wenn es am schönsten ist.« Maddy sieht mich fragend an, und ich fühle mich genötigt, eine andere Ausrede zu finden. »Gönn deinem Pferd eine Pause. Das arme Tier muss sich mal ausruhen.«

Im Prinzip ist mir das Pferd echt egal, aber Maddy scheint zu verstehen.

»Du hast recht. Ich sollte wirklich aufhören. Mein Ziel habe ich ja erreicht.« Das Pferd wackelt dankbar mit den Ohren.

»Ja«, stimme ich zu. »Genug für heute.«

Maddy streichelt mir noch einmal glücklich über den Arm und schwingt sich zurück in den Sattel. »Dann lass uns nach Hause reiten. Ich habe einen Bärenhunger!«

Sie reitet los, ohne auf mich zu warten. Mir bleibt nichts anderes übrig, als mich auf meinen Ackergaul zu quälen und ihr mehr schlecht als recht hinterher zu eilen. Mir ist immer noch ganz flau im Magen.

»Sie hat dich bestimmt mit einer Krankheit angesteckt«, mutmaßt Odette, als wir nach dem Abendessen in meinem Zimmer sitzen. Sie hat festgestellt, dass ich kaum etwas gegessen habe, und mich danach zur Rede gestellt. Da musste ich ihr wohl oder übel alles erzählen, bis hin zu Maddys Kuss am Ende.

»Mit welcher Krankheit soll sie mich denn angesteckt haben?«, frage ich ärgerlich. »Sie ist doch kerngesund.«

»Das weißt du doch gar nicht«, widerspricht Odette entschieden. »Manche Menschen tragen einen Erreger ewig in sich, ohne dass sie es merken. Weil sie selbst immun dagegen sind. Und kaum geben sie den Virus an jemand anderen weiter, erkrankt derjenige sofort daran.«

Das klingt leider logisch.

Odette fährt fort: »Außerdem ist Maddy auf dem Land aufgewachsen. Sie ist viel abgehärteter als wir. Stadtmenschen sind empfindlicher als Bauern.«

Ich kann mir zwar nicht vorstellen, dass Odette empfindlicher sein soll als Maddy. Aber die Sache macht trotzdem Sinn. Maddy hat mich mit irgendeiner Krankheit angesteckt. Sofort spüre ich das Magengrummeln um ein Vielfaches stärker.

»Vielleicht ist es ja was, woran man sterben kann«, überlege ich und sehe schon mein letztes Stündlein schlagen. In der Schule hat ein Mädchen mal von einem Verwandten erzählt, der im Wald von einer Zecke gebissen worden und ein paar Wochen später daran gestorben war. Und die Oma von einem Jungen in der Parallelklasse war im Winter vor dem Supermarkt gestürzt, hatte sich ein Bein gebrochen und war ins Krankenhaus gekommen. Dort hat sie sich mit einem Virus infiziert, sodass ihr erst das Bein abgenommen werden musste und sie dann trotzdem gestorben ist, weil der Erreger schon zu weit in ihrem Körper umhergewandert war. Würden sie nach den Ferien auch von mir in der Schule erzählen? Dem Jungen, der in Australien von einem Mädchen geküsst worden ist, sich dabei einen Virus eingefangen hat und kurz darauf starb? Das wäre zumindest ein halbwegs akzeptabler Abgang. Sicherlich würden alle behaupten, mich gekannt zu haben oder zumindest mal mit mir in der Schlange in der Mensa gestanden zu haben. So wie damals der dicke Malecki, der bei einem Autounfall ums Leben gekommen ist. Als er noch lebte, hatten sich immer alle über ihn lustig gemacht. Als er aber tot war, wollten ihn auf einmal alle gekannt haben. Die toten Leute waren meist die interessantesten.

»Quatsch, so schlimm wird es schon nicht sein«, unterbricht Odette meine Gedanken. »Glaube ich jedenfalls.«

Das wirkt nicht gerade beruhigend auf mich.

»Und woher willst du das wissen?«, hake ich nach. »Du kennst dich doch hier genauso wenig aus wie ich.«

»Das stimmt«, gibt sie zu.

Beide sitzen wir da und schweigen. Woran Odette dabei denkt, weiß ich nicht. Ich jedenfalls versuche, die Gefühle in meinem Körper zu verorten.

»Bin ich sehr blass?«, frage ich nach einer Weile.

Odette sieht mich prüfend an. »Ein bisschen.«

»Ich schwitze auch ein bisschen.«

»Das klingt nicht gut.«

»Ich fühle mich auch nicht gut.«

»Vielleicht solltest du dich lieber hinlegen.«

»Und wenn ich nicht mehr aufwache? Oder ins Koma falle?«

»Ich kann ja bei dir bleiben und auf dich aufpassen.«

Das finde ich wirklich eine gute Idee und stimme zu, dass Odette es sich in dem großen Ohrensessel neben dem Bett bequem macht, während ich mich unter die Decke lege.

Nach einer Weile fragt Odette: »Meo?«

»Ja?«

Ich denke, sie wird fragen, wie es mir geht. Stattdessen:

»Wenn du wirklich stirbst, kann ich dann dein Fahrrad haben?«

Das will ich eigentlich nicht. Aber wenn es schon jemand haben soll, dann kann es auch Odette sein. Meine Eltern würden es ja doch nur verscherbeln. Oder noch schlimmer, es in der Verwandtschaft verschenken. So würde es vielleicht noch mein Cousin Kevin bekommen.

»Beim hinteren Reifen geht aber die Luft raus«, antworte ich mit leiser Stimme. Ich fühle mich sehr schwach.

»Kein Problem«, murmelt Odette. »Ich wechsele ihn einfach.«

Kurz darauf beginnt sie zu schnarchen. Ich liege derweil wach und lasse erst mein Leben, danach den letzten Tag an mir vorüberziehen. Dann sehe ich Maddy vor mir, wie sie sich freut und mir kurz darauf ihren tödlichen Kuss gibt.

»Maddy? Die schläft schon. Morgen wird ein anstrengender

Tag.« Meryl sieht mich erstaunt an. In ihren Händen hält sie ein Buch. Wie es scheint, hat sie auf der Couch ebenfalls schon geschlafen. »Warum bist du noch wach?« Müde reibt sie sich die Augen.

Ich habe keine Antwort darauf. Jedenfalls keine, die ich Meryl geben kann. Doch anscheinend kommt sie von allein drauf.

»Stimmt etwas nicht? Du bist ganz blass.«

»Ich fühle mich auch nicht besonders gut.«

Jetzt rafft Meryl sich ganz auf. »Komm mal mit.«

Mir fällt ein, dass sie ja eigentlich Krankenschwester ist, und folge ihr bereitwillig in die Küche, wo ihre Medikamententasche steht. Sie beginnt mich zu untersuchen, horcht meinen Oberkörper ab, leuchtet mir in die Augen und in die Ohren und lässt mich die Zunge rausstrecken, um mir in den Hals zu schauen.

»Soweit ich sehen kann, ist alles in Ordnung«, sagt sie. Ich spüre eine leichte Enttäuschung. Ich hatte mich fast mit dem Gedanken angefreundet, sterben zu müssen.

»Erzähle mir doch mal genau, was dich bedrückt«, fordert sie mich schließlich auf, während sie die Tasche sorgsam wieder verschließt. Als sie damit fertig ist, setzt sie sich vor mich hin, als wäre sie eine Priesterin, die mir die Beichte abnehmen will, und schlägt abwartend die Hände übereinander. Also erzähle ich ihr von meinem starken Herzklopfen, dem flauen Gefühl im Magen, als hätte ich dort zu viel Luft drin, die raus will, dem Ohrensausen, dem trockenen Mund und den Sternen, die ich zeitweise gesehen habe.

Als ich geendet habe, lehnt Meryl sich zurück und betrachtet mich aufmerksam. Sie sieht mich so ernst an, dass ich mir sicher bin, all ihre schlimmsten Erwartungen übertroffen zu haben.

»Ich bin mir nicht ganz sicher«, hebt sie dann auch an und ich mache mich auf das Schlimmste gefasst, »aber kann es sein, dass deine Probleme mentaler Natur sind?«

»Wie meinen Sie das?«, frage ich blöde nach.

»Nun, es gibt hier doch jemanden, der dir sehr viel bedeutet, oder?«

Ich bin völlig verblüfft über diese Frage und zucke nur ratlos mit den Schultern. »Weiß nicht.«

Jetzt schaut Meryl etwas belustigt und so, als hätten wir beide ein dickes Geheimnis miteinander. »Dieses Mädchen weiß nichts von deinen Gefühlen, oder?«

»Welche Gefühle denn?«

»Dass du verliebt in sie bist.«

Ich und verliebt? Also wirklich. Ich bin platt.

»Nein, sie weiß es nicht«, gebe ich kleinlaut zu.

»Dann solltest du es ihr jetzt sagen. Bevor du wirklich krank wirst. Wenn man jemanden wirklich mag, sollte man auch ehrlich zu ihm sein.«

Ich bin erstaunt, wie locker Meryl die Sache sieht. Und wie recht sie hat.

»Und wenn sie mich auslacht?«, jammere ich kläglich. Mir ist zum Heulen zumute, und es wird nicht mehr lange dauern, bis ich wirklich losflenne.

»Dann weißt du wenigstens, woran du bist. Nichts ist schlimmer als Ungewissheit.«

Damit hat sie ebenfalls recht. Es klingt sehr vernünftig.

»Wo ihr euch nun schon eine ganze Weile kennt.«

Na, so lange nun auch wieder nicht. »Ja.« Ich wische mir über das Gesicht und schniefe. Ich muss es Maddy sagen.

Meryl steht auf. »Du wirst sehen, danach geht es dir besser. Wo ist Odette überhaupt?«

Sie zwinkert mir zu, und ich spüre eine schwarze Welle über mir zusammenschlagen, die mich sofort wieder krank werden lässt. Nur dass ich diesmal wirklich wünsche, dass ich daran sterben werde. Es soll bloß schnell und ohne Schmerzen vorbeigehen. Meryl glaubt tatsächlich, ich wäre in Odette verliebt.

26. Rodeo!

Am Samstag ist es dann endlich so weit und wir brauchen fast zwei Stunden, um Copper Mill zu erreichen. Ausgerechnet heute hat sich der Himmel zugezogen, und während es die ganzen letzten Tage noch schwül gewesen war, ist es heute fast schon frisch. Bleibt zu hoffen, dass es nicht noch zu regnen anfängt. Die lange Fahrt ist mir ganz recht, da ich so eine Weile neben Maddy sitzen kann. Sie selbst wirkt zwar ziemlich abwesend, aber ich denke mal, das hängt mit der Aufregung wegen des Rodeos zusammen. Im Prinzip bin ich hundemüde, weil ich die letzte Nacht kaum geschlafen habe. Als ich nach meinem Gespräch mit Meryl in mein Zimmer kam, hatte dort Odette immer noch im Sessel gelegen und geschlafen, und ich kam für einen Moment nicht darüber hinweg, dass Meryl auch nur annehmen konnte, ich wäre in sie verliebt. Kein Mensch mit Verstand könnte sich in Odette verlieben. Was sagt es über mich aus, dass Meryl annimmt, ich könnte das? Natürlich dachte ich auch darüber nach, dass Maddy mich für geschmacksverirrt halten könnte, und das machte mich noch frustrierter. Nachdem ich Odette versichert hatte, dass es mir besser ging, war sie in ihr Zimmer abgezogen und ich machte mir darüber Gedanken, wie ich weiter vorgehen sollte. Nun, nachdem ich wider Erwarten doch nicht sterben würde. Die Antwort lautete zum einen, die Familie davon zu überzeugen, dass ich klar bei Verstand und nicht in Odette verliebt war. Die zweite Mission hieß,

Maddy meine Gefühle ihr gegenüber zu gestehen. Denn darin hat Meryl recht gehabt: Man muss zu seinen Gefühlen stehen. Und wer weiß, vielleicht empfindet Maddy ja doch etwas für mich und hat sich nur nicht getraut, dies zu zeigen, weil sie dachte, ich hätte was mit Odette. Wie auch immer, der Tag heute muss ein paar Antworten bringen.

Die ganze Familie kommt mit nach Copper Mill, einschließlich Maddys mürrischer Tante Paula, Meryls Schwester, die mit einem zweiten Auto und dem Pferdeanhänger hinter uns hergondelt. Das Rodeo muss das Highlight der Gegend sein, so wie bei uns der Weihnachtsmarkt, denn alle haben sich mächtig herausgeputzt und sind am Präsentieren. Wie die meisten Leute tragen auch Odette und ich Cowboyhut und Halstuch und könnten glatt als Einheimische durchgehen, wie ich finde. Odette hat dabei Klamotten von ihrer neuen Busenfreundin Rhonda bekommen, die zwar etwas stramm sitzen, ihr aber trotzdem stehen. In den letzten Tagen scheinen die beiden so etwas wie eine Seelenverwandtschaft zueinander entdeckt zu haben, was sich etwa darin zeigt, dass ich Odette kaum noch zu sehen bekommen habe, weil sie ständig mit Rhonda unterwegs ist. Rhonda hat ihr das Lassowerfen beigebracht, ihr gezeigt, wie man einen Zaun repariert und Rinder zusammentreibt. Zumindest soweit das mit Odettes begrenzten Reitkünsten möglich war. Es scheint ihr gefallen zu haben, auch wenn sie heute Morgen immer wieder zu mir kam, um zu fragen, wie ich mich fühle und ob wirklich alles in Ordnung sei. Ein bisschen, als wenn sie ein schlechtes Gewissen hätte. Ehrlich gesagt ist sie mir damit ziemlich auf den Geist gegangen, und ich habe mich fast nach den vergangenen Tagen zurückgesehnt. Denn trotz meiner Verwunderung über Odettes Abwesenheit ist mir diese ja eigentlich ganz recht gewesen, weil ich so jede freie Minute mit Maddy verbringen konnte. Inzwischen habe ich aber ein wenig das Gefühl, dass diese ständige Zweisamkeit eher von Rhonda ausgeht, die Odette nicht mehr allein zu lassen scheint.

Als wir gegen Mittag in Copper Mill ankommen, ist dort bereits der Teufel los. Der Ort ist nicht besonders groß, eigentlich eher ein Nest mit zwei oder drei größeren Hauptstraßen. Die sind dafür umso übertriebener geschmückt. Als wäre morgen Weltuntergang und die Leute hätten alles, was in ihren Kellern und Schuppen an Krempel rumlag, noch einmal an ihre Häuser hängen wollen.

Copper Mill – Home of the Rodeo, steht großspurig auf dem Eingangsschild. Ich bezweifle die Aussage zwar, aber es scheint den Einwohnern wichtig zu sein. Darunter ist keine Mühle, sondern ein Haus abgebildet.

Überall tummeln sich Menschen, die, wie Meryl erzählt, aus einem Umkreis von etwa zweihundert Kilometern zusammengekommen sind, um das Spektakel zu erleben. Stände sind aufgebaut, die allen möglichen Kram wie Bier, Limo, kandierte Äpfel oder Zuckerwatte verkaufen. Die Kinder können sackhüpfen oder Karussell fahren. Sogar ein kleines Riesenrad gibt es. Die Erwachsenen sollen ihre Kräfte bei Spielen wie Biergläserstemmen oder Hau den Lukas! messen. Odette will uns beeindrucken und schwingt den Hammer mit solcher Kraft, dass sie am Ende den Titel »Mr Eisenhammer« davonträgt und ein Pfefferkuchenherz mit selbiger Aufschrift gewinnt. Sie fragt mich halb im Scherz, ob sie es mir schenken soll, was ich ebenfalls halb im Scherz ablehne. Später sehe ich das Herz an Rhondas Hals baumeln und bin auf einmal doch ein bisschen neidisch.

Während wir durch die Straßen schlendern, ist Maddy schon fort, um sich mit ihrem Pferd bei den Wettkämpfen einzutragen, und ich beschließe, mir Rhonda ein wenig vorzuknöpfen.

»Viele nette Typen hier, oder?«, werfe ich beiläufig ein. »Schon einen entdeckt, der dir gefällt?«

Rhonda zuckt gleichgültig mit den Schultern. »Nein. Bisher nicht.«

»Rhonda ist sehr wählerisch«, bemerkt ihre kleine Schwester Fiona.

»Halt die Klappe!«, fährt Rhonda sie an.

Ich kann mir kaum vorstellen, dass Rhonda es sich leisten kann, wählerisch zu sein.

»Wie muss denn der Mann aussehen, der dir gefällt?« Wenn man sich so umsieht, laufen doch einige ganz okay aussehende junge Cowboys herum. Zumindest, soweit ein Cowboy in seiner ja doch etwas lächerlichen Kluft okay aussehen kann.

»Du bist ganz schön neugierig«, springt Odette ihrer Freundin pflichtbewusst bei.

Rhonda schenkt ihr einen dankbaren Blick. Dann fällt ihr etwas ein: »Und was ist mit dir? Kein Mädchen hier, das dir gefällt?«

Autsch! Jetzt heißt es, die Nerven zu bewahren.

»Vielleicht. Vielleicht nicht.«

Odette mustert mich aufmerksam. »Echt? Wo?« Sie ist sichtlich irritiert.

»Jetzt seid *ihr* aber neugierig«, ziere ich mich.

»Ja, lasst Meo in Ruhe«, mischt sich nun auch noch Meryl ein, die anscheinend weiter denkt, ich wäre in Odette verknallt und hätte Skrupel, ihr das zu sagen.

»Wenn es so wäre, dann wäre es zumindest keine, die jetzt hier steht.«

»Was soll das denn heißen?«

Meryl begreift – oder auch nicht, jedenfalls wirkt sie verwundert. Odette merkt gar nichts. Sie ist nur froh, dass da niemand ist, auf den sie achtgeben muss. Offensichtlich bin ich gerade noch einmal mit einem blauen Auge davongekommen.

Bis die kleine Fiona sagt: »Vielleicht stehst du ja gar nicht auf Mädchen.«

»Wie bitte?«

»Das stimmt.« Ich komme nicht zum Antworten, weil Rhonda die Gelegenheit für eine Retourkutsche gekommen sieht. »Wenn du glaubst, dass hier so viele tolle Typen rumlaufen, bist du ja vielleicht schwul.«

»Ich bin definitiv nicht schwul«, stelle ich klar.

»Dann zeige uns die Frau, die dir gefällt.«

»Nein.«

»Wie du meinst.« Schulterzuckend lassen mich die Mädchen stehen und ziehen ohne mich weiter. Meryl sieht mich noch einen Augenblick fragend an, bevor ein undefinierbares Lächeln über ihr Gesicht huscht, sie kurz den Kopf schüttelt und dann ebenfalls weiterläuft. Ich fühle mich mies. Warum habe ich nicht einfach auf die erstbeste Frau gezeigt? Wahrscheinlich, weil sie dann verlangt hätten, dass ich sie anquatsche.

Beim Weggehen höre ich Odette zu Rhonda sagen: »Meo ist wirklich nicht schwul. Das wüsste ich.«

Ach, wirklich? Woher denn? Schönen Dank auch!

Am späten Nachmittag beginnen endlich die Wettkämpfe. Bis dahin habe ich versucht, mich von den anderen fernzuhalten. Jetzt in der Arena treffen wir uns wieder. Die Manege ist brechend voll, und das kann man wörtlich nehmen. Es ist eine alte Holzkonstruktion, die unter dem Gewicht der vielen Zuschauer, die undiszipliniert auf, zwischen und über den Bänken herumklettern, bedrohlich ächzt und stöhnt. Schon jetzt fliegen überall Popcorn und Chips herum. Auch wir haben davon reichlich dabei, als wir uns auf unserer Bank niederlassen, dazu Würste, Cola, Bier und Zuckerwatte für Fiona. Es ist so laut, dass man sein eigenes Wort nicht versteht, was auch daran liegt, dass aus den Lautsprechern ohrenbetäubende Country-Musik plärrt. Ein paar der Lieder kenne ich sogar.

Als Don die letzte Fuhre Getränke herbeischleppt, stößt unerwartet Maddy zu uns. Wie sich herausstellt, ist ihre Disziplin erst als viertes dran, nach dem Kinderlassowerfen, dem Kinderreiten und dem Ausdauerritt der Männer auf den wilden Pferden. Das Tonnenreiten der Frauen ist damit direkt vor die Königsdisziplin, das Bullenreiten, gerutscht. Maddy ist nicht glücklich damit.

»Dann sind doch alle schon besoffen.« Außerdem gibt es

ein weiteres Problem: »Die Tonnen stehen viel zu eng, viel enger als zu Hause«, mault sie. »Da hat man überhaupt keinen Platz.«

Wegen dem Krach verstehe ich nur die Hälfte, glaube aber begriffen zu haben, worum es geht und lege ihr freundschaftlich die Hand auf die Schulter. »Du schaffst das«, schreie ich ihr ins Ohr. »Ich weiß es.«

Sie schenkt mir einen mitleidigen Blick, nickt kurz, schaut dann wieder in der Gegend herum und kaut sich dabei nervös auf der Lippe. Ich nehme die Hand wieder runter. Vielleicht bin ich zu kumpelhaft gewesen. Oder zu laut. Schreien ist nicht besonders romantisch. Vielleicht ist das auch der falsche Ort, Gefühle zeigen zu wollen. Zumindest diese Art von Gefühlen.

Ich beuge mich noch mal zu ihr rüber. »Ich glaube an dich! Und wenn es nicht klappt, ist es auch nicht schlimm. Die Teilnahme ist entscheidend.«

Sie reibt sich das Ohr und schenkt mir einen weiteren Blick, diesmal noch mitleidiger. »Nicht für mich, wie du dich vielleicht erinnerst. Ich nehme nicht teil, um teilzunehmen, sondern um zu gewinnen.«

Anscheinend haben wir ein Problem. Nicht nur eins.

Ein kleiner Junge von vielleicht fünf Jahren eröffnet das Spektakel. Er trägt einen Cowboyhut, der mindestens zwei Nummern zu groß ist, und schwingt mühsam ein Lasso von der Größe eines Gartenschlauchs. In einer anderen Ecke steht ein schwarzes Kalb und beobachtet den Zwerg argwöhnisch, als dieser auf es zugestolpert kommt.

»Schaut euch diesen kleinen Mann an«, schnarrt der Moderator durch die Lautsprecher. »Er kennt keine Angst. Sechs Jahre ist er alt und völlig furchtlos!«

Ich habe Angst, dass der Gnom sich beim Laufen mit dem Lasso verheddert und über seine eigenen Füße stolpert, aber zu meiner Überraschung schafft er es tatsächlich, das sich drehende Seil über seinen Kopf zu schwingen und schließlich in Richtung des Kalbes zu schleudern. Dort landet es zwar nur auf dem Rücken des verwirrten Tieres. Ich bin aber dennoch beeindruckt.

Ebenso wie der Moderator: »Das war schon sehr eindrucksvoll! Geben wir dem Kleinen einen ordentlichen Applaus! Komm schon, kleiner Barney Robinson, du schaffst es!«

Zu meiner Überraschung springt die halbe Arena hoch, um den Jungen anzufeuern, unter ihnen Meryl, Rhonda und Odette, die dabei rufen: »Komm schon, Barney Robinson, du schaffst es!«

Der Zuspruch scheint den Jungen zu beflügeln, denn schon beim zweiten Versuch legt sich das Lasso tatsächlich um den Kopf des Tieres, und es ist gefangen. Zumindest fast, denn danach trottet das Kalb unbeeindruckt durch die Manege, während Barney Robinson verzweifelt versucht, es zum Stehenbleiben zu bewegen. Die Menge feuert ihn weiter an, ebenso wie die weiteren sechs Kinder, die folgen. Zwischendurch ertönt immer wieder Musik, manchmal auch gleichzeitig mit den Kommentaren des Moderators, was dazu führt, dass man am Ende gar nichts mehr versteht. Danach trippeln die gleichen Kinder auf kleinen Ponys durch die Manege und als es dunkel wird, folgt endlich der Wettkampf der Männer, die auf einem wilden Hengst reiten.

Das sieht schon weitaus gefährlicher aus. Einige Pferde scheinen ein echtes Problem damit zu haben, dass jemand auf ihrem Rücken sitzt, und bocken so wild, dass die Reiter im hohen Bogen durch die Luft geschleudert werden. Manch einer landet auch so unglücklich zwischen den Beinen des Tieres, dass man Angst haben muss, dass er von den Hufen zertrampelt wird. Es gibt ein paar Verletzungen, aber längst nicht so viele, wie es bei diesen Darbietungen den Anschein hat. Und darin besteht ja wohl der Hauptreiz des Spiels: Möglichst lange auf dem sich krümmenden Pferd zu bleiben und dabei dem Publikum eine spektakuläre Show zu liefern. Die meisten schaffen es gerade mal ein paar Sekunden, drei oder vier, und fliegen kurz nach ihren Hüten in den Sand. Aber es gibt auch ein paar, die sieben oder acht Sekunden schaffen, und zwei halten sich sogar über zehn Sekunden auf den Gäulen. Und das, obwohl sie mit nur einer Hand die Zügel halten dürfen. Ein Ding der Unmöglichkeit in meinen Augen. Ich kann nicht sagen, ob es an ihren Pferden liegt, ob die vielleicht weniger wild sind als die anderen Tiere, oder ob diese zwei Männer wirklich gute Reiter sind. Die Menge ist jedenfalls schwer begeistert. Selbst Tante Paula schreit und tobt auf ihrem Platz und ich weiß in dem Moment, dass das die Männer sind, die alle hier toll finden. Ich versuche mir vorzustellen, wie es wäre, wenn ich einer dieser Männer wäre. Ich stelle mir vor, wie ich dort in der Mitte der Manege stehe, mich auf einem bockenden Tier halte (mit nur einer Hand!), es bezwinge und danach den tosenden

Applaus der Menge entgegennehme, die bewundernden und schmachtenden Blicke von allen Mädchen hier, einschließlich der von Maddy und Odette.

Ach, nein. Ich halte in meinen Gedanken inne. Wer will schon von so vielen Menschen angehimmelt werden? Das ist doch nur anstrengend.

Endlich geht das Tonnenreiten der Frauen los. Leider hat die Konzentration des Publikums inzwischen wirklich nachgelassen. Die erste Darbietung der Männer hat viel Druck rausgenommen, die Leute sind durch das Schreien und Anfeuern erst mal ermüdet. Viele nutzen die Gelegenheit, um aufs Klo zu gehen oder sich was zu trinken zu holen, bevor der echte Höhepunkt des Abends, das Reiten auf den Bullen, beginnt. Das Tonnenreiten ist für die meisten so was wie eine lästige oder nötige Pause, die es zu überbrücken gilt. Da hilft es auch nicht, dass so ein blöder Clown, der erst schon die Pferde abgelenkt hat, nachdem sie ihre Reiter abgeworfen hatten, weiter Faxen macht und so die Bemühungen von Maddy und ihren Mitstreiterinnen lächerlich wirken lässt. Ich möchte gern runtergehen und ihn schütteln. Wenn er wüsste, wie hart Maddy für diesen Abend trainiert hat!

Das erste Mädchen ist zwar schnell, aber keine wirkliche Konkurrenz. Ihr Ergebnis liegt bei fast fünfundzwanzig Sekunden, und ich bin mir sicher, dass Maddy das schlagen kann. Außerdem kommt ihr Pferd beim Wenden mit dem Hintern an eine Tonne, wodurch diese leicht verschoben wird. Ich weiß nicht, inwieweit das die Gesamtwertung beeinflusst. Es kann aber nicht genauso viele Punkte geben, als wenn jemand die Tonnen gar nicht berührt. Ich bin mir sicher, dass Maddy sie nicht berühren wird. Nicht ein einziges Mal ist ihr das auf dem Übungsplatz passiert.

Von den nächsten drei Mädchen sind zwei eine echte Konkurrenz. Die eine schafft es in knapp zwanzig Sekunden, die andere sogar in unfassbaren siebzehn. Bei der dritten rutscht das Pferd beim Drehen zur Seite weg und beide legen sich hin. Die ist raus.

Dann kommt Maddy an die Reihe.

»Eine junge Frau, die heute bereits zum zweiten Mal antritt«, lässt der Moderator alle wissen. »Letztes Mal ist sie noch auf den hinteren Plätzen gelandet, diesmal will sie es besser machen. Go, Maddy, go!«

Ich drücke so sehr die Daumen, dass ich zittere. Neben mir sagt Odette etwas, aber ich nehme es nur als Rauschen wahr, ebenso wie die Antwort von Rhonda. Am liebsten würde ich die Augen schließen, habe jedoch Angst, dass ich etwas verpasse.

Maddy reitet an, das Pferd rutscht ein wenig mit dem Hinterbein weg. Oje, kein guter Start! Doch es fängt sich wieder, kommt in Fahrt, nimmt die erste Tonne und kommt erstaunlich gut vom Fleck. Kurz darauf passieren beide die zweite Tonne, alles klappt bestens, obwohl ziemlich viel Dreck aufwirbelt. Jetzt nur nicht die Nerven verlieren, einmal um die dritte Tonne rum und zurück, nochmal um die Mitteltonne – ja, das sieht gut aus! Schneller, verdammt noch mal, du packst das. Dann schlägt sie an, es ist zu Ende, die Zeit wird gestoppt.

Entkräftet lasse ich mich zurück auf den Sitz fallen. Ich bin völlig fertig, als wäre ich selbst geritten. Neben mir springen und hüpfen die anderen aus der Familie auf und ab, fallen sich in die Arme, als hätten sie gerade im Lotto gewonnen. Es war ein gutes Rennen, so viel kann ich sagen, nur nicht, wie gut es gewesen ist. Vorn an der Tafel erscheint gleich die Zeit, und als es so weit ist, kann ich nicht hinsehen und starre stattdessen wieder zu den anderen, sehe, wie Meryl ungläubig zu jubeln beginnt, dann Don und all die anderen. Sogar Maddys spröde Tante Paula gestattet sich ein mildes Lächeln, was bedeutet, dass es wirklich ein sehr guter Lauf gewesen sein muss.

Ich nehme die Hände herunter und schaue auf die Tafel.

Achtzehn Sekunden!

Ich reibe mir die Augen und schaue noch einmal hin. Nein, kein Zweifel, da stehen wirklich achtzehn Sekunden.

Don schlägt mir vor Freude so stark auf den Rücken, dass ich kurz befürchte, von nun an zu stottern, und mir plötzlich vorstellen kann, wie es sein muss, ungespitzt in den Boden gerammt zu werden. Doch schon werde ich hochgerissen und wie eine Puppe von Don zu Meryl und zu Odette gereicht.

»Achtzehn Sekunden!«, brüllen alle durcheinander und schließlich bin ich so weit, dass ich anfangen kann, mit ihnen zu lachen.

Als wir mit der gesamten Horde bei Maddy auftauchen, sitzt diese völlig ermattet, aber glücklich neben ihrem Pferd. Auch sie scheint noch nicht begreifen zu können, was da eben passiert ist. Ich halte mich absichtlich zurück, als die anderen sie einer nach dem anderen umarmen und abknutschen und drücken. Ich will, dass sie von allein kommt, was sie dann tatsächlich tut.

»Na, Partner?«, grinst sie, als sie mit den anderen durch ist und sich endlich mir zuwendet. Sie nennt mich Partner, und ich habe so viele Schmetterlinge im Bauch, dass ich fürchte, gleich abzuheben. Ich finde, jetzt wäre der ideale Zeitpunkt, mir noch einen Kuss zu geben. Hier und vor der ganzen Welt. Vor ihrer Familie und Odette.

»Wie beim Training«, sagt Maddy stattdessen. »Damit bin ich mindestens unter den ersten Drei.«

Ich nicke. »Ja, wie beim Training.«

Sie lächelt jetzt, wirkt fast verschüchtert. »Ehrlich gesagt habe ich dir am Anfang gar nicht geglaubt.«

Was soll ich dazu sagen? Ein wenig gekränkt ziehe ich die Augenbrauen hoch. Na los, küss mich!

Tatsächlich kommt Maddy weiter auf mich zu und ich spüre, dass ich gleich innerlich explodiere, wenn nicht sofort etwas passiert.

Wie aus dem Nichts wird Maddy plötzlich von einem großen Mann angesprungen und umgerissen. Sie schreit kurz auf, fängt sich aber gleich wieder. Ich bin völlig überrascht und überlege noch, ob ich was machen soll, als sie ruft:

»Foster, wie oft habe ich dir schon gesagt, dass du das lassen sollst!«

Foster? Wo habe ich den Namen schon mal gehört?

»Gratuliere, Baby, das war echt eine Meisterleistung!«

Baby? Wie durch einen Wolkenschleier sehe ich, dass Maddy den Foster-Typen abschüttelt. Natürlich, jetzt weiß ich, woher ich den Namen kenne. Und den Mann. Er ist doch eben selbst geritten. Er war einer der beiden Jungs, die länger als zehn Sekunden auf ihrem Hengst gesessen haben. Mir wird schwarz vor Augen.

»Meo, ist dir nicht gut?« Ausgerechnet Odette.

»Es geht schon«, murmele ich und versuche, nicht umzufallen.

»Nicht dieser Typ schon wieder«, höre ich Meryl wie aus einem anderen Zimmer sagen. Und dann: »Foster, würdest du bitte die Pfoten von meiner Tochter nehmen!«

»Foster ist Maddys Freund«, erklärt Rhonda Odette. »Zumindest so was in der Art. Mal sind sie zusammen, mal nicht.«

»Hör doch auf«, ruft Maddy, kichert aber sofort wieder, als Foster sie von hinten umklammert.

»Das war mein Mädchen da draußen! So will ich dich sehen.«

Das ist zu viel für mich, und ich sehe zu, dass ich fortkomme.

»Warte auf mich, Meo«, ruft mir Odette nach.

Ich laufe schneller.

Als die Jungs auf den Bullen reiten, beobachte ich das von einem stillen Winkel aus. Ich kann kaum etwas sehen, weil ich völlig verheult bin. Als Foster drankommt, hoffe ich ernsthaft, bete sogar, dass er sich beim Sturz vom Bullen das Genick oder zumindest irgendwas anderes bricht. Was aber leider nicht der Fall ist. Stattdessen bleibt er mindestens so lange wie vorhin auf dem blöden Pferd sitzen, und es würde mich nicht wundern, wenn er sogar als Gewinner vom Platz geht. Als dann auch noch Maddy am Spielfeldrand steht und ihn mit einem Kuss empfängt, einem echten, leidenschaftlichen Kuss, gegen den unser Geplänkel wie ein Kindergeburtstag wirkt, halte ich es nicht mehr aus und verlasse das Turnier.

27. Dinge, die verloren sind

Jetzt ist es wirklich vorbei. Wohin soll ich nun gehen? Mein Kopf ist völlig leer. Ich wandere durch den Ort, in dem immer noch gefeiert und getrunken wird. Menschen sitzen vor Geschäften und Kneipen, auf Bürgersteigen, sie lehnen an Hauswänden und Bänken. Überall wird gelacht und an einigen Stellen auch zur Musik getanzt, die Bands auf Bühnen zum Besten geben. Nur mir ist nicht danach. Ich bin genervt von diesen fröhlichen Menschen und ihrer übermäßig guten Laune und möchte nur noch weg. Weit weg. Ich will nach Hause.

Als ich am Ende der Hauptstraße ankomme und die Lichter und das Lachen und Tanzen hinter mir gelassen habe und loslaufen könnte, verlässt mich der Mut. Die dunkle Landschaft vor mir wirkt wenig einladend. Eher einschüchternd, abschreckend, als wollte sie sagen, dass ich mir nicht einfallen lassen solle, sie zu betreten. Wie ein großer schwarzer Schlund, der mich verschlucken will. Wenn ich die Zeichen richtig deute, fängt es gleich auch noch an zu regnen. Ein- oder zweimal habe ich bereits einen Regentropfen abbekommen, was nicht verwunderlich ist, wenn man die dunklen Wolken betrachtet, die sich übergroß und bedrohlich am Himmel zusammenballen. Die Szene sieht wie auf einem Gemälde aus, so unecht, dass es mich nicht wundern würde, wenn sich die Wolkendecke öffnen und eine große Hand herauskommen und auf mich zeigen würde. So wie bei den Simpsons.

Ich muss an eine Geschichte denken, die mir mein Opa mal erzählt hat, als wir nach einem Gewitter einen Regenbogen gesehen haben und ich ihn fragte, warum man ihn sehen könne, wo doch jeder wisse, dass es ihn in Wirklichkeit gar nicht gibt.

»Natürlich gibt es ihn«, hat er geantwortet. »Du siehst ihn doch. Ich bin nur nicht sicher, ob wirklich ein Topf voll Gold an seinem Ende wartet, wie manche Menschen glauben. Ich denke, sie möchten das glauben, weil sie sich dann besser fühlen. Sie möchten auch glauben, dass dahinter eine andere Welt liegt, eine Welt voller Glück und Frieden. Sie erzählen sich, dass man früher in das Land gelangen konnte, indem man einfach auf dem Regenbogen entlanggewandert ist. Aber nicht jeder konnte das, nur Menschen mit reinem Gewissen. Weil es davon allerdings immer weniger gab, glaubten die guten Feen, die den Menschen diesen Weg in ihr Reich ermöglicht hatten, nicht mehr an das Gute in ihnen und verwehrten ihnen den Weg zum Glück. Kein Mensch fand von da an mehr den Weg zum Anfang des Regenbogens, und tat es doch mal jemand, dann konnte er ihn nicht mehr betreten, weil er schwerelos und durchlässig geworden war. Als Mahnung lassen die guten Feen den Regenbogen aber bis heute aufblitzen, als Zeichen dafür, was den Menschen damals entgangen ist und wonach es sich wieder zu streben lohnt.«

Das erzählte damals mein Opa. Allerdings war er auch ein Trinker und verwechselte mich manchmal mit meinem Cousin Kevin. Obwohl der einen Kopf größer als ich und blond ist.

Vielleicht ist Maddy ja mein Regenbogen, mein Trugbild.

Unerreichbar, obwohl immer da.

Ich laufe eine weitere Runde durch die Stadt, dann einmal drumherum, und als ich nicht mehr weiterweiß und auch nicht zu den anderen zurückwill, klettere ich die nächstbeste Wand hoch und lande auf einem Dach. Hier oben ist es besser, auch wenn es nun endgültig zu regnen beginnt und ich spüre, wie die Tropfen mir auf Schultern und Rücken prasseln. Wie kleine Nadelstiche dringen sie durch meine Kleidung und in die Haut. Ich höre sie auf der Krempe meines Hutes knistern und ziehe die Schultern so weit wie möglich ein, um sie vor dem Regen zu schützen. Von hier oben kann ich die ganze Stadt überblicken, und sie kommt mir nun noch kleiner vor. Die Lichter dringen zwar zu mir herauf, aber sie scheinen von einem feinen Nebel umhüllt, der den Ort unwirklich leuchten lässt wie eine Schatzkiste, die man geöffnet hat, während drumherum alles in Dunkelheit versinkt. Es ist eine fremde Welt. Ich gehöre nicht hierher.

»Wie lange willst du noch da vorn im Regen stehen?«

Zuerst fühle ich mich von der Stimme nicht angesprochen, denke, dass da unten jemand von der Straße gerufen wird. Dann ertönt sie nochmal: »Hey, du da vorn an der Dachkante? Willst du da Wurzeln schlagen?«

Ich drehe mich um.

»Ich?« Hinter mir sehe ich nur Regen und Dunkelheit.

»Ja, wer denn sonst?«, dringt es aus der Finsternis. »Ist hier vielleicht noch jemand außer dir und mir?«

»Wer bist du denn? Und wo bist du?«

»Folge meiner Stimme und du erfährst es.«

Ich laufe der Stimme entgegen. Am Schornstein entdecke

ich eine Gestalt, die ich zuerst für ein Tier halte und die mich kurz an meinem Verstand zweifeln lässt. Dann lugt eine nasse Nase unter dem Regenmantel hervor.

»Na, los, komm schon drunter.«

Kurz darauf sitze ich im Trocknen.

»Ich dachte schon, du willst dich umbringen«, sagt der Junge, der zwar ganz nah bei mir ist, den ich aber kaum erkennen kann. »Das hätte mir gerade noch gefehlt.«

Na, schönen Dank auch. Das klingt ja echt mitfühlend.

»Vielleicht wollte ich das ja.«

Er schnauft kurz. »Davon würde ich dir abraten. Zumindest hier. Das Dach ist zu niedrig. Wenn du Pech hast, brichst du dir nur die Beine. Oder noch schlimmer, das Rückgrat. Dann kannst du für den Rest deines Lebens nicht mehr allein aufs Klo gehen.«

»Danke für den Hinweis.«

»Gern geschehen. Bist wohl nicht von hier. Bist du aus Adelaide? Oder Melbourne?«

»Aus Deutschland.«

»Kenne ich nicht.«

»Dachte ich mir.«

»Ich meine, ich war noch nie da. Gehört habe ich natürlich schon davon.«

»Kann ja jeder behaupten.«

»Ist aber so.«

»Wer bist du denn?«

»William. Eigentlich heiße ich Woorin, aber meine Eltern finden, dass William besser klingt, zeitgemäßer. Meine Großeltern nennen mich weiter Woorin.«

»Das ist ein komischer Name.«

»Ich weiß. In unserer Sprache heißt das *Sonne.*«

Warum nennen Eltern ihr Kind *Sonne*?

»Ich hätte auch Wirrin, Teebaum, oder Yileen heißen können. Das bedeutet Traum.«

»Ich heiße Meo«, stelle ich mich vor. »Und das bedeutet gar nichts.«

William – oder Woorin – nickt nachdenklich. So zumindest scheint es in der Dunkelheit. »Schon klar. Wie bei William. Das bedeutet auch nichts. Ist es nicht schlimm, dass die neuen Namen alle keine Bedeutung mehr haben?«

Darüber habe ich noch nie nachgedacht.

»Bei meinem Volk«, spricht er weiter, »hat jeder Name eine Bedeutung: Wal, Liebe, Dingo, Tag, Schwarzer Schwan, Großer Krieger und so weiter. Ich finde, unsere Namen hätten sie uns wenigstens lassen sollen. Stattdessen heiße ich nun William.«

»Wer hat euch denn dazu gezwungen, eure Namen zu ändern?«

»Die Regierung, die Menschen, die du da unten siehst.«

Ich lausche dem Gelächter und Geschrei von der Straße, das trotz des Regens nicht verebben will, und kann nicht glauben, was ich da höre.

»Diese friedlichen Leute?«

»Na, nicht genau die«, relativiert William. »Aber ihre Vorfahren, die einst nach Australien kamen.«

»Aber deine Vorfahren kamen doch auch irgendwann mal hierher«, wende ich ein.

»Nein, meine Vorfahren waren schon immer hier.«

Und dann erzählt er mir die Geschichte seiner Eltern und Großeltern, die einst als Kinder aus ihren Familien gerissen und von weißen Familien aufgezogen wurden oder in Pflegeheime kamen. Sie verloren ihre eigene Familie, mussten ihre Kultur aufgeben und bekamen neue Namen.

»Das nennen wir hier die *Gestohlene Generation*«, beendet William seine Rede.

»Und diese Kinder haben ihre Eltern nie mehr wiedergesehen?«, frage ich ungläubig.

»Die meisten nicht.«

Das finde ich ungeheuerlich.

»Aber wieso?«, hake ich nach. »Ihr wart doch zuerst hier.«

»Wir waren zwar zuerst hier, aber die anderen waren irgendwann in der Überzahl.«

»Aber das Land ist doch groß genug. Hier gibt es so viel Platz für viele Menschen.«

»Manchmal reicht das aber nicht.«

»Kapier ich nicht.«

»Musst du ja nicht.«

»Aber inzwischen ist doch wieder alles gut, oder? Deine Großeltern haben sich ja wiedergefunden.«

»Sie haben sich nicht *wieder*gefunden. Sie haben sich überhaupt erst im Waisenhaus kennengelernt.«

»Aber danach haben sie eine eigene Familie gegründet.«

»Das stimmt. Aber verlorene Sachen kann man nicht mehr zurückbringen. Meine Oma hat drei Schwestern verloren, die sie nie mehr wiedergesehen hat. Bis heute weiß sie nicht, ob sie noch leben.«

»Muss schlimm sein.«

»Ja, wirklich. Nichts ist schlimmer, als nicht zu wissen, wohin man gehört.«

»Das kenne ich.« Ich nicke und frage William: »Sitzt du deshalb hier oben auf dem Dach? Weil du nicht weißt, wo du hingehörst?«

»Ich weiß schon, wo ich hingehöre. Ich will da nur nicht hin zurück. Jedenfalls nicht heute. Mein Vater hat wieder mal zu viel getrunken, und dann ist er unausstehlich.«

Ich muss an ein Mädchen aus meiner Klasse denken. Deren Vater trank auch zu viel, das erzählte man zumindest. Wahrscheinlich nicht aus dem gleichen Grund wie Williams Vater. Oder vielleicht doch?

»Weißt du«, spricht William weiter. »Es gibt heute viele Aborigines, denen es richtig gut geht. Ja, sie feiern jetzt sogar mit den Leuten da unten und gehören dazu. Aber es gibt auch viele, die es nicht so gut getroffen haben. Zu denen gehört leider meine Familie. Deshalb sitze ich hier oben.«

Eine Weile lauschen wir den Regentropfen, die weiter beharrlich gegen die Außenseite des Regenmantels trommeln. Ich denke an all die Ureinwohner, die ich auf unserer Reise gesehen oder getroffen habe. Die in einigen Orten auf der Straße herumlungerten. In kleinen Grüppchen hatten sie zusammengesessen, auf Grünflächen oder Parkbänken, in alte Anoraks oder zerrissene Windjacken gehüllt, mit braunen Papiertüten in der Hand, in denen sie ihr Bier versteckt hatten. Plötzlich sehe ich sie mit anderen Augen, ein paar von ihnen zumindest.

»Warum bist du denn hier?«, will William schließlich wissen. »Auch wegen deinem Vater?«

»In gewisser Weise schon«, sage ich.

»Trinkt er auch?«

»Nein.« Mein Vater verträgt nur wenig Alkohol. Spätestens nach zwei Bier wird er müde und schläft am Tisch ein.

»Ist er arbeitslos?«

»Nein.« Er arbeitet eher zu viel.

»Schlägt er dich oder deine Mutter?«

Gott bewahre, mein Vater hat noch nie jemanden geschlagen, nicht mal beim Kartenspielen. Er ekelt sich schon, wenn er eine Mücke tötet und deren Blut auf dem Arm hat. Wenn jemand bei uns in der Familie schlagen würde, dann höchstens meine Mutter. Aber auch die tut es nicht. Mein Grund, hier oben zu sein, ist eigentlich so banal, dass ich kaum wage, davon zu erzählen. Nicht nachdem ich Williams Geschichte gehört habe. Ich komme mir ein bisschen blöd vor und überlege krampfhaft, was ich tun oder sagen kann, damit er sich besser fühlt. Plötzlich habe ich eine Idee. Ich krame in meiner Tasche und hole das Holzmesser raus, das ich dem Parkranger geklaut habe. Es fällt mir schon ein bisschen schwer, es herzugeben, aber ich glaube, es ist eine gute Sache.

»Hier, schenke ich dir.«

William nimmt das Messer und dreht es unschlüssig in den Händen. »Was ist das?« Er beugt sich ein Stück unter dem Regenmantel hervor, um es im Schimmer der Lichter von unten betrachten zu können.

»Ein Geschenk«, sage ich und füge hinzu: »Ich glaube, es gehört sowieso dir und deinem Volk. Zumindest nehme ich das an, wenn man sich all die Muster und Gravuren anschaut.«

»Wo hast du es her?«

Warum können Menschen nicht einfach etwas annehmen, ohne Fragen zu stellen? »Ich habe es auch geschenkt bekommen.«

»Das kann ich nicht annehmen.«

»Doch, es gehört dir.«

»Vielen Dank! Es ist wunderschön.«

Jetzt sehe ich im Licht der Stadt Williams Augen blitzen. Er hat sehr große Augen. Und eine breite Nase.

Eine Weile lauschen wir dem letzten Tröpfeln des Regens über unseren Köpfen und William fragt mich über Deutschland aus. Ich habe ihm doch kurz meine Geschichte erzählt.

»Was würdest du am meisten vermissen, wenn du nicht mehr in Deutschland leben könntest?«

Gute Frage. Ich denke nach. »Wahrscheinlich den Februar.«

»Wieso gerade den?«

»Weil ich den Februar liebe. Das ist für mich der schönste Monat, auch wenn die meisten Leute ihn nicht so mögen. Er ist ihnen zu kalt und zu dunkel, und sie warten lieber auf den Frühling, der schon nicht mehr weit ist. Aber genau das ist es, was ich am Februar so mag. Diese ersten Tage, an denen schon ein Hauch Frühling in der Luft liegt. Wenn die Sonne scheint und der erste Schnee zu schmelzen beginnt. Diese Tage sind selten, aber wenn sie da sind, sind es für mich die schönsten Tage des Jahres.«

»Bei uns gibt es überhaupt keinen Schnee«, sagt William und klingt etwas wehmütig. »Und der Februar ist Spätsommer. Da gibt es viele Buschbrände.«

»Meo, wo bist du?«

Ich zucke zusammen, als ich meinen Namen unten auf der Straße höre. Das ist eindeutig Odette.

»Sie suchen mich«, stelle ich fest.

»Wer?«

»Die Leute, mit denen ich hergekommen bin.«

Wir robben beide zur Dachkante vor und schauen runter auf die Straße. Inzwischen hat der Regen nachgelassen. Auf der Straße ist nun weniger los, auch wenn sich noch immer genügend Volk unten rumtreibt.

»Meo?«

»Das dicke Mädchen da ruft nach dir«, stellt William überflüssigerweise fest.

»Ja, leider«, gebe ich zurück.

»Weißt du, viele Männer in meinem Volk finden dicke Frauen schön. Sehr sexy.«

Ich überlege, ob er mich veralbern will. Er blickt aber weiter ernst. »Du kannst sie gern haben, wenn du magst.« Allerdings weiß ich nicht, ob Odette damit einverstanden wäre.

»Warum suchen sie nach dir? Hast du was angestellt? Bist du abgehauen? Ist sie deine Freundin?«

»Nein.« Warum denkt das immer jeder?

Nach und nach sehen wir nicht nur Odette, sondern auch die anderen Mitglieder der Familie umherlaufen und offensichtlich Ausschau nach mir halten. Alle außer Maddy.

»Wahrscheinlich wollen sie nur nach Hause«, überlege ich.

»Na und, ist doch schön, dass sie nicht ohne dich fahren.«

Das kann man so oder so sehen.

Vielleicht bleibe ich ja für immer hier oben auf dem Dach

liegen. William kann ja ebenfalls nicht nach Hause. Und er scheint keine so schlechte Gesellschaft zu sein.

Am Ende der Straße, gerade noch in unserem Blickfeld, gibt es einen kleinen Tumult. Jemand scheint sich zu prügeln, und viele Menschen auf der Straße strömen hin, um zuzusehen oder die Kämpfer anzufeuern.

»Cool, da vorn gibt's Action.« William rappelt sich auf. »Kommst du mit?«

Obwohl ich ein bisschen enttäuscht bin, dass er meine Gesellschaft offenbar nicht halb so interessant findet wie die nächstbeste Keilerei, raffe ich mich auf und folge ihm. Wir klettern vom Dach und bahnen uns einen Weg durch die Menge. Weil wir aber nicht bis nach vorn durchkommen, lotst mich William auf einen Briefkasten, von dem aus wir einen guten Blick haben.

»Das ist Foster Brannighan«, ruft William, als er einen der Kämpfer erkennt. Foster Brannighan? Tatsächlich steht da der Typ, der beim Rodeo länger als zehn Sekunden auf einem wild gewordenen Pferd und fast acht Sekunden auf einem bockenden Bullen gesessen und mir zwischendurch Maddy ausgespannt hat.

»Ich kenne den Kerl«, sage ich.

»Jeder kennt Foster«, erklärt William. »Er ist der beste Reiter im Ort, und am Sonntag können alle Kinder zugucken, wie er hinten beim alten Postamt die Pferde zureitet.«

Das habe ich nicht gemeint.

»Ich hoffe, er bekommt richtig eine aufs Maul.«

William sieht mich kurz an, will etwas erwidern, als eine Frau vorn in der Menge aufschreit.

»Foster, lass das! Wie oft habe ich dir schon gesagt, dass du das lassen sollst?«

Ich fasse es nicht. Da vorn steht Maddy. Und sie ist Teil des Spektakels, wenn nicht gar Grund der Auseinandersetzung.

»Du sollst dich da raushalten«, brüllt Foster zurück, während er auf einen Typen eindrischt. Er klingt jetzt nicht mehr so liebevoll wie vorhin. Die Menge jubelt, und Maddy stößt einen weiteren Schrei aus, von dem man nicht erkennen kann, ob er Schmerzen oder Wut ausdrückt.

»Ich muss da hin und ihr helfen.«

»Bist du irre? Foster wird dich umbringen!«

Während ich mich vom Briefkasten quäle, hüpft William wie ein Stehaufmännchen herum. »Leute wie dich verspeist er zum Frühstück.«

Doch ich bin schon mittendrin, erkenne mich selbst nicht wieder, wie ich mir meinen Weg durch die Menge bahne. Einige wollen mir keinen Platz machen, doch ich schiebe sie rücksichtslos beiseite, und als mich jemand am Kragen packt und zurückziehen will, schlage ich ihm so bestimmt auf die Finger, dass er den Griff löst und mich ziehen lässt.

Und dann stehe ich vor Foster. Erst jetzt merke ich, wie groß er wirklich ist. Der andere Typ liegt vor ihm im Dreck, Maddy kniet hinter ihm. Die Haare hängen ihr wild ins Gesicht, die Bluse ist halb offen.

»Meo, was tust du hier?«, ruft sie, mehr verwundert als erleichtert, was mich aber nicht daran hindert, Foster anzufahren: »Was hast du ihr getan?«

Foster, der weiter beide Fäuste zum Schlag erhoben hält, ist aus dem Konzept gebracht.

»Was ich *ihr* getan habe?«

Maddy rappelt sich hoch. »Ist schon okay, Meo.«

Ich sehe ja, in was für einer Lage sich Maddy befindet, und kann eins und eins zusammenzählen. Ohne nachzudenken, senke ich den Kopf, nehme Anlauf und ramme ihn Foster mit voller Wucht in den Bauch. Damit hat er nicht gerechnet – niemand hat damit gerechnet – und mit einem Ausruf der Überraschung taumelt er nach hinten, fällt hin und klappt zusammen wie ein Taschenmesser. Der Stoß ist härter, als ich erwartet habe, und so brauche ich einen Moment, bis ich wieder klar im Kopf bin. Foster hat einen festen Bauch. Die Menge ist genauso überrascht, beginnt zu murmeln, einige klatschen. Der andere Typ glotzt mich die ganze Zeit an, als käme ich von einem anderen Stern. Ich will zu Maddy gehen, ihr helfen, als mich jemand an der Schulter packt und herumzieht.

»Foster, nein!«

Doch Foster hört nicht auf Maddy. Er scheint sie nicht mal zu sehen, als er ausholt und seine Faust mit einer unglaublichen Geschwindigkeit in meinem Gesicht platziert. Gott sei Dank fühle ich nichts, zumindest am Anfang, ich sehe nur bunte Punkte vor meinen Augen explodieren und spüre einen ungeheuren Druck im Gesicht, als mein Kopf nach hinten fliegt und ich mit dem Rücken auf der Straße lande. Jetzt sterbe ich wirklich, sind meine letzten Gedanken, bevor sich ein warmer, metallischer Geschmack in meinem Mund ausbreitet. Oder ich werde blind. Auf jeden Fall werde ich meine Zähne verlieren. Schon beginnt das Blut zu suppen und die Schmerzen setzen ein, so stark, dass ich gar nicht weiß, wo es überall wehtut. Ich möchte meinen Kopf gern abgeben. Doch Foster kommt schon zum zweiten Mal angerannt, und wäre ihm nicht Maddy auf den Rücken gesprungen und hätte seinen Hals mit den Armen umklammert, hätte ich mir wahrscheinlich schon die nächste gefangen. Lange hält das jedoch nicht, denn Foster schüttelt Maddy ab wie eine Decke und ich will davonkriechen, komme aber nicht wirklich voran.

»Was ist denn nun, du kleiner Held?«, dröhnt Foster und obwohl mir das Wort *klein* selbst in diesem Zusammenhang zuwider ist, sehe ich keine Möglichkeit, etwas dagegen zu tun. Schon spüre ich, wie er kommt, und alles, was ich tun kann, ist, mich zusammenzurollen wie ein Kartoffelkäfer und hoffen, dass der nächste Schlag nicht so stark wird. Doch stattdessen passiert gar nichts, und als ich die Augen wieder aufschlage, steht William zwischen mir und Foster und schwenkt drohend das Messer, das ich ihm geschenkt habe. Ein tolles Messer!

»Rühr ihn ja nicht noch mal an, oder du bekommst es mit mir zu tun. Und dem da.« Dabei hebt er das Messer gut sichtbar in die Höhe. Gut sichtbar für die anderen zumindest, ich selbst habe da gerade Probleme, weil mein rechtes Auge anzuschwellen beginnt. Na bitte, ich werde blind.

Foster weiß nicht, wie er reagieren soll.

»Sind denn hier plötzlich alle irre geworden?« Er sieht sich fragend um. »Erst dreht diese Braut am Rad.« Diese Braut war offensichtlich Maddy. »Dann kommt dieser Zwerg und bettelt um Prügel und dann sein Zwergenkumpel.«

Die Menge schweigt jetzt. Es ist plötzlich ganz still auf der Straße.

»Los, geh mir aus dem Weg«, fordert Foster William auf, »bevor ich mir auch dich vornehme.«

William rührt sich keinen Schritt zur Seite.

»Versuche es nur«, droht er, so leise, dass ich ihn kaum höre. Wahrscheinlich werde ich nun auch noch taub.

Wie ein knurrender Hund steht der Junge, den ich kaum kenne, vor Foster, der nicht weiß, wie ernst William seine Drohung meint und wie er sich selbst verhalten soll, und verteidigt mich. Foster schreitet drohend auf William zu.

Einige Leute beginnen, nervös zu murmeln. William weicht noch immer keinen Schritt zurück, wofür ich ihn trotz meiner üblen Situation sehr bewundere.

Foster hat ihn fast erreicht, als eine Gestalt aus der Menge der Zuschauer herausspringt, sich auf ihn wirft und von den Füßen reißt. Alles passiert so schnell, dass niemand begreift, was da passiert ist, am wenigsten Foster, der auf der Straße liegen bleibt und sich nicht mehr rührt.

Odette steht schnaufend wieder auf.

»O Gott, ist er tot?«, höre ich mich quäken.

»Ich hoffe nicht«, antwortet sie, nun ebenfalls etwas unsicher.

William lässt das Messer sinken. »Bestimmt nicht. Der ist schon von Bullen umgerannt worden und wieder aufgestanden.« Er klingt erleichtert.

Einige in der Menge nicken.

Odette kommt auf mich zu und hilft mir auf.

»Wo warst du denn die ganze Zeit?«

»Ich brauchte Zeit für mich.«

»Wofür?

»Für mich.«

Erst jetzt sehe ich, dass die gesamte Familie mitgekommen ist und nun bei den Leuten steht, die uns fragend und neugierig mustern. Und noch jemand ist in der Menge, der gerade erst hinzugetreten sein muss. Die Frau schält sich langsam hervor und tritt zögernd auf mich zu.

»Hallo, Meo.«

Zuerst glaube ich an ein Traumbild. Dass ich mir beim Sturz den Kopf verletzt habe oder durch mein eingeschränktes Blickfeld Dinge sehe, die es in Wirklichkeit gar nicht gibt. Dann aber merke ich, dass es nichts von alldem ist und die Frau so real wie ich und Odette.

»Hallo, Mama! Wo kommst du denn plötzlich her?«

Doch statt einer Antwort kommt sie auf mich zu und drückt mich so fest an sich, dass ich für einen Moment keine Luft mehr bekomme. Auch als etwas in mir knackt – ich vermute, es ist ein Knochen –, lockert sie ihren Griff nicht. Mir kommt der Gedanke, dass meine Mutter mich jetzt in diesem Moment vor aller Welt ermorden will. Weil ich weggelaufen bin. Aus dem noch nicht zugeschwollenen Auge sehe ich die Leute stehen und gaffen. Unter ihnen William, der sich zu fragen scheint, was diese Situation zu bedeuten hat. In der Hand hält er immer noch das Messer.

»Endlich«, murmelt meine Mutter immer wieder. »Endlich haben wir dich gefunden.«

Meine Eltern haben mich also aufgespürt. Ich weiß nicht so

richtig, wie ich das finden soll. Ich tue so, als ob es mir gleichgültig wäre und ich es schon noch bis Melbourne geschafft hätte. Auf der anderen Seite bin ich aber doch froh darüber, sie endlich wiederzusehen. Es ist eine etwas blöde Situation, weil keiner so richtig weiß, wie er sich verhalten soll. Ich nicht, meine Mutter nicht, mein Vater nicht, der ein Stück weit hinter ihr steht, Odette nicht und natürlich auch die anderen Leute nicht, die nur irgendwie spüren, dass hier gerade etwas Ungewöhnliches vorgeht, was sie nicht verstehen.

»Wie geht es dir?«

Ich winke William heran, der unsicher angetaumelt kommt, und ausgerechnet er ist derjenige, dem ich meine Eltern nun zuerst vorstelle.

Als ich dann ihn meinen Eltern vorstellen will, weiß ich nicht so recht, als wen und sage schließlich: »Das ist Woorin, ein Freund.«

»Das ist aber ein schöner Name«, sagt meine Mutter, und während sie mich einerseits nicht aus ihrem Griff entlässt und ihm trotzdem die Hand schüttelt, merke ich, wie sie versucht, herauszufinden, wie nahe wir uns stehen.

Nach und nach kommt dann die Familie dran. Die Menge um uns herum löst sich auf, als sie merkt, dass es das mit der Action für heute gewesen ist.

Nur Maddy kommt nicht. Sie steht immer noch am Straßenrand und redet mit Foster, der wieder aufgestanden ist und keinen neuen Angriff mehr wagt, nachdem er gemerkt hat, dass meine Truppenteile nun die Mehrheit bilden.

»Schön, Sie kennenzulernen«, sagt Meryl und schüttelt

meiner Mutter die Hand. »Sie haben einen tollen Sohn. Ich hätte auch gern einen gehabt, aber das Schicksal hat mir nur Töchter geschenkt.«

Das ist mir etwas peinlich, meiner Mutter offenbar auch, denn sie lächelt verkniffen und nickt hilflos.

»Was ist mit deiner Nase?«, fragt Odette und sieht mich genauer an. »Und mit deinem Auge? Du siehst komisch aus.«

Erst jetzt merke ich, dass ich inzwischen nur noch auf der linken Seite etwas sehen kann und meine Nase sich komisch anfühlt. Irgendwie groß, geschwollen und taub.

»Lass mal sehen«, meint Meryl und fasst mir ins Gesicht. »Ich glaube, die Nase ist gebrochen.«

Inzwischen merke ich es auch, nein, ich merke es nicht nur, ich fühle es so sehr, dass der Boden unter meinen Füßen zu schwanken beginnt. Es ist wie ein plötzlicher Anfall von Seekrankheit, so stelle ich es mir zumindest vor, dann verschwimmt alles um mich herum. Als Nächstes falle ich in Ohnmacht.

28. Ende einer langen Reise

Als ich zu mir komme, ist es draußen hell. Gemurmel dringt von der Straße herein. Obwohl meine Augen offen sind, habe ich das Gefühl, durch einen Tunnel zu blicken. Irgendwas ist über meine Nase geklebt. Sie fühlt sich an, als wäre sie immer noch doppelt so groß wie sonst. Wahrscheinlich sehe ich aus wie Cyrano de Bergerac oder Miss Piggy. Ich bin in einem Krankenzimmer gelandet, wohin ich ja nie wieder wollte, weil es dort meistens stinkt. Da ich jetzt aber sowieso nichts riechen kann, ist das auch egal. Und überhaupt, ich glaube kaum, dass mich ein stinkendes Krankenzimmer noch schockieren kann. Meine Mutter sitzt auf einem Stuhl und döst vor sich hin.

»Hast du etwa die ganze Nacht hier gesessen?«

Sie schreckt hoch, ein wenig orientierungslos, reibt sich dann die Augen und versucht zu lächeln.

»Du bist ja wach.«

»Ja. Und du hast die ganze Nacht hier gesessen?«

Wenn es so wäre, fände ich das etwas übertrieben. Immerhin bin ich wochenlang allein unterwegs gewesen.

»Nein, wir haben im Hotel geschlafen. Heute Morgen sind wir wieder hergekommen.«

Ich spüre eine leichte Enttäuschung.

»Wo ist denn Papa?«

»Er ist draußen, wollte ein wenig spazieren gehen.«

Ich nicke verständnisvoll.

»Du weißt doch, Krankenhäuser sind nichts für ihn«, redet meine Mutter weiter. »Gestern Abend, als wir dich hergebracht haben, war hier die Hölle los. Alle möglichen Leute vom Rodeo waren hier. Der Arzt und die Schwestern hatten alle Hände voll zu tun, Patienten zu versorgen, gebrochene Arme und Beine, verrenkte Gliedmaßen. Da standen wir nur im Weg. Diese Cowboys sind ganz schön harte Hunde, was?« Meine Mutter redet wie ein Wasserfall, sodass mir beinahe schwindlig wird, und ich frage mich, warum sie nicht aufhört. Hat sie etwa Angst vor der Stille? Irgendwann merkt sie es selbst und atmet einmal tief durch.

»Ich bin jedenfalls froh, dass wir dich gefunden haben.« Sie schaut mir tief in die Augen, als wollte sie versuchen, darin zu lesen, oder sicherstellen, dass ihre Worte auch wirklich bei mir ankommen. »So froh, das kannst du dir nicht vorstellen!«

Dann beugt sie sich vor und drückt mir einen langen Kuss auf die Wange. Dabei stützt sie sich etwas ungeschickt auf meinem ramponierten Arm ab. Ich stöhne auf, und sie lässt erschrocken von mir ab. »Entschuldige!« Erst jetzt sehe ich, dass ihre Augen feucht sind.

»Wie habt ihr mich denn gefunden?«, frage ich, während ich versuche, mich aufzurichten.

»Indem wir dir gefolgt sind, die ganze Zeit über.«

»Ihr allein?« Das kann ich mir schwer vorstellen.

»Na ja, zusammen mit einem Detektiv, einem Einheimischen. Dein Vater hat ihn engagiert, weil er sich ja hier auskennt. Er konnte in etwa sagen, wo ihr seid oder welchen Weg ihr ungefähr genommen haben könntet. Und dann haben wir Leute gefragt, ob sie zwei deutsche Jugendliche getroffen hätten. Manchmal hatten wir Glück.« Sie lächelt unsicher, schnieft kurz.

»Ist der Detektiv etwa noch hier?«, frage ich alarmiert. Nicht dass es der Typ aus dem Nationalpark ist, der sein Messer wiederhaben will.

»Nein«, antwortet meine Mutter. »Wir haben dich ja gefunden, da brauchten wir ihn nicht mehr.«

»War es denn schwer, uns zu folgen?«

»Manchmal schon. Ein paar Mal hätten wir euch fast gehabt. Aber ihr seid uns immer wieder entwischt.«

»Habt ihr die Polizei eingeschaltet?«

»Nein.« Sie überlegt kurz. »Okay, zum Schluss haben wir es doch getan. Ihr wart plötzlich verschwunden. Tagelang haben wir nach euch gesucht. Die Polizei hat daraufhin Hubschrauber ins Outback geschickt, die euch aber auch nicht gefunden haben. Dann haben sie gesagt, dass dieses Rodeo hier ist. Wenn ihr in der Nähe seid, würdet ihr bestimmt herkommen. Und das hat dann ja auch gestimmt. Zum Glück!«

»Zufall«, brumme ich.

»Ich habe mir ganz schöne Sorgen um dich gemacht. Und dein Vater auch.«

»Bist du sicher?«

»Ja, obwohl es seine Idee war, dich ziehen zu lassen. Wenn es nach mir gegangen wäre, hätte ich schon am ersten Tag die Polizei gerufen. Du bist schließlich unser Sohn!«

Ich glaube ihr aufs Wort. Zumindest, dass sie die Polizei rufen wollte.

»Das wollte sie wirklich«, bestätigt nun auch mein Vater,

der plötzlich in der Tür steht, zwei große Flaschen Wasser in der Hand. Ich nicke und tue so, als ob ich darüber nachdenken müsste. In Wirklichkeit weiß ich nur nicht, was ich dazu sagen soll. Dann klopft wieder jemand an der Tür und Maddy kommt herein.

»Störe ich?«

»Nein, komm rein«, rufe ich sofort, einerseits erleichtert, andererseits aufgeregt. Und zu meinen Eltern: »Könnt ihr uns einen Moment alleinlassen?«

Meine Eltern wechseln einen kurzen Blick.

»Bist du sicher?«, fragt meine Mutter.

»Ich laufe schon nicht wieder weg«, versichere ich.

»Versprochen?«

»Ehrenwort.« Wie auch?

Mein Vater nimmt meine Mutter bei der Hand. »Komm, wir warten draußen.«

Als wir allein sind, kommt Maddy zum Bett geschlendert.

»Wie geht es dir?«

»Ganz gut. Und selbst?«

»Auch gut.«

Ich kann nicht erkennen, ob sie wirklich versteht, was gestern Abend passiert ist.

»Danke, dass du vorbeigekommen bist.«

»Du siehst lustig aus mit dem Verband auf der Nase.«

»Es fühlt sich auch total lustig an.«

»Tut mir wirklich leid, dass du das gestern zwischen Foster und mir miterleben musstest. Du hättest wirklich nicht dazwischen gehen müssen.«

Danke, dass du mir geholfen hast. Ohne dich hätte ich

ganz schön alt ausgesehen. Du bist mein Held! Gern geschehen. Sie ist vollkommen ahnungslos.

»Ist er dein Freund?«

Sie zieht sich einen Stuhl ran. »Keine Ahnung. Mal ja, mal nein. Er kann nett sein.«

»Davon habe ich gehört. Und manchmal reite ich auf einer Kuh zur Schule.«

»Warum bist du so gemein?«

»Bin ich nicht. Er war gemein.«

Eine Zeit lang sitzt sie nur da und sagt nichts. Ich sage auch nichts.

»Tja, ich werde dann mal wieder gehen«, meint sie schließlich und steht wieder auf. »Du wirst ja jetzt mit deinen Eltern nach Hause fahren, oder? Meine Familie kommt nachher nochmal vorbei, um sich zu verabschieden.« Sie reicht mir die Hand, ihre kühle, schlanke, feste Hand. »Es war wirklich schön, dich kennengelernt zu haben.«

Mir fällt noch etwas ein: »Ich wollte dir noch zu deiner Zeit gestern beim Rodeo gratulieren.«

»Danke.« Sie zieht ihre Hand aus meiner. »Und danke, dass du mir dabei geholfen hast. Ehrlich!«

Ich ringe kurz mit mir, ob ich ihr sagen soll, dass ich sie angelogen habe. Aber ich kann es nicht.

»Es tut mir leid«, sage ich nur.

Ich erwarte, dass sie fragt, was mir leidtut. Aber sie antwortet: »Mir auch. Das alles habe ich nicht gewollt. Ich hoffe, du bist mir nicht allzu böse.«

Hat sie Tränen in den Augen, als sie das sagt? Oder habe ich Tränen in den Augen?

»Ein bisschen«, murmele ich leise, was aber eher wie ein letzter Witz klingt.

»Ich wünsche dir alles Gute für die Zukunft! Ganz ehrlich.«

Dann geht sie, bevor ich etwas antworten kann, vorbei an Odette, die ins Zimmer gekommen ist, ohne dass ich sie gehört habe. Gut, dass sie alle nacheinander kommen.

»Heulst du etwa?«, fragt Odette, als sie sich auf den Stuhl fallen lässt, auf dem eben noch Maddy gesessen hat. Ich reibe mir schnell die Augen, was nicht so einfach ist, da ich ja an dem Nasenverband vorbeiwischen muss. Außerdem habe ich Schwierigkeiten, überhaupt richtig an die Augen ranzukommen. »Quatsch!«

»Ist schon okay«, meint Odette. »Es war wirklich toll, was du gestern Abend für sie getan hast. Auch wenn sie nicht weiß, warum.«

Okay, es hatte ja doch keinen Zweck.

»Ich finde es schade, dass Mädchen immer nur auf große Jungs stehen«, sage ich. Odette nickt verständnisvoll.

»Und ich finde es schade, dass Jungs nur auf dünne Mädchen stehen.«

»Bei den Ureinwohnern ist das nicht so.«

»Wirklich? Eine Schande, dass es nur noch so wenige von ihnen gibt.«

»Wo hast du Rhonda gelassen?«

»Im Hotel. Diese Frau hängt wie eine Klette an mir. Ich musste mich regelrecht davonschleichen. Es wird Zeit, dass wir von hier wegkommen.«

»Das heißt, du willst nun doch keine Jillaroo werden?«

»Zumindest im Moment nicht. Vielleicht irgendwann mal. Jetzt probiere ich erst mal was Neues aus.«

»Was denn?«

»Keine Ahnung. Es wird sich schon was finden. Weißt du, dass dein Auge total blau ist?«

Ich zucke mit den Schultern. »Stehen Frauen nicht auf blaue Augen?«

»Nicht, wenn sie aussehen wie bei einem Waschbären.«

Sie greift nach der Fernbedienung und beginnt, das TV-Programm durchzuschalten, das gerade mal aus vier Sendern besteht. Wir schauen eine alte Serie über zwei Mädchen, die eine Ranch im Outback betreiben, bis uns einfällt, dass meine Eltern immer noch draußen warten. Wir haben sie glatt vergessen.

Am Nachmittag darf ich das Krankenbett auf eigene Verantwortung verlassen, und wir wollen mit dem nächsten Überlandbus zurück nach Melbourne reisen. Die Familie kommt noch einmal vorbei, um sich zu verabschieden. Nur Maddy ist nicht mehr dabei, und Fiona meint, dass sie bei Foster sei. Ich nehme es hin. Ist ja nun auch egal, es gibt sowieso nichts mehr zu sagen. Ein paar Tränen fließen, besonders bei Rhonda, die Odette beschwört, unbedingt bald wiederzukommen. Dann droht sie, Odette in Deutschland zu besuchen. Sie soll unbedingt schreiben, Rhonda werde dafür sorgen, dass sie auch einen Computer mit Internetanschluss auf die Farm bekämen, was ihr Vater Don mit einem skeptischen Stirnrunzeln kommentiert. Dann flennt sie und hält Odette weiter umschlungen.

Währenddessen verabschieden sich die anderen von mir, während meine Eltern wartend am Rand stehen.

»Wenn ich je einen Sohn hätte«, meint Meryl, »würde ich mir wünschen, dass er wäre wie du. Bleib wie du bist.«

Ich verspreche es. Bis zum Schluss hoffe ich, dass William noch einmal vorbeikommt, doch er bleibt verschwunden. Allmählich frage ich mich, ob es ihn überhaupt gegeben hat letzte Nacht oder ich ihn mir nur eingebildet habe.

Dann kommt endlich unser Bus. Noch eine letzte Umarmung, das Versprechen einander so schnell wie möglich wiederzusehen und zu schreiben, und schon sitzen wir im Bus.

»Ihr gehört jetzt zu unserer Familie«, sind die letzten Worte von Rhonda, bevor sich die Bustüren schließen.

Als wir vom staubigen Parkplatz rollen, sehe ich eine Gestalt hinter dem Bushäuschen stehen und dem Bus nachblicken. Ich bilde mir ein, dass es William ist, und hebe kurz die Hand zum Abschied. Dann fällt mir aber ein, dass man durch die getönten Scheiben von draußen nichts sehen kann, und lasse sie wieder sinken.

»Wärst du gern noch länger geblieben?«, fragt meine Mutter, als wir unterwegs sind.

Ich kann keine Antwort darauf geben. Jedenfalls keine genaue.

»Es ist auch schön, euch wiederzusehen.«

Meine Mutter atmet erleichtert aus. »Ich bin froh, dass du das so siehst. Ich freue mich so sehr, dich wiederzuhaben. Euch beide!«

Damit umarmt sie Odette und mich, achtet aber darauf, dass es nicht zu viel wird.

Mein Vater hat sich bis jetzt zurückgehalten und mich wie ein rohes Ei behandelt. Nun sagt er: »Was ich oben im Nationalpark zu dir gesagt habe, tut mir leid. Das habe ich nicht so gemeint. Ich entschuldige mich dafür.«

»Ist schon in Ordnung.« Das glaube ich zumindest. Dann krame ich seine Brieftasche aus dem Rucksack und gebe sie ihm.

»Ich glaube, das gehört dir.«

Er steckt sie ein.

»Das war eine tolle Leistung von euch beiden, so weit allein zu reisen. Respekt! Obwohl ich natürlich nicht möchte, dass ihr das noch mal macht. Zumindest nicht so bald.«

»Ja«, pflichtet meine Mutter bei. »Es war gar nicht so einfach, Odettes Mutter über einen so langen Zeitraum hinzuhalten. Alle paar Tage hat sie angerufen, und wir mussten uns immer was Neues einfallen lassen, warum ihre Tochter gerade nicht ans Telefon kommen kann. Immerhin haben wir die Aufsichtspflicht.«

»Wie geht es meiner Mutter denn?«, fragt Odette.

»Es geht ihr gut. Jedenfalls, soweit wir das beurteilen können. Sie freut sich, wenn du wieder nach Hause kommst.«

Jetzt lässt sich Odette zurück in ihren Sitz fallen und schaut nachdenklich aus dem Fenster. »Ich glaube, ich freu mich auch. Obwohl ich wahrscheinlich noch nie in meinem Leben so viele Freunde hatte wie hier in Australien. Ich bin vollkommen erledigt.«

Später fällt mir etwas ein, und ich bitte meine Mutter um ihr Smartphone. Damit gehe ich ins Internet und gebe bei Google die Suchbegriffe *Banküberfall* und *Deutschland* ein.

Es kommen über 170.000 Ergebnisse. Um die alle durchzusuchen, reicht selbst unsere Busfahrt nicht. Außerdem ist die Verbindung hier draußen so schlecht, dass es eine Ewigkeit braucht, bis überhaupt mal eine Seite aufgerufen ist. Ich grenze die Suche mit den Begriffen *Sandra*, *Matthias* und *Thomas* ein, komme damit aber auch nicht weiter. Seufzend schalte ich das Smartphone wieder aus.

»Hast du was herausgefunden?«, fragt Odette, die beobachtet hat, was ich getan habe. Ich schüttele den Kopf.

»Was hättest du denn gemacht, wenn da gestanden hätte, dass sie wirklich eine Bank überfallen haben und nun auf der Flucht sind?«, will Odette wissen. »Wärst du zur Polizei gegangen und hättest sie angezeigt?«

Ich weiß es nicht. »Keine Ahnung. Was hättest du denn getan?«

Odette schaut wieder aus dem Fenster und lässt die Landschaft an sich vorbeirauschen. »Irgendwie waren sie ja auch nett. Und ohne das, was sie uns gezeigt haben, hätten wir hier draußen vielleicht nicht überlebt.«

»Das stimmt«, nicke ich, mehr zu mir als zu Odette.

»Andererseits«, fährt sie fort, »macht man so was nicht, was sie getan haben. Wenn sie es denn getan haben«, schränkt sie schnell ein. »Vielleicht haben sie ja auch Blödsinn erzählt.«

»Ja, vielleicht«, stimme ich zu.

»Schließlich haben wir ihnen auch nicht nur die Wahrheit erzählt.«

»Richtig.« Ich bin irgendwie erleichtert, dass Odette das auch so sieht.

Sie hört auf, aus dem Fenster zu blicken. »Ich finde, jeder

hat seine Chance verdient.« Dann sieht sie mich direkt an. »Und wer sie ergreift, sollte es auch verdienen, damit durchzukommen. Zumindest, wenn er sich nicht allzu dämlich dabei anstellt. Ich meine, wenn wir alle nur das tun, was von Haus aus möglich erscheint, kommt niemand wirklich weiter, oder?«

Ich starre Odette an, beinahe ehrfurchtsvoll ob dieser weisen Erkenntnis. »Damit hast du wahrscheinlich recht.«

Odette nickt zufrieden. »Dann lass die Sache auf sich beruhen.«

Und genau das tue ich.

Draußen geht die Sonne hinter den Bergen unter. Es ist komisch, sie wieder aus einem Bus heraus erleben zu können. Merkwürdig, sich nicht mehr Gedanken darüber machen zu müssen, wo man die nächste Nacht am besten schläft.

29. Abschied!

»Von euch hört man ja dolle Sachen!«

Anna schleicht um uns herum wie eine Katze um einen Esstisch, die darauf wartet, dass ein Stück für sie abfällt.

»Was hört man denn für Sachen?«, frage ich, so desinteressiert wie möglich.

»Na ja …« Unentschlossen lässt sie sich aufs Bett in unserem Hotelzimmer fallen. »… dass ihr abgehauen und allein durch das Outback gereist seid.«

»Ach das. Ja, das stimmt.«

Ich ordne beiläufig die Sachen in meiner Tasche, während Odette ebenfalls in ihren Habseligkeiten wühlt, um zu schauen, was sie mit nach Hause nimmt und was sie hierlässt.

»Und?«, hakt Anna neugierig nach. »Habt ihr denn keine Angst gehabt unterwegs?«

»Nö.«

»Ein bisschen vielleicht«, gibt Odette zu. »Als der Dingo plötzlich aus dem Gebüsch kam.«

»Ein Dingo?« Anna hält die Luft an.

»Ja, oder die Sache mit dem Krokodil«, sage ich.

»Was denn für ein Krokodil?« Würde Anna nicht schon auf dem Bett liegen, würde sie jetzt vielleicht umfallen.

»Nicht so wichtig. Wir sind ja noch mal davongekommen. Da war die Schlange schon gefährlicher.« Ich halte kurz inne und denke zurück. »Die Sache hätte echt ins Auge gehen können.«

Odette nickt. »Ja, wirklich. Genau wie die Bienen.«

»Ihr seid verrückt«, findet Anna. »Das müsst ihr mir genau erzählen.«

»Nein, wir sind zu müde heute.«

»Dann morgen.«

»Da reisen wir ab.«

»Aber ihr kommt doch wieder. Dein Vater wird doch hier arbeiten, Meo. Im Frühling.«

»Ja, aber ich weiß noch nicht, ob ich dann mitkomme.«

»Ach, bitte, komm doch mit. Das wird bestimmt lustig. Ich kann dir tolle Sachen hier in Melbourne zeigen.«

»Na, mal sehen.«

Dann jagen wir sie aus dem Zimmer. Wir wollen schlafen.

»Was wirst du denn nun machen?«, fragt Odette, als wir im Flieger nach Bangkok sitzen. Von dort aus geht es nach London und anschließend zurück nach Frankfurt.

»Habe ich denn eine Wahl? Immerhin bin ich noch minderjährig.«

Im Grunde habe ich schon die Wahl, das heißt, meine Eltern haben mir die Entscheidung selbst überlassen. Gestern Abend hatten wir uns lange darüber unterhalten. Sie haben eingesehen, meinten sie, dass ich kein Kind mehr bin und ausreichend bewiesen hätte, dass ich meine eigenen Entscheidungen treffen kann. Ich könne bei meiner Oma wohnen, wenn ich nicht mit nach Australien kommen wolle. Wenn ich in Deutschland die Schule zu Ende machen wolle. Allerdings würden sie es sich wünschen und auch darüber freuen, wenn ich mitkäme. Mein Vater meinte, dass er mich gern neu kennenlernen möchte. Aber das brauche ich ja Odette nicht gleich auf die Nase zu binden. Ich muss selbst erst mal darüber nachdenken.

In den letzten Wochen hatte ich viel gelernt, über Australien, über mich, über Menschen. Ich weiß gar nicht, ob ich mein altes Leben wieder aufnehmen kann. Ob ich das will. Und wenn ich das tue, ob es mir gelingt.

Odette seufzt einmal tief.

»Ich weiß nicht, was ich machen soll ohne dich.«

»Geht mir genauso.«

»Ich werde dich vermissen.«

»Geht mir genauso.« Das meine ich ehrlich.

»Vielleicht entscheiden sich deine Eltern ja noch um.«

»Ja, vielleicht.«

»Wahrscheinlich aber nicht.«

»Nein, wahrscheinlich eher nicht.«

Für meine Eltern ist die Entscheidung gefallen. Für mich noch nicht. Oder etwa doch? Ich muss noch ein wenig darüber schlafen. Ich schaue aus dem Fenster und sehe unter uns die rote Wolkendecke. Gleich wird die Sonne verschwunden sein. Es sieht fast so aus wie bei unserem Hinflug, der mir inzwischen so unendlich lange her vorkommt. Damals wusste ich noch nicht, was mich erwartet. Ich war noch ein anderer Junge. Jetzt sehe ich die Dinge in einem anderen Licht: Die Wolken erinnern mich an die rote Erde im Outback. Ein bisschen zumindest. Sie wirken vertraut.

ENDE